Die Autorin (vgl. Teil I)

Mausi Horn, gegen Mitte der 1960er Jahre in Emsdetten geboren, ist aufgewachsen in einem Ortsteil von Rheine, einem landwirtschaftlich geprägten Dorf mit circa 2000 Einwohnern. Nach dem Realschulabschluss begann sie eine Ausbildung zur Einzelhandelskauffrau im Bereich Textil. Neun Jahre nach dem ersten Schulabschluss folgte der dreijährige Besuch eines Abendgymnasiums mit schlussendlich sehr erfolgreicher Erlangung der allgemeinen Hochschulreife. Anschließend studierte sie für das Lehramt der Sekundarstufen I und II an der WWU Münster.
Ihr aktuelles Erfahrungs- und Erwerbstätigkeitsfeld erstreckt sich auf den Telemarketing-Bereich.
Horn hat einen volljährigen Sohn, der mit ihr wohngemeinschaftlich im Münsterland lebt.

Folgende Romanfortsetzung, ein weiteres Mal eine Mischung aus Realität und Fiktion, schließt nahtlos an den ersten Teil an.

„Wir müssen das Leben loslassen, das wir geplant haben, damit wir das Leben leben können, das uns erwartet!"

(Joseph Campbell)

Das blaue Nubukleder der Wohnlandschaft schmiegt sich wunderbar wohltemperiert weich den Konturen ihres inzwischen wieder relativ wohlgeformten Körpers an.
Ja, in die Jahre gekommen ist Barbara, Anfang fünfzig, mit vergrößerten Hautporen, leicht vertieften und etwas vermehrten Falten und unvorstellbar rapide gewandeltem aschgrauem Haar, ungefärbt.
Viel Unbegreifliches durchgemacht – und trotzdem wieder nahezu schlank, attraktiv und beweglich – wie *Nena* in grau, mit ein paar Kilos mehr, assoziiert sie. *Nenas* Musik und ihre Sprechstimme mag sie nicht, aber ihren zeitlosen Style. Und irgendwie ist doch alles genauso belanglos wie die „*99 Luftballons*" im Song, derentwegen irrtümlicherweise ein Krieg angezettelt wurde.

Gedankenschwer schreibt Barbara die letzten Notizen in den dicken Schulblock.
Die Holzscheite im Kaminofen ihres Wohnzimmers sind bis auf die heiße graubedeckte Glut niedergebrannt.

Im Knast hatte sie all ihre Erinnerungen auf die haaresbreit karierten Papierseiten gebannt. Das hat ihr das Leben gerettet. Sie hatte eine Mission.
Ihre Kinder, Paul und Paula, die Zwillinge, wollte sie die Wahrheit wissen lassen, die ganze ungeschönte wahre Wahrheit. Wahrheit? – „In diesem Leben nicht mehr", denkt Barbara nun hörbar im Selbstgespräch. „Und ein anderes gibt es nicht. So what?"

Drei von ihr selbst gespaltene Holzstücke legt sie nach.
In dem wärmenden unruhigen Licht wartet sie entspannt auf die Heimkehr ihrer Sprösslinge.

Unendlich viel Unerwartbares ist geschehen, seit sie Frank unmissverständlich klargemacht hatte, dass es für ihn keinen Platz mehr gibt, weder in seinem noch in ihrem Leben.

Wieder lässt sie das Betätigen eines Schlüssels aufhorchen. Sie sind es. Sie kehren heim, heim zu ihrem Ursprung, ihrer Mutter.

Um die Ofentür zu öffnen muss Barbara einen Teflon-Handschuh anziehen. Die metallenen verchromten Griffe werden für nackte ungeschützte Haut unerträglich heiß. Samt Metallspirale gibt sie den Block, in dem ihre Erinnerungen buchstäblich dargestellt sind, langsam und vorsichtig dem flackernden kontrollierten Brand preis.

Qualm. Ein Puffen. Alles geht rasch in Flammen auf.

„Hi Mom", agiert Paula zuerst. „Wir haben viel zu erzählen, möchtest du es hören, Mamßi?", fügt Paul an. „Natürlich, hab schon drauf gewartet", sagt Barbara ehrlich.

Während ihr bisheriges Leben endgültig verbrennt lauscht sie umso gespannter den Geschichten ihrer Brut. Das ist ihre Zukunft. Alles, was ihr bleiben wird.

Und dennoch entgleitet ihr immer wieder die Konzentration, sie wankt hin und her zwischen den Blicken auf das Feuer hinter Glas, das ihr altes Dasein frisst und den Worten ihrer Kinder, die frisches Leben ins vertraute Heim bringen. Gedanken an die zurückliegende herzlose Zeit der Abschiede drängen sich in den Vordergrund.

Kein Wort der Begrüßung.

„Sind Sie Frau Schulz, Barbara?", fragt sie.

„Ja", krächzt Barbara mit Frosch im Hals und asthmatisch zäh verschleimten Atemwegen.

Die Haustür drückt die unbekannte Frau mit der Beule links unter ihrer akkuraten dicken Strickjacke weiter nach innen in den Flur hinein auf. Dabei weht ein Teil der Jacke zurück, lässt das handfeuerwaffengefüllte Holster augenfällig erkennen.

Der mittelgroße Mann folgt der Unbekannten auf dem Fuße.

„Wir haben ein paar Fragen an Sie!"

Mit einem ersten kaum merklichen Anflug von aufkeimendem Selbstbewusstsein stellt Barbara sich ihrem Druck leicht entgegen. Sie weicht nicht weiter zurück. Obwohl ihr Inneres Signale zum Rückzug sendet, bleibt sie stehen.

„Da hätte ich zuerst eine. Wer sind Sie und was wollen Sie hier?"

„Baumann, KK 13." Eine angedeutete Rückwärtsbewegung des Kopfes folgt. „Das ist mein Kollege Röhriger." Zugleich zieht sie ein schwarzes Mäppchen aus ihrer linken Jackentasche hervor. Aufgeklappt hält sie es Barbara kurz vors Gesicht. Ein flüchtiger Blick fällt auf NRW-Wappen, einmal metallisch in 3-D beziehungsweise als Abbildung auf bläulichem Papier unter transparenter Folie. Schon ist es erneut in Baumanns Tasche verschwunden.

„Ihr Mann, Jörg Schulz, hat sie heute in den frühen Morgenstunden auf der Dienststelle angezeigt. Können wir reinkommen?"

Wellen rauschenden Blutes durchströmen Barbaras Gehörgänge. Der Blutdruck kann sich nicht entscheiden. Sinken oder steigen? Beide Wände des schmalen Eingangsflures geben ihren Händen an den ausgestreckten Armen vorübergehend Halt. Taumelnd geht sie voraus ins Esszimmer zu dem großen rechteckigen buchenen Holztisch.

Auf einem weinroten baumwollenen Platzset liegt ihr blaues Salbutamol-Asthmaspray für Bedarfsfälle. Die Haustür fällt ins Schloss. Zwei Hübe aus der Kartusche inhaliert sie nacheinander tief.

Mit einer wischenden Handbewegung bietet sie Baumann und Röhriger freie Platzwahl an. Zuletzt setzt Barbara sich.

„Sie sollen sein Fahrzeug, einen roten *Mazda-Kombi*, amtliches Kennzeichen: ST FS 4, gestern beschädigt und entwendet haben."

„FS steht für Familie Schulz", werden Barbaras Gedanken laut. „Und die Vier ..."

Baumann unterbricht sie.

„Es geht noch weiter. Mit Pistolengewalt sollen Sie Ihren Mann aus dem Pkw, der auf einem Pendlerparkplatz nahe Bevergern zum Stehen kam, gezwungen haben, in den angrenzenden Wald zu gehen."

Soeben kann Barbara sich ihre korrigierende Anmerkung noch verkneifen, dass es sich eher um einen Pkw-Abstellplatz für Spaziergänger oder Wanderer handelt.

„Äh – ob Sie es mir glauben oder nicht, gestern hatte ich vergeblich darauf gewartet, dass Jörg mir unser Auto hierher schafft, damit ich Lebensmittel einkaufen fahren kann."

Baumann und Röhriger sagen nichts.

„Mein Mann ist vor kurzem ausgezogen, müssen Sie

wissen. Er will sich scheiden lassen. Ich soll unser Haus innerhalb eines Jahres verkaufen und ihn auszahlen."
Beide schauen Barbara an.
„Weil ich in dem Kaff hier ohne Pkw aufgeschmissen bin, bringt mein Mann mir einmal in der Woche den *Mazda*. Gestern aber nicht, obwohl wir es eine Woche zuvor telefonisch vereinbart hatten."
„Wo waren Sie gestern zur Tatzeit?", fragt Baumann.
„Welche Tatzeit, wovon reden Sie überhaupt?"
„Wo waren Sie gestern gegen 15:00 Uhr?"
„Ich war hier zu Hause und habe auf Jörg gewartet."
„Um welche Uhrzeit erschien er?"
„Gar nicht, das sagte ich doch schon, aber das ist nichts Neues, unzuverlässig mir gegenüber war der schon immer. Weil er nicht kam, hab ich mir die Kante gegeben."
Röhriger wird aktiv.
„Sie behaupten demnach allen Ernstes, dass Ihr Mann gestern hier nicht vor Ort aufgetaucht ist!?"
„Ja."
„Wer soll dann Ihrer Meinung nach all die Schäden am Fahrzeug verursacht haben, wenn nicht Sie?"
„Das weiß ich doch nicht! Und welche Schäden überhaupt?"
Baumann übernimmt erneut die Führung.
„Aufgrund der Schwere der gegen Sie erhobenen Anschuldigungen müssen wir Sie bitten, uns unverzüglich auf die Dienststelle zu begleiten!"
„Muss ich das?"
„Es wäre empfehlenswert."
„Für wen?", fragt Barbara.
„Es dient dem Wohl und Schutz der Allgemeinheit."
Barbara ringt mit ihrer Persönlichkeit und ihrem Gewis-

sen.

„Dann denke ich jetzt vielleicht zum ersten Mal in meinem Leben an mein eigenes Wohl zuerst. Ich suche mir einen Anwalt und sage nichts mehr."

Röhriger und Baumann erheben sich schier gleichzeitig. Sie ergreift das Wort.

„Eine Vorladung als Beschuldigte wird Ihnen schnellstmöglich schriftlich zuteilwerden, dann müssen Sie aussagen."

Als sei es ein Zeichen des guten Willens und ihrer Unschuldigkeit reicht Barbara nacheinander beiden die rechte Hand. Die Beamten schütteln sie beim Hinausgehen.

Barbara weiß es inzwischen besser, aussagen muss sie nicht.

> Schwere lastet indes auf ihrem Körper und Geist. Wie leicht sind ihr doch all die Lügen über die Lippen gekommen.

Nur eine Frage der Zeit ist es, bis Franks Leiche entdeckt sein wird.

Ihr erster Impuls geleitet Barbara zum Kühlschrank.
Wein entdeckt sie in ihm nicht.
Der Kellerinhalt rettet sie.
Undifferenziert schnappt sie sich eine Flasche.
Zum Glück gibt's mehr davon.

Endloses Klingeln.
Es müsste Tag zwei, drei, vier oder gar fünf nach Franks Ableben sein.
Wieder ein neuer Morgen.
07:32 Uhr.
Welcher Tag ist heute?
Sind Paul und Paula da? Gibt es sie überhaupt? Sind sie real, nur geträumt, oder etwa in der Schule?

„Frau Schulz?", fragt irgend so ein Tüpp, oder bei näherer Betrachtung von Phänotyp und Stimmlage wohl eher eine drastisch kurzhaarige stämmige Tüppistin, als Barbara brav die Haustür öffnet.
„Ja, was ist jetzt denn schon wieder?", spricht sie mit ungelenken Lippen. Mit beiden Händen stützt sie sich am rechten Haustürrahmen ab.
Das Wesen undefinierbaren Geschlechts hält ihr Zettel hin und rennt Barbara zur Seite.
Barbara kommen Stellenausschreibungen in den Sinn: Wir suchen ... (m/w/d). Hier tippt sie zweifelsohne auf letzteres, divers.
Weitere Personen in zivil, zwei Uniformierte und ein an der Leine geführter Schäferhund folgen. Einer der Uniformierten postiert sich vor der Haustür.
„Hallo?", ruft Barbara mit einer Rundumbewegung dazwischen.
Noch einmal bekommt sie die Zettel gereicht, ihr Blick stiert jedoch blockiert in das geschlechtslose Gesicht.
Eine mündliche Erklärung folgt.
„Aufgrund dringenden Tatverdachts, an der Tötung von Herrn Frank Scharf in Nordhorn beteiligt gewesen zu sein, überreiche ich Ihnen hiermit den entsprechenden

Untersuchungshaftbefehl, der sich auf § 112 Absatz 2 Nummer 3 Strafprozessordnung beruft."
Wie armselig, das Etwas liest es vom Blatt ab, versucht Barbara schwindelig verkatert zu denken.
„Es besteht Verdunkelungsgefahr. Wegen der Schwere der Tat nehme ich Sie unverzüglich fest."
Seine Hände legt es auf Barbaras Schultern und dreht ihren Körper mit leichtem Druck.
„Legen Sie Ihre Arme auf den Rücken", befiehlt es.
„Ich komm mir vor wie in einem billigen Krimi", sagt Barbara. „Das glaube ich alles nicht."
„Spüren Sie das Metall? Hören Sie es klicken? Sie sollten es besser glauben, das hier ist das echte Leben."
„Aber was machen denn die Anderen hier – sie verwüsten ja alles!"
„Diesem Haftbefehl wohnt ein Durchsuchungsbeschluss inne. Alle beschlagnahmten Gegenstände werden sorgfältig aufgelistet. Können Sie alles den Papieren entnehmen."
„Wonach suchen Sie überhaupt?"
„Sie könnten den Prozess verkürzen, wenn Sie uns sagten, wo sich die Tatwaffe befindet."
„Welche Waffe, ich weiß nicht, wovon Sie reden", gibt Barbara an.
„Da Sie nicht kooperativ sind, begleiten Sie mich jetzt nach draußen!"
„In dem Zustand lasse ich meine Wohnung nicht allein, das können Sie nicht von mir verlangen, all die Fremden hier – und was ist mit meinen Kindern?"
„Die ‚Fremden' sind zum Teil unabhängige Zeugen, die der Durchsuchung beiwohnen. Ist Vorschrift. Um die Kinder kümmert sich Ihr Mann. Er ist informiert."

Eine roboterartige Kopfbewegung fordert Barbara zum Gehen auf.

„Mein Mann ist inkompetent, er hat seine Kinder und mich abgeschüttelt wie faule Früchte, die ein von Wind, Wetter und Würmern gebeutelter Strauch trug."

„Sie können ein paar Sachen packen. Nur das Nötigste. Der Kollege wird Sie abtasten. Er begleitet Sie dann und entfesselt Sie, bis Sie Ihre Sachen beieinanderhaben."

Eine kleine Reisetasche findet sich im Kleiderschrank. Wirr herumfuchtelnd stopft Barbara hinein, was ihr zwischen die Finger gerät. Der hausinnere Mensch in Dienstkleidung auf Schritt und Tritt an ihrer Seite. Als sie ihr Portemonnaie vom Nachttisch nimmt, greift er darauf zu, durchstöbert es gründlich und drückt es ihr danach wieder in die Hand. Im Bad denkt sie an Zahnbürste, Kamm, Shampoo ...

Unten angekommen schnappt sie sich aus dem Arzneischrank im Abstellraum ihre beiden Inhalations-Medikamente gegen Asthmasymptome und die Pillenschachtel mit dem Hormon zur Unterstützung der Schilddrüsenfunktion.

„Mein Handy?", fragt sie suchend.

„Ist beschlagnahmt."

Ihre Hände werden wieder in Schellen gelegt.

Durch das menschliche ununiformierte unförmige geschlechtslos scheinende kommandohabende Etwas wird Barbara zur Haustür gedrängt.

Der Beamte in Arbeitsmontur steht draußen noch am Platz.

„Ich übergebe Sie den Kollegen, sie fahren Sie zunächst

zum Präsidium."
Wie aufs Stichwort bahnt sich der andere Uniformierte den Weg vom Hausinneren an Barbara und der oder dem Übermächtigen vorbei hinaus zu seinem wartenden Amtsbruder. Beide übernehmen sie und führen sie gemeinsam zu einem Polizei-Bulli. Einer der Beamten öffnet die seitliche Schiebetür und steigt zusammen mit Barbara ein. Sie nimmt Platz. Er schnallt sie an. Schräg gegenüber setzt er sich.
Aus den Augenwinkeln mustert er die Verdächtige.
Sie wagt es ebenso wenig, ihn direkt anzuschauen, kann seine Blicke aber deutlich spüren.

> Pure Angst hat keine Chance, Barbaras oberflächliche Spannung auf das was kommen mag zu durchdringen – noch nicht?

„Wir werden Sie hier erkennungsdienstlich behandeln", sind die ersten Worte nach der Ankunft, die in Barbaras Ohrkanälen für sie hörbar werden.
„Das will ich nicht", sträubt sie sich sinnlos in der Polizeistation.
Zuerst werden ihr die Handschellen abgenommen, die Haut mit Klebebändern und Tupfern auf Rußpartikel untersucht, wie ihr der Beamte auf ihr Nachfragen antwortet. Zum DNA-Abgleich fuchtelt man ihr mit einem Wattestäbchen im Mund herum und von allen zehn Fingern werden Abdrücke anfänglich digitalisiert, ihre Kuppen eingefärbt, auf umrandete Felder gedrückt und abgerollt, für die Akten. Danach Hände waschen und Fotoshooting.
Vor der Personenwaage streikt sie wiederholt. Die Schu-

he muss sie ausziehen.

„Wozu braucht ihr mein Gewicht?", will sie wissen. „Durch Hungern oder zu viel Essen ist es sehr variabel, inwiefern hilft es also?"

„Das lassen Sie mal schön unsere Sorge sein!", schroffiert die zuständige Beamtin Barbaras Fragen.

Nachdem ihre 163 cm größentechnisch auch protokolliert sind begleitet sie ein dienstbekleideter Beamter, mit jeweils drei Sternen auf den Schulterklappen, eine Etage tiefer. Er deutet ihr an, auf einem der mittleren Stühle einer Reihe an der Flurwand Platz nehmen zu sollen. Auf sein Handzeichen durch die offene Tür leicht schräg gegenüber schreitet ein weiterer Uniformierter heran.

Rechts neben Barbara lässt sich der herangewinkte Zweistern nieder.

„Der Kollege wartet hier mit Ihnen, bis Sie gleich abgeholt werden", verlautbart der Dreistern.

„Abgeholt – wohin denn?", artikulieren Barbaras Lippen mit beginnendem Zittern.

„Auf dem Weg wird man Sie informieren", dreht er sich weg und geht, geht routiniert seinem übrigen alltäglichen Tagesgeschäft nach.

Der silberne VW-Transporter mit blauem Rundumstreifen und Blaulichtaufbau nur für Barbara allein.

„Justiz" ist viermal in großen hellen Lettern zu lesen, während ein Polizeivollzugsbeamter mit ihr, zunächst auf die Motorhaube zusteuernd, einmal rechtsseitig das Fahrzeug umrundet. Extrem dunkel getönte Seitenscheiben hinter Fahrer- und Beifahrerfenster. Zwischenzeitlich steigt der Chauffeur aus, kommt ihnen von vorn entgegen, öffnet die seitliche Schiebetür.

Vor vielen Jahren hatte Barbara ein Tierheim besucht, weil sie überlegte, Field, ihre Findelkatze, dort abzugeben. Nachdem sie die vergitterten Zellen mit den sehnsüchtigen Kreaturen verschiedenster Arten und Rassen durchschaut hatte stand ihr Entschluss fest, Field in eigener Obhut zu behalten.
Diesem emotionalen Elend, das sich bei manchen Tieren durch ohrenbetäubendes Bellen oder Miauen äußerte, oder dadurch, dass sie in ihrem Aufbewahrungsraum immer in der gleichen Richtung an den Wänden entlang liefen, ohne eine Pause einzulegen, konnte und wollte sie ihren hauskätzerischen felinen Findling vom Maisfeldrand nicht aussetzen.
Besondere Aufmerksamkeit erlangten bei ihr die Lebewesen, die still und mutmaßlich regungsunfähig in ihren Käfigen dasaßen oder -lagen. Einige vibrierten physisch sichtbar, suchten meistens dennoch mit flimmernden Blicken durch die kalt flirrende Luft den Augenkontakt zu den Besuchern.

In einen solchen, in deinem Fall mobilen Zwinger, stecken sie dich nun, denkt Barbara.
Mit einem ersten hohen schwungvollen rechten Schritt steigt sie auf schwarzes Gummi, der zweite, der linke, berührt dahinter silbriges Metall mit kariertem Strukturmuster.
Eine maskuline Hand öffnet eine der beiden kleinquadratisch vergitterten Käfigtüren.
Weiße Metallwände, dunkel getöntes, von innen vergit-

tertes Fensterglas, schwarzes Kunststoffsitzpolster auf grauem Metallgestell.
Barbara überschreitet die Schwelle. Die Tür schnappt hinter ihr zu. Schlüssel drehen sich im Schloss, werden entfernt, drehen sich eine Etage höher erneut. Ein rechteckiges querliegendes vergittertes Türchen klappt um.
„Strecken Sie mir Ihre Arme durch die Fesselklappe entgegen", fordert eine männliche Stimme.
Als sie dem Reiz ihres spontanen Kopfjuckens nachgibt, um sich mit einer Hand zu kratzen, werden ihr die leichtgewichtigen Handfesseln abermals bewusst. Solche Exemplare sah sie nie zuvor. Keine Kette zwischen den Schellen, die Verbindung gleicht eher einem Scharnier.
Zaghaft steckt Barbara ihre Hände durch die kalte metallumrandete rechteckige Öffnung. Sie werden entfesselt.
„Hinsetzen und anschnallen!", wird kommandiert.
Die Fesselklappe wird verschlossen. Lautstark rastet kurze Zeit später die äußere Schiebetür ein. Das Fahrzeug setzt sich in Bewegung.

Im Namen des Volkes – im Wagen des Volkes.

An Barbara zieht die Landschaft ausschnittsweise durch das kleinmaschige Gitter vorbei. Mit verrenktem Hals ist es ihr nur zur linken Seite möglich, wie durch eine dunkle Sonnenbrille, durch einen schmalen Spalt nach draußen zu sehen.
Schade, dass die Gitterraster keine Facettenaugen sind, stellt sie sich die vorbeischwindende Umgebung vor.
Eine Zeitlang fallen ihr gehäuft Osnabrücker Kennzeichen im Gegenverkehr auf.

Diffuse Gedanken drängen. Das will sie nicht. Früher oder später wird sie sich mit dem Geschehen auseinandersetzen müssen, aber nicht jetzt, jetzt ist ihre Rolle wichtig.
Gut spielen muss sie sie. Überzeugend. Gleichbleibend.
Sie muss sich selbst glaubhaft belügen; sie ist unschuldig.

Übelkeit dringt in ihr Bewusstsein, die lässt sich nicht verdrängen.
„Hallo", ruft sie unentschlossen in den schmalen kleinen Raum hinein.
Keine Reaktion erfolgt.
Eine Weile vergeht. Die Übelkeit nicht, sie nimmt an Fahrt auf.
„Hallo, mir ist schlecht!", versucht sie es erneut, mit wesentlich mehr Dezibel.
Schweißausbrüche, das Fahrzeug verlangsamt seine Geschwindigkeit. Zu spät. Barbara schnallt sich ab, sinkt vor dem Stuhl auf die Knie, stützt sich mit beiden Handflächen und durchgedrückten Ellbogen auf dem kalten karoartig grob strukturierten Metall ab. Das Blut versackt in den Venen. Der Magen krampft mit kolikartigen Schmerzen. Die Kotze schießt aus ihrem Körper auf den Boden, Spritzer verteilen sich auf dem weiß lackierten, an den Rändern genieteten Wandmetall.

An ihre Katze Field denkt sie, wie sie sich im unaufhörlichen Brechreiz wiederholt schwallartig mehrmals täglich auf die hochwertigen Nepalteppiche des Einfamilienhauses erbrochen hatte, als Barbara mit ihren Zwillingen Paul und Paula schwanger war.

Ein kurzes Stück zurückzukriechen ist ihr mit letzter Anstrengung möglich. Danach kippt sie zusammengekauert zur Seite an die Außenwand, die am Boden befestigten Stahlbeine des Stuhls umschlungen von ihrer Körpermitte.
Sie versucht zu atmen.

„So eine unzumutbar stinkend dreckige Sauerei!", hört sie den Begleitpolizisten fluchen, nachdem er die Fesselklappe geöffnet hatte. Kurz darauf öffnet er die Zellentür und wirft Papiertücher in den kleinen kahlen Raum. Ein paar treffen Barbara.
„Können Sie aufstehen?", fragt er.
Barbara dreht sich auf den Rücken, lehnt die Füße mit gestreckten Beinen nach oben gegen eine Wand. „Geben Sie mir bitte ein paar Minuten, bis mein Kreislauf wieder hochfährt."
„Was haben Sie gegessen, getrunken? Oder Drogen genommen?"
„Nein, hab zwar in letzter Zeit viel zu viel Wein getrunken, aber daran liegt es nicht. Mein Gleichgewichtssinn ist nicht der Beste. Schon als Kind habe ich mich in Fahrzeugen übergeben müssen, sobald ich keinen Blickkontakt mehr nach vorn zur Fahrbahn hatte."
Er bleibt wie ein Bollwerk mit leicht gespreizten Beinen in der Tür stehen.
Männer kommen sich in dieser Stellung voll cool vor, denkt Barbara, sie wissen wohl nicht, dass sie auf diese Weise ihre lust- und schmerzempfindlichsten Organe ohne Deckung anbieten.
Aus ihrer Taekwondo-Lehre kommt ihr der Apchagi in

den Sinn. Mit diesem blitzschnell aus dem Kniegelenk gestoßenen Schnapptritt würde sie dem verfickten Bullen mit ihrem Fußballen am liebsten zeigen, wie leicht verwundbar seine Hybris ist.
Gänsehaut, die langsam ihren Körper überzieht, bricht ihre Gedanken ab. Eng an ihrer Brust anliegend verschränkt sie die Arme. Die unzählbaren kleinen Nippel auf der Haut wachsen sich zur maximalen Größe aus und verhärten so sehr, dass es bei Berührung fast weh tut.
„Das sieht aus wie Schüttelfrost", kommentiert der Türsteher.
„Das ist nur ...", versucht Barbara mit markant klapperndem Gebiss zu formulieren und muss erneut ansetzen, „... es ist nur, mein Motor springt wieder an."
Behutsam lässt sie ihre Füße an der Wand entlang zum Boden rutschen. Am Stuhl, der mit den Bodenplatten fest verbunden ist, zieht sie sich hoch und stützt sich ab.
„Kann ich was zum Trinken und Mundausspülen haben?"
„Erst die Vorschrift."
Geschwächt hält sie beide Hände mit der Länge nach aneinander geschmiegten Fingern hin, bis die Schellen um ihre Handgelenke herum einrasten.
Vor der Tür steht schon der ausgestiegene Wagenlenker. Die Stufe ins Freie ist zu hoch für die wackligen Beine, deshalb setzt Barbara sich erst auf den kalten Metallboden und rutscht runter auf die dunkle Kunststofftrittfläche, bleibt auf ihr sitzen.
Eine kleine Plastikflasche mit Mineralwasser nimmt sie dankbar entgegen. Mit zunächst kleinen Schlucken spült sie die restlichen sauren Kotzbrocken aus ihrem Mund, gurgelt, spuckt aus, trinkt große Schlucke und lässt bei kurzgefasster Flasche den letzten Rest des Wassers nach-

einander über ihre Hände fließen. An ihrer Hose reibt sie sie zwischen den Schenkeln trocken.

Orientierung sucht sie mit flüchtigen Blicken in die Umgebung, vorbei an den Polizisten. Am Rand einer wenig befahrenen langgezogenen Seitenstraße, die beidseitig von Straßengräben und hohen kahlen Bäumen gesäumt ist, parken sie. „Können wir weiter?", reißt sie die Frage des Fahrers aus ihrer Gedankenwelt.

Wohin die Reise geht, möchte sie gegenfragen.

„Was sind das für Handschellen?", hört sie sich stattdessen fragen. „Solche ohne Kettenglieder zwischen den Schellen sind mir nicht bekannt."

Der Fahrzeugführer dreht sich um und nimmt hinter dem Lenkrad Platz. Sein Kollege baut sich mit geschwellter Brust vor Barbara auf. „Das sind keine deutschen. Ein Kamerad aus den Niederlanden hat mit meinen getauscht. Beim Speedcuff, dem Fesseln mit einer Hand, sind sie viel effektiver."

„Ach, dieses Tauschen ist erlaubt?"

Ohne auf die Frage einzugehen, fasst er Barbaras rechten Oberarm. Mit festem Zug nach oben deutet er an, sie solle aufstehen und wieder das Wageninnere betreten.

„Stehenbleiben", befiehlt er vor der geöffneten Einzelzelle. Barbaras bitterbeißenden Ergüsse stinken durch die Lagen von Zellstofftüchern hindurch. Sie wendet angewidert ihr Gesicht ab. Links neben ihr wird die Zellentür aufgeschlossen. Am Ende des Fahrzeuginnenraumes befinden sich drei schwarz gepolsterte Sitzplätze.

„Sie stecken gleich wieder die Hände durch die Klappe, werden entfesselt, nehmen in der Mitte Platz und schnallen sich an."

„Aber ...", versucht Barbara einzuwenden.

„Ich bringe Tücher, was Anderes haben wir nicht", versteht der Beamte ihre Reaktion. „Die letzten paar Minuten müssen Sie sich zusammenreißen."
Liebend gern würde Barbara ihm erklären, dass es nicht ihrem willentlichen Einfluss unterliegt, ob ihr während der Fahrt übel wird, dass es keine Frage mangelnder Disziplin oder Anstrengung ist.
Einsicht erreichte sie damit ohnedies keine.

Mit beiden Händen umklammert sie die Packung mit den Papiertüchern, hoffend, dass Verdauungstrakt und Galle leer genug sind für den Rest der Fahrt.

Eine andere Welt?

„Vechta ist überbelegt, deshalb mussten wir weiter fahren als üblich", sagt der Polizeibeamte beim Öffnen der Käfigtür im VW.
„Ich bin unschuldig, vollkommen unschuldig", wiederholt Barbara mehrmals, um es selbst zu glauben.
„Erzählen Sie das Ihrem Anwalt."
„Ich habe keinen."
„Wenn Sie sich keinen leisten können wird ein Pflichtverteidiger gestellt."
„Wie erreiche ich den?"
Mit einer abwehrenden Handbewegung gibt der emotional desinvolvierte Bulle zu verstehen, er hat die Schnauze voll von seinem beschissenen Job. Ruhe soll herrschen.
Wieder klicken die Handfesseln.

Schon während der Fahrt hatte Barbara durch die schmalen Schlitze der tief verdunkelten Seitenfenster des Bullis einige Blicke von der Umgebung erhascht. Eine mittelalterlich anmutende Wehranlage erwartet sie, spiegelt der äußere Eindruck.
Ein Gemisch aus Bruchsteingebäuden mit roten Tonziegeldächern, mal Walm, mal Krüppelwalm, gefolgt von weiß getünchten Putzbauten, an den Kanten ebenfalls mit Bruchsteinen abgesetzt, die oberen Stockwerke zum Teil mit echtem Schiefer, erkennbar an seinen unregelmäßigen Bruchstellen und Spaltflächen, oder dunklem

Holz verkleidet. Die Grundflächen reichen von quadratisch bis rechteckig.
Genau wie die Fenster, einige sind sehr hoch ausladend und rechteckig, andere klein und quadratisch. Aber allesamt vergittert.

Eine JVA-Beamtin führt Barbara ungefesselt in einen Warteraum. Die blau lackierte Stahltür in der weiß ummantelnden Wand schließt sie beim Verlassen des Raumes ab.
Nach circa 30 Minuten erscheint eine andere Frau in Uniform. Sie fordert Barbara auf, ihre Tasche zu nehmen und mit ihr mitzugehen.
In einem Raum mit Theke kommen beide zum Stehen. Die Tasche muss Barbara leeren. Die Beamtin stülpt dünne Kunststoffhandschuhe über Finger, Handrücken und Handflächen. Sie murmelt: „Siehst zwar nich' so aus, Schätzeken, will mir aber nix bei dir wechhol'n, nur Nummer Sicher is' safe."
Jedes einzelne Kleidungsstück zieht sie durch ihre Finger, tastet es gründlich ab.
Sie nimmt Barbaras Portemonnaie auseinander. Scheine, Münzen, Bankcard, Ausweis und Führerschein landen nebst Schlüsselbund in einer nummerierten Plastikschale, Kosmetik- und Hygieneartikel aus der Kulturtasche in einer anderen.
Bei den Medikamenten stutzt sie.
„Die muss ich täglich einnehmen", sagt Barbara furchtsam verstört. Kommentarlos werden sie in einen weiteren Behälter gelegt.

„So Schätzelein, nu' musste mir zeig'n, was sonst noch in dir steckt", sagt die Beamtin und deutet auf eine Tür, die sie sodann öffnet.

„Jetz' mach dich nackich!", befiehlt sie in dem Zimmer.

„Das lehne ich ab", wendet Barbara unsicher ein.

„Pass ma' auf Prinzesschen, wenn de die harte Tour willst, hol ich meine Kollegin dazu."

Wie angewurzelt bleibt Barbara stehen.

„Is' keine Schikane, nur zu deinem und unserm Best'n. Woll'n doch nich', dass de dir oder uns was antust."

Widerwillig beginnt Barbara sich zu entkleiden, bis auf Socken, Slip, Unterhemd und BH.

„Sweetheart, alles, verstehst mich!?"

Eine Träne läuft über Barbaras Wange an der Nase entlang. Mit ihrer Zunge fängt sie sie vorsichtig auf.

Sie gehorcht.

Gänsehaut überzieht ihren nackten Körper.

Jedes einzelne Kleidungsstück wird abgetastet, zusätzlich beschnuppert. Sogar am Innenteil ihres Slips wird mit einiger Distanz zur Nase gerochen.

Unwillkürlich blickt Barbara zur Zimmerdecke. Nahe zweier Ecken sind diagonal gegenüberliegend runde weiße kugelige Geräte angebracht.

„Is' nur, falls de ma' behauptest, ich hätt dich unsittlich angepackt", sagt die Beamtin, Barbaras Gedanken erahnend.

Dann streift die Visitationsbeauftragte ihre Handschuhe ab. Sie tritt näher an Barbara heran.

„Zeich mir ma' deine Ohr'n!"

Barbara hebt ihr Haar an.

Erst ins linke, dann ins rechte Ohr wird geleuchtet.

„Maul auf!"

Der Mund wird inspiziert.
„Zunge nach ob'n – nach unt'n – rausstreck'n! Oberlippe nach ob'n umklapp'n – Unterlippe jetz' nach unt'n!"
Barbara wird nicht angefasst.
„Titties hochheb'n!"
Barbara folgt.
Einen Augenblick zögert die Beamtin.
„Hände nach vorn streck'n, Finger spreiz'n!"
Sie schaut genau hin.
„Beine aus'nander!"
Barbara folgt nicht.
„Warste schon ma' beim Frau'narzt? Stell dich nich' so an, Mädel!"
Sie geht vor ihr in die Hocke.
„Weiter aus'nander!"
Mit der kleinen Lampe fuchtelt sie herum.
Nach einer Weile richtet sie sich wieder auf und beschaut Barbaras Füße.
„Umdreh'n, Beine aus'nander un' tief nach vorn beug'n!"
Barbara zählt in Gedanken langsam bis neun.
„Jetz' komm wieder hoch un' zeich mir deine Fußsohl'n!"

Nach der berührungsfreien Untersuchung darf Barbara sich wieder anziehen.

Auf dem Weg zu ihrer Einzelzelle steigt ihr Hitze in die Wangen. Ihre tropfenden Tränen kühlen sie strichweise ab.
Komplett konfus setzt sie sich auf den Rand eines bettähnlichen Gebildes. Zusammengesunken, die Unterarme auf die Oberschenkel gestützt, starrt sie den nahtlosen PVC-Boden an.

Barbaras erster Morgenappell im Knast folgt militärischer Disziplin. Beim Ertönen des Gongs und der Durchsage, Uhrzeit, Wochentag und Datum benennend, denkt Barbara beim Halberwachen, sie träumt.

Kein Wunder, fast die ganze Nacht hatte sie wachgesessen und -gelegen, über alles nachgedacht.

Unfreiwillige Umgebung, fremde Geräusche und Gerüche. Nach einer gefühlten Ewigkeit hatte die Müdigkeit sie scheinbar gegen Morgen doch übermannt.

In ihrem Gewaber aus Schlaftrunkenheit dringt das Eindringen einer Vollzugsbeamtin in ihre Zelle nicht direkt in ihr Bewusstsein.

Weil Barbara sich nicht rührt, führt die Beamtin ihre Lebendkontrolle sehr schroff aus. Sie tritt wuchtig gegen das simple Stahlbett. Alles wackelt. Tief und hastig nach Luft schnappend schnellt Barbara hoch.

Durch ihre verkniffenen Augen schaut sie der Justizvollzugsbeamtin ins Gesicht.

„Nächstes Mal ist es nicht das Bettgestell, sondern dein Arsch, den ich erwische."

Barbaras Muskeln entspannen sich rasch, nachdem die Gefängniswärterin ihre Zelle verlassen hat, um den Weckgang fortzusetzen.

Ihre Muskeln entspannen nicht nur, sie bewegen sich in einen total apathischen Zustand. Auf die Pritsche sackt Barbara kraftlos zurück. Die ihrem Wesen innewohnende höchst verletzliche Sensibilität fordert Tribut.

Im grellen Licht der Leuchtstoff-Deckenleuchte kann sie nur schwerfällig ihren Kopf bewegen.

Rechteckiger kleiner Raum, hohes kleines quadratisches Fenster, ein rechteckiger Tisch an der langen Wand, ein

Stuhl wie in der Schule, zweitüriger schmaler Spint, Regalbrett an der Wand über dem Tisch, Klo ohne Deckel, Waschbecken, beides aus kaltem gebürstetem Edelstahl, darüber ein kleiner einfacher, mit Schrauben an der Wand befestigter Metallspiegel. Bahnhofsklo korrelieren ihre Überlegungen mit den Beobachtungen.
Gegen die Signale ihres Körpers stemmt sie sich mit aller Kraft und setzt sich auf die Bettkante.
Die dicke Filzdecke, unter der sie lag, ist voller kleiner Flecken, rötliche, braune, grüne, die Toilette mit irgendwelchen Speiseresten beklebt, vielleicht Erbrochenes durchbrochen von Kotspritzern. Auf dem Tisch winzig kleine tote Insekten, an unterschiedlichen Stellen gehäuft.
Hier hat schon lange niemand mehr für Hygiene gesorgt. Sie steht auf, fällt auf ihre Knie, dreht sich zum Bett. Vorsichtig lupft sie das Laken. Dann zieht sie es ganz herunter, geht mit ihm gemeinsam seitlich zu Boden. Sie richtet sich wieder auf, stützt sich auf der Bettkante ab.
Der hellblaue simple Schaumstoffquader, auf dem sie genächtigt hatte, wirkt tadellos sauber. Ebenso der hellgrüne Keil, der als Kopfkissen dient. Wenigstens das wirkt rein.
Von nun an will Barbara nur noch in ihrer Kleidung sitzen, liegen und schlafen, ohne Laken und Decken.

Schlüssel drehen. Die Stahltür geht auf. „Frühstück abhol'n", ruft eine weibliche Stimme.
Barbara rafft sich auf, tritt auf den Flur hinaus zum Servicewagen.
Die fette Serviererin glotzt sie unverhohlen an.
Kurzer Blick in die Augen, sofort zu den Füßen wechselnd. Von unten beginnt sie unverschämt, Barbara abzuchecken.
Wieder bei den Augen angekommen sagt sie: „Bist eine von den Neuen. Nich' schlecht."
Sie kramt tief unten einen pizzagroßen Teller hervor.
„Was willste hab'n?"
Barbara versteht die Situation nicht, ist sprachlos.
„Komm, ich pack dir einfach mal was drauf. Kannst davon essen, was dir schmeckt."
Die Dicke fängt an zu rotieren, legt gestapelt Scheiben verschiedener Brotsorten auf das Geschirr. Salami; Kochschinken; Mortadella; Käsescheiben; Marmelade, Erdbeer- und Aprikosengeschmack; ein Plastikschälchen mit Margarine, eins mit Butter; ein Apfel, eine Banane und eine Apfelsine folgen.
Ein Waldfrüchtejoghurt und ein kleiner Quarkbecher runden das Angebot ab.
Das hängende Doppelkinn der Bedienung schwabbelt hin und her. Ekelhaft abstoßend.
Sie reicht den Teller zusammen mit einem winzigen stumpfen Messer, einem Teelöffel und einem Papiertuch über den Wagen.
Warum grinst die Fettqualle dabei so?
Barbara fällt es schwer, die Arme zu bewegen. Ihre Muskeln zittern. Mit beiden Händen gelingt es ihr schließlich, das Essen anzunehmen und auf dem Tisch abzustel-

len.
„Tee oder Kaffee", will die Dicke wissen.
„Tee bitte", reagiert Barbara und läuft direkt wieder die paar Schritte zur Tür.
„'ne Stunde haste, dann wirste abgeholt", sagt die Servicekraft.
„Wohin?"
„Haftrichter."
Woher weiß sie das alles, fragt Barbara sich. Sie trägt keine Beamtenuniform. Gleiche Sweatshirts und Hosen, von deren Teilen die Dicke jeweils eines trägt, waren ihr auf dem Weg durch die JVA bei vielen Frauen aufgefallen. Demnach schließt Barbara auf Knastkleidung. Die voluminöse Küchenmamsell ist eine Inhaftierte. Barbara schätzt ihr Alter auf Mitte bis Ende dreißig, was schwierig ist, bei der Verunstaltung des Körpers durch das immense Übergewicht.
„Mein'n Schäfchen soll's an nix mangeln, ich bin der Hirte", zwinkert sie und schließt die Zellentür.

Dem Haftrichter und dem ihm zur Seite sitzenden Staatsanwalt gegenüber stellt Barbara ihre Unwissenheit und Unschuld zur Schau. Diese halten nach kurzer Absprache die Verdachtsmomente für ausreichend, sie in U-haft zu belassen. Die Frage des Haftrichters, welchen Rechtsanwalt sie beigeordnet bekommen möchte, beantwortet sie mit einem schlichten: „Keine Ahnung."

In ihrem Haftraum, den sie nur verlässt, wenn sie dazu angehalten wird, wäscht sie sich täglich am Waschbecken in der Zelle von den Haaransätzen bis zu den Zehenspitzen mit dem Shampoo aus ihrer Reisetasche. Viel ist nicht mehr drin, was dann?

Meistens liegt sie auf der Pritsche. Das hellgrüne Keilkissen hat sie ans Fußende gelegt. Den Kopf darauf gebettet, kann sie tagsüber einen Bruchteil des überwiegend grau bedeckten Winterhimmels durch das kleine vergitterte Fenster sehen.
Ihr Körper, viel mehr noch ihr Geist, schreien nach dem liebgewonnenen alkoholischen Betäubungsmittel. Viel würde sie jetzt für den Rebensaft geben, der ihr half, die widersinnige letzte Zeit zu Hause zu überstehen.
Stattdessen ist sie nüchtern in der nüchternen Umgebung den Einfällen ihres Gehirns ausgesetzt, wehrlos.
Ungehemmt schießen ihr Gedanken an das bis vor kurzem gelebte Familienleben durch den Kopf. Zwei Kinder, Zwillinge, Paul und Paula.
Kommen die beiden mittlerweile 15-jährigen ohne sie zurecht? Hat sich die Verhaftung schon in der Schule herumgesprochen? Werden sie Barbara besuchen kommen? Vermissen sie ihre Mutter wenigstens ein bisschen? Kümmert ihr Vater Jörg sich um sie, was er vorher an und für sich nie ohne Aufforderung tat? Hält er Haus und Garten in Ordnung?
Barbaras wundervollen Garten, in dem immer irgendeine winterharte Staude, ein Strauch, Baum oder Klettergewächs blüht, von Januar bis Dezember. Jetzt im Februar blüht zuhause der Winterjasmin, gelb wie Ginster, den Barbara schon ganz oft zurückschneiden musste, weil er

permanent von Neuem über die großflächig und großzügig installierten Kletterhilfen an den Hauswänden hinauswuchert.

Zum fünften Mal seit sie einsitzt ein trüber Tag, dessen Tageslicht sich früh dem Ende neigen wird. Es müsste so um 14:00 Uhr herum sein.
Die Zellentür wird geöffnet.
„Der Rechtsverdreher wartet im Sprechraum, also beweg deinen Arsch", lässt die Weckbeamtin des ersten Morgens wissen.

Ein schmächtiger Mann, um die Vierzig schätzt Barbara, erhebt sich von dem Schulstuhl als sie den Raum betritt.
Völlig unmoderne Frise. Circa fünf Zentimeter langes, fettig wirkendes dunkles Haar, gerade wegen der Schläfenglatzen unvorteilhaft mit etwas Frisiercreme nach hinten gekämmt. Die Schultern leicht nach vorn eingefallen. Anzug, mittelgroß kariertes Hemd, keine Krawatte.
Unsympathisch.
Seine rechte Hand streckt er zur Begrüßung entgegen.
Kühle, leicht schwitzige Haut nehmen Barbaras Rezeptoren wahr. Kraftloser Händedruck. Das hasst sie.
„Kollmann", sagt er knapp. „Frau Schulz, ich bin ihr Pflichtverteidiger. Unterzeichnen Sie bitte diese Vollmacht", er legt zwei zusammengetackerte beschriftete weiße Papiere vor, „und schildern Sie mir so gestrafft wie möglich Ihre Geschichte, wir haben nur wenig Zeit, anschließende Termine warten schon auf mein Erscheinen!"
„Na toll, stellen Sie mir Fragen, die ich beantworten

kann, weil ich nicht weiß, wo ich beginnen soll", hält Barbara entgegen.
Er fragt. Detailliert. Präzise. Notiert sich alles. Wirft zwischendurch ein, dass er sich gegen eine Haftprüfung und demzufolge für den Vollzug der Untersuchungshaft entschieden hat, aus taktischen Gründen.

Und dann sind sie wieder da, in ihrem Kopf, die FREUNDEFÜHRER.

Wie harmlos sie durch den Hinweis ihres Taekwondo-Lehrers Herrmann neugierig wurde auf dieses „Topfsucht-Deckel-Portal", wie sie sich unbeabsichtigt über alle Maßen in Frank verliebt hatte, wie er sie und Michaela aus dem oberbayerischen Burghausen schändlich betrogen hatte, wie sie aus Verzweiflung den Brief an seine Chefin, die von den Naturkosmetikwerken in Nordhorn, schrieb, dass Frank während seiner Arbeitszeit private Kontakte zwecks sexueller Belustigung knüpfte, was sie durch E-Mails belegen konnte.
Wie ihr niemand geglaubt hatte und sie zu einer Geldstrafe wegen übler Nachrede verurteilt wurde. Wie ihr Mann Jörg ihr trotz Flehens ihr aufrichtiges Geständnis der Vorkommnisse rund um Frank nicht verzieh, sondern nach 26 Jahren Ehe feige floh und auszog ...

All das schildert sie – und die Sache mit Sascha.

„Das Gericht fordert ein psychologisches Gutachten bezüglich Ihrer Schuldfähigkeit, hatte man Sie darüber in Kenntnis gesetzt?", trifft sie die Frage des Verteidigers.
Kopfschütteln ist Barbaras Antwort.

"Beantworten Sie die Fragen des Psychiaters bitte genauso, wie Sie es mir gegenüber getan haben."
Er steht auf. Reflexartig erhebt sich auch Barbara von ihrem Stuhl.
"Brauchen Sie noch etwas?", fragt er.
"Wie lange muss ich hier drin bleiben?"
"In der Regel sechs Monate bis Verhandlungsbeginn."
"So lange? Dann könnte ich noch ein paar Sachen zum Anziehen gebrauchen, hab jetzt kaum was zum Wechseln. Und meine Medikamente, ganz dringend!"
"In Ordnung, ich werde sehen, was ich tun kann", geht er ab ohne erneutes Händeschütteln.

Als nach der Rückführung die Tür ihrer Zelle ins Schloss fällt und von außen verriegelt wird, gerät ihr ohne Umschweife der Stapel bedruckter weißer DIN A4 Blätter auf dem Schreibtisch ins Visier, inmitten der leblosen Flugobjekte.
"Füllen Sie bitte wahrheitsgemäß die Fragebögen aus und bringen Sie sie zu unserem ersten Gesprächstermin in drei Tagen mit. DANKE.
Ulf Lambers, psychiatrischer Sachverständiger, i. A. Landgericht Osnabrück", steht auf einem anhaftenden Notizzettel. Daneben ein Kuli.
Dass Barbara beschreiben soll, wie es zu der Tat kam, was sie dabei empfand, was sie davor und danach gemacht hat, versteht sie.
Überall macht sie einen horizontalen Strich.
Und dann soll sie Fragen zu ihrer Kindheit bearbeiten, unter welchen Bedingungen sie aufwuchs, welche Empfindungen sie in ihrem Elternhaus hatte, insbesondere ihren Eltern gegenüber, ob sie sich als Einzelkind "be-

sonders" gefühlt hat.
Aber der Hammer, sie soll Stellung beziehen, wann sie sich zum ersten Mal ihrer Sexualität bewusstwurde, ob sie sich dabei „geschämt" hat.
Das erste Mal, Barbara meint bei ihrer Beschreibung für den Arzt das wirklich erste Mal, als sie sich selbst einen Orgasmus gerubbelt hat.

Sie kam aus der Grundschule nach Hause, ihre Mutter war wie üblich im Nutzgarten mit jäten, Obst und Gemüse ernten, anschließend waschen, schneiden und einwecken oder einfrieren beschäftigt.
Ein kurzes „Hallo", von ihr und „nachher gibt's Essen".
Der Schlüssel steckte im Haustürschloss. Barbara stieg die Treppe hinauf in ihr Zimmer. Unterwegs spürte sie so ein inneres wellenförmiges Kitzeln und Jucken oben zwischen den Beinen. Diese Stelle musste sie mit ihren Fingern unbedingt berühren.

In welcher Klasse war sie zu dem Zeitpunkt? Dritte Klasse? Ja, auf jeden Fall vor der vierten. In der vierten hatten sie nämlich „Aufklärungsunterricht" bei Herrn Schulleiter Mohr, eklig und peinlich, wie Barbara damals fand, und für sie zu spät. Sie wäre gerne vor ihrem ersten autosexuellen Erlebnis vorbereitet gewesen.

Die Schultasche ließ sie fallen, setzte sich an den ummauerten Kamin, spreizte ihre Beine und fing an zu reiben, auf der geschlossenen dünnen Sommerhose, zunächst mit den Fingerkuppen, dann nahm sie den Daumennagel ihrer rechten Hand, zog mit der linken den Hosenbund zum Bauchnabel, um die Rubbelunterlage zu straffen, rieb und rieb und kletterte die Leiter der Lustgefühle empor bis zur wollüstigen Unerträglichkeit, sie konnte nicht aufhören – dann kam er, der Abgang, ihr Nagel rieb weiter und weiter, ihre Beine zuckten bei jeder Berührung dieses kleinen Hügels, wie bei Stromschlägen, ihr Kopf drehte sich unkontrolliert von links nach rechts, fest an die Kaminmauer angelehnt.

Was war das? Es konnte nicht rechtens sein, dachte sie. Gott wird sie dafür bestrafen. Sie faltete ihre beschmutzten Hände und schwor gen Himmel, das würde sie nie wieder tun, Gott solle sie bitte leben lassen, keinen Blitz herunterschicken, der sie tötet.
Währenddessen lösten sich die Hände aus der gegenseitigen Umklammerung. Die rechte fuhr erneut zwischen die Beine. Die linke öffnete Knopf und Hosenreißverschluss. Mit beiden Händen entledigte sie sich ihrer Beinkleidung samt Schlüpfer. Ganz weit spreizte sie ihre Beine. Der Mittelfinger der rechten Hand fand schnell das Lustzentrum.
Diesmal dauerte es länger, bis es vollbracht war, aber der Weg dahin war gedankenraubend, nur Gefühle, die sich steigern, aus denen man nie mehr aussteigen möchte.

Dem Arzt schreibt Barbara wahrheitsgetreu in den Bericht, dass sie Jahre, wenn nicht Jahrzehnte gebraucht hat, sich bei ihrer Onanie schuldlos zu fühlen.

An ihrem Elternhaus lässt sie kein gutes Haar.
Weil sie sich nie zuhause gefühlt hat, ist sie sehr jung ausgezogen, um ihr Heil in der Ehe mit Jörg zu suchen.
Gefunden hat sie es leider auch dort nicht.

Beim Morgenappell schreckt Barbara hoch. Sie war über den Formularen am Schreibtisch eingeschlafen. Die Schulter-Nacken-Muskulatur schmerzt, mit und ohne Bewegung. Eine kleine Speichelpfütze hat mehrere Blätter durchtränkt.

Wie immer übertrieben freundlich serviert ihr die Dicke kurze Zeit später das Frühstück.
Barbara fängt an, ihr alles Mögliche zu erzählen, selbst den Grund für ihre Redseligkeit nicht kennend.
Schlussendlich fragt sie die Dicke, wie sie hier an Hygieneartikel kommt. Wo man Wäsche waschen kann. Ihre Slips hat sie bisher mit Shampoo im Waschbecken gereinigt und zum Trocknen über die Stuhllehne gehängt. Auf Dauer sei das kein erträglicher Zustand ...
„Muss mein Programm abspul'n, bin in ungefähr zwei Stund'n wieder hier", sagt die Dicke und schließt ordnungsgemäß die lackierte Stahltür.

Sie hält Wort. Beim weiteren Ausfüllen der Fragebögen wird Barbara unterbrochen.
„Hier is' Kernseife, frische Handtücher, die kannste mir zum Wechs'ln geb'n, wenn se dreckich sind. Binden. Willste lieber Tampons? Welche Größe?"

Bei der Frage fällt Barbara ein, dass sie seit Monaten nicht mehr menstruiert hat. Ihre letzte Blutung hatte sie kurz vor der letzten einschneidend entscheidenden Begegnung mit Frank. Ist das schon die Menopause?
Sie hätte nichts dagegen.

„Bitte nur Seife, Handtücher, WC-Papier."
„Dafür biste mir was schuldich."
„Aber ..."
„Das krieg'n wir schon", grinst das aufgedunsene Vollmondgesicht. „Ab jetz' schließ ich jed'n Ab'nd auf, dann kannste dusch'n geh'n."
„Aber ..."
Im Weggehen dreht sich die Dicke noch einmal um: „Fast vergess'n, mein zartes Täubchen, gleich wirste abgeholt, Vorstellungsgespräch bei der Gefängnisleitung, die war krank, Lungenentzündung, deshalb erst jetz' – und – flatter mir nich' davon", lächelt sie hämisch.
Okay, denkt Barbara, nun bin ich schon vom Schaf zur Taube mutiert.

Mit textiler Atemschutzmaske sitzt Barbara eine hagere Frau hinter einem proportional viel zu wuchtigen Schreibtisch gegenüber. Circa Mitte 50, grau meliertes kinnlanges glatt anliegendes Haar.
Die Leiterin der JVA entschuldigt sich kurz, dass es krankheitsbedingt entsprechend lang bis zu diesem Termin gedauert hat. Zu wenig Personal, chronisch unterbesetzt, kein Ersatz.
Kurz schaut sie auf Aktenblätter. Wahrscheinlich Barbaras Fall.
Keine einzige Frage.
„Falls was sein sollte, können Sie sich jederzeit an mich wenden", sagt sie im Aufstehen und reicht Barbara keine Hand. Ihrem verwunderten Blick entgegnet die Direktorin: „Wir sollten besser keine Keime austauschen! Ich muss aufpassen, dass ich mir nichts einfange."
Das Geplänkel dauerte nur ein paar Minuten, nicht wert,

Platz genommen zu haben, denkt Barbara.

Hier ist sie ganz allein auf sich gestellt. Das ist ihr von dieser Begegnung an klar wie der nächtliche Sternenhimmel über Gülpe, den sie auf einem Schulausflug mit dem Physikkurs ihres ehemaligen Abendgymnasiums staunend kennenlernen durfte.

In ihrer Abgeschiedenheit hat sie viel Zeit nachzudenken. Viel zu viel. Außer dem Beobachten des meistens dunklen, wolkenverhangen Himmels durch das kleine Fenster bleibt ihr nichts. Oft gelingt es ihr nicht einmal, Wolken beim Ziehen in Windrichtung auszumachen, alles ist eine einzige graue zusammenhängende Masse.
Wenigstens eine Uhr hätte sie gern.
Und ein Radio, oder besser einen Fernseher.
Soll sie die Dicke darauf ansprechen?

Sie steht auf, rollt Toilettenpapier ab, tränkt Streifen mit Wasser, legt diese flächendeckend auf den WC-Rand. Einen Knubbel Papier befeuchtet sie, gibt einen Tropfen Shampoo in die Mitte, wischt das Regalbrett, putzt die kleinen toten Tierchen vom Tisch. Mit einem anderen Papierknäuel reibt sie die Flächen trocken.
Auf dem Klorand sind die organischen Substanzen zwischenzeitlich aufgeweicht. Sie lassen sich mit dem feuchten Papier, das stellenweise kleine Klümpchen bildet, wegwischen.
In das Waschbecken kommt auch Shampoo, wird mit Wasser vermischt und kreisförmig reibend verteilt, danach ausgespült und die Flächen getrocknet.
Die Tür wird aufgeschlossen.

Abendbrot.

„Schau mal", sagt Barbara voller Begeisterung über ihr Tun, „alles sauber und glänzt!"

Die Dicke schmunzelt.

„Wenn's dir zu langweilich is', ich könnt dich in die Küche einschleus'n. Musst nich', wär' freiwillig, solang noch kein Urteil hast."

Eigentlich ist ihr die Fettqualle zuwider, Barbara erschrickt daher, dass sie anfängt, vertraut mit ihr zu werden.

„Über dein Angebot werde ich nachdenken. Wie komme ich gleich zu den Duschen?"

Ein genussvolles Grinsen komprimiert die Speckmassen im Gesicht der Dicken um den Mund herum.

„Wenn ich mein'n Rundgang fertich hab komm ich und hol dich."

Wieder hält sie Wort.

Sie führt Barbara, die unter ihrem sandfarbigen Frottierbademantel nichts trägt, den langen Flur entlang bis zu dessen Ende. Gelbes Licht, getränkt mit Dunstschwaden, scheint durch eine breite Tür hinaus. Mit ihren fetten Wurstfingern signalisiert sie Barbara in den Raum einzutreten.

An der Wand befestigte Brauseköpfe hängen in Reih und Glied, wie in Hallenbädern.

Darauf steuert Barbara zu, stellt ihr Shampoo auf den nassen Fliesenboden.

Sie löst den Frottiergürtel ihres Bademantels und dreht sich instinktiv um.

Die Dicke steht mit ausdrucksloser Mimik im Türrahmen.

Fragend schaut Barbara sie an.

„Ich pass auf dich auf", sagt sie. „Kannst auch 'ne Einzelkabine nehmen."
Erst jetzt bemerkt Barbara sechs umrahmte Türen. Sie ähneln WC-Kabinen.
„Kannst nur nich' abschließ'n, aber ich bin ja hier", hört sie die Dicke noch sagen, als ihr bereits das warme Wasser wohlig reinigend über den Körper strömt.

Barbara säubert nun täglich ihre Zelle, die ihr von Tag zu Tag vertrauter wird, liegt auf der Pritsche, freut sich auf die Mahlzeiten, drei Mal pro Tag, wie im sternelosen Hotel oder Krankenhaus – und auf die allabendliche Dusche, bei der ihr voluminöser Schutzengel wacht.

> All das finanziert ihr der Staat. Netter Service der Bundesrepublik.

Langsam, sehr langsam, hat sie das Gefühl, die Tage bleiben ein wenig länger hell als zu ihrer Einlieferungszeit.

Da öffnet sich zu einem außergewöhnlichen Moment ihre Zimmertür.
Die Dicke reicht ihr einen großen durchsichtigen Plastiksack.
„Klamotten – schickt dein Anwalt."
Dankerfüllt fällt Barbara der Speckmasse beinah um den einschneidenden Faltenring, der sich bei Normalgewichtigen als Hals darstellt, kann sich aber noch ausbremsen.
„Das sind ja meine von zu Hause", sagt sie freudig erregt.
„Wie hat er das gemacht?", fragt sie mehr oder weniger

rhetorisch und kramt die Sachen aus dem Beutel. „Endlich auch meine Medis, hab letzte Nacht durchgehustet, konnte gar nicht mehr aufhören, dachte, ich ersticke."
„Sonst noch was?", fragt die Dicke.
„Wenn du mir noch einen Gefallen tun könntest, ich hätte gern Schreibpapier."
„Häh?"
„Ja, egal was. Damit kann ich meine Gedanken festhalten."
„Täubchen, du grübelst zu viel. Deine Gedank'n solltest besser loslass'n."
Eine Weile steht sie noch im Raum, wartet eventuell auf eine Entgegnung Barbaras.
Diese faltet weiter entzückt ihr Zeug.
Nebenbei hört sie den Türschluss.

Auf zu neuen Ufern

Mit dem Abendbrot geht Barbaras Wunsch in Erfüllung.
Ein großer karierter Collegeblock nebst zweier Minenschreiber.
Aus Dankbarkeit reicht sie der Dicken die rechte Hand und legt ihr die linke auf die Schulter.
Sie erntet funkelnde Blicke.
Das Essen stellt sie an die Seite, beginnt umgehend zu schreiben. Taucht in ihre Lebensgeschichte ein.

Wegen der metallenen Klapper- und Rasselgeräusche, die von den Gängen in ihre Zelle hallen, bemerkt sie nicht die erneute Türöffnung und schnellt vom Stuhl hoch, als die Dicke unerwartet neben ihr am Schreibtisch steht.
„'ne neue Flasche Shampoo für mein Täubchen. Heute nich' dusch'n?"
„Sorry, war mental abgetaucht. Zieh mir schnell meinen Bademantel an."
Die Dicke stellt sich in die Tür. Schaut abwechselnd zum Gang und in die Zelle.
Barbara öffnet eine Spindtür, um sich durch diesen schmalen Sichtschutz notdürftig vor den Blicken der Dicken zu schützen. Nackten Hintern und Oberschenkel sieht sie bestimmt, während Barbara sich entkleidet.
„Wird's bald, hab heut nur wenich Zeit!", schroffiert die Prachtwumme.
Leicht gehetzt folgt Barbara ihr zu den Nasszellen.
Den Bademantel wirft sie von innen über die Tür und

lässt das Wasser fließen. Dabei denkt sie über die Sätze nach, die sie in ihrem Raum zu Papier gebracht hat.
Da die Kabinen klein sind, steht sie rücklings dicht an der Tür.
Etwas beginnt zu drücken, begehrt Einlass.
Sie versteht es zunächst nicht.
Sie macht einen großen Schritt zur Wand.
Sie dreht sich um zur Tür.
Ein völlig nackter speckiger Fleischklops drückt ihren zierlichen Körper an die Fliesen.
„Wird Zeit, deine Schuld'n zu begleichen", kommt von der Dicken.
Ihre wulstig fleischigen Lippen presst sie Barbara so drückend auf den Mund, dass sie nicht schreien kann.
Die fetten Hände greifen nach Barbaras Armen, reißen ihr die Arme nach oben über den Kopf, legen die Handgelenke übereinander.
Die linke Speckhand umschließt sie fest.
Unangenehmer Schweißgeruch strömt aus den Achselhöhlen der Dicken.
In diesem Moment spürt Barbara die überdimensionalen Größenmaße, nicht nur der einzelnen Hände, des gesamten Körpers.
Abwehrtechniken, die sie beim Taekwondo erlernt hatte, fluten ihr Hirn.
Das Wasser der Brause rauscht weiter.
Sie versucht ihre Knie anzuziehen, zwecklos. Ihre Hände lassen sich nicht aus dem Klammergriff lösen, trotz Feuchtigkeit.
Nicht mal ihren Kopf kann sie bewegen.
Die wallenden wabernden Fettmassen erdrücken sie fast.
Sie ringt nach Luft, bekommt kaum noch Atem.

Bauch und Brustkorb werden gestaucht, können sich nicht aufblähen.

Etwas tastet an ihrer linken Körperseite entlang, über Taille und Hüften.

Es muss die rechte Hand des Fettmonsters sein.

Sie quetscht sie zwischen Barbaras Oberschenkel.

Durch Barbaras Nase entweicht ungewollt ein leises kurzes Stöhnen.

Die Dicke drückt alles, was sie aufzubieten hat, gegen sie.

Barbara wird schwindelig.

Fette weiche Finger befingern rhythmisch ihre Muschi.

Sie wird innerlich feucht.

Der Brausestrahl ist versiegt.

Sie kann sich nicht wehren.

Nicht einmal gegen die aufkommenden Lustgefühle, die sie nicht zulassen will.

Stoßartig strömt Luft aus der kleinen freien Öffnung eines ihrer Nasenlöcher.

Kaum neue gelangt im Umkehrzug beim Versuch des Einatmens zurück.

Fortwährend schwinden ihr die Sinne, durchmischen sich mit stetig sich steigernden Erregungszuständen.

Sie fühlt es, sie wird kommen.

„Mmh", hört sie sich selbst.

Die Dicke lockert den Pressdruck ihres Gesichtes.

Sie scheint es auch zu spüren.

Heftig atmet Barbara ein.

„Monster – ah, du Fettmonster", stöhnt sie und schließt die Augen. Sie lässt los. Ihr Körper wird vom Speck der Dicken gehalten.

Wie im Rausch kommt ihr Höhepunkt.

Der beste, den sie jemals hatte.

„Übrigens, ich heiß Manuela", grinst die Dicke siegesbewusst. „Beeil dich jetz', sonst merkt noch einer, dass wir überfällig sind."

Nachdem die fette Lesbe die Kabine verlassen hat seift Barbara sich ein, versucht eilends das Erlebte abzuwaschen, noch die nachhaltige Erregung in sich spürend.

Schweigend gehen sie zurück.

Mit zitternden Fingern nimmt Barbara Block und Bleistift. Es muss raus. Zu Papier gebracht wird sie es loswerden. Alles Erfahrene.

> Ihre Eintragung lautet:
> *„Seit ich um und für mein Leben kämpfe denke ich nicht mehr an Suizid."*
> Und weiter:
> *„Fast Fünfzig Jahre habe ich gebraucht, mir das Recht einzugestehen, mich selbst spüren zu dürfen, auf die Beurteilung anderer zu ‚scheißen', mir selbst mehr wert als der Tod zu sein".*

Alles drängt aus ihr heraus, will geschrieben werden.
Sie beginnt, ihre Ereignisse chronologisch festzuhalten.

Am Morgen danach gibt sie Manuela deutliche Hinweise.
„Ich bin hetero, nicht bi, nicht lesbisch. Daran wird die unfreiwillig orgastische Erfahrung mit dir nichts ändern."
Sie baut sich vor ihr auf: „Fass mich nie mehr an!"
„Taube, ich musste dich einmal hab'n, wenichstens ein einzichstes Mal, damit du mir gehörst."
„Ich gehöre niemandem mehr, außer mir selbst, und einzig ist nicht steiger... ach, vergiss es!"
„Kannst Manu zu mir sag'n."

Zwei Tage später meldet Barbara sich freiwillig zum Küchendienst, das hat sie schließlich drauf.
Zwischen den Küchenmöbeln aus gebürstetem Edelstahl zeigt Manu ihr, wo sich was befindet.
Sie stellt sie Sabrina vor, sie ist die Oberküchenlogistikerin.
Barbara darf alles erledigen, wofür sich die anderen zu schade sind, hauptsächlich Geschirr mit einem Löffel oder einer Gabel grob von groben Speiseresten befreien, das mega heiße Geschirr aus den beiden Maschinen entnehmen und in die Regale einordnen, danach die Maschinen mit dem schmutzigen Geschirr und Besteck erneut füllen. Gegenstände, Metallschalen, große Gastronormbehälter, sperrige Bleche, die wegen Form und/oder Größe spülmaschinenungeeignet sind, wäscht und trocknet sie per Hand ab.
Einmal wagt sie es, gegenüber Sabrina zum Ausdruck zu bringen, dass sie gerne die anderen Aufgabenfelder auch kennenlernen würde, zumal sie gerne kocht und backt.
„Ach, bist dir wohl zu fein für den Dreck, der übrig bleibt!", reagiert Sabrina.

Seitdem schrubbt Barbara die Böden in Küche und Sanitärbereichen, trennt den Abfall in Bio-, Restmüll, Altpapier, grüner Punkt, sortiert Lebensmittel in den Kühl- und Gefrierschränken nach MHD von unten nach oben oder hinten nach vorne, nimmt die schweren täglichen Lieferungen an und räumt sie bei.
Bei ihren pseudo Arbeitskolleginnen stößt sie meistens auf Ablehnung. Sie maulen rum, motzen wegen jeder Kleinigkeit, die Barbara nicht ganz richtig macht, rempeln feste, wenn sie vorbeistakst, suchen Fusseln und Flusen auf den Fliesen.

Barbara hatte Sabrina persönlich mehrmals dabei beobachtet, wie sie sich Haare auszupfte und fallen ließ, nachdem die Böden frisch gereinigt waren.
Dann zitierte sie Barbara provokativ an den Ort des Geschehens, ließ sie wissen, dass Dreck-Schlampen wie sie in ihrer Küche keinen Platz hätten.
Sie nahm sich das Recht, Barbara mit einem Schlag der flachen Innenhand auf den Hinterkopf abzustrafen. Nicht selten folgten ein zweiter und dritter.

In einer Pause, in der die Küchenfrauen sich selbst mit dem von ihnen zubereiteten übriggebliebenen Essen verköstigen dürfen, wollte die Chef-Koordinatorin verhindern, dass sie sich zwischen die Frauen an einen der Speiseraumtische setzt.
Verloren stand Barbara mit ihrem Tablett vor ihr.
Alle starrten.
Barbara versuchte auszuweichen, genügend freie Plätze gab es. Vergebens.
Sabrina gab Handzeichen.

Sofort rückten alle Frauen dicht zusammen, dass ein Dazwischenquetschen unmöglich wurde.
Barbara dachte an Pandae-Dollyo-Chagi. Ein rückwärts gedrehter Fersentritt voll in Sabrinas Fresse.
Barbara brachte sich in Stellung.
Da kam Manu, nahm sie mit an ihren Tisch.
Ruhe war.

Heute ist Barbaras dritter Termin beim Anstaltspsychiater.
Mit einer ausladenden Handbewegung deutet er ihr an, in einem der beiden anthrazitfarbenen Cocktailsessel Platz zu nehmen. Herr Lambers setzt sich in den anderen. Zwischen ihnen ein Tischlein, darauf ein Flechtkörbchen mit Muscheln und Kieseln.
All das von ihr in den Bögen Angekreuzte und Aufgeschriebene zu den gestellten Fragen geht er nochmals ruhig Schritt für Schritt mit ihr durch.
Stellt Zwischenfragen.
Sie beantwortet alle, freut sich, dass sich endlich mal jemand für ihr Leben und Erleben interessiert.
Er macht ununterbrochen Notizen.
Dann erhebt er sich aus seiner lässigen beinverschränkten Stuhlposition.
Barbara steht dadurch animiert auch auf.
„Frau Schulz, ich bedanke mich für ihre Kooperation."
Sie starrt ihn an.
„Das war's?"
„Bis hierhin. Bis zur Verhandlung."
„Aber glauben sie mir, dass ich unschuldig bin? Ich hatte

eine kurze billige Affäre mit dem Typen – Frank Scharf – ich bin für seinen Tod nicht verantwortlich."
Das sagt sie und glaubt es in dem Moment selbst.
„Frau Schulz, meine Beurteilung steht noch nicht fest. Ich bitte Sie abzuwarten."
„Aber ich brauche irgendwas Konkretes, ich muss mich daran hochziehen!"
„Frau Schulz, ein Gutachten braucht seine Zeit. Es ist ein Abwägen zwischen dem, was Sie mir erzählt haben, wie ich Sie als Person erlebt habe, und dann kommen die Fakten aus den polizeilichen Ermittlungen hinzu."
„Die billigen Ermittlungsergebnisse? Die können Sie vergessen. Die haben es sich bequem gemacht und mich direkt als Täterin abgestempelt. Aber ich war das nicht, hören Sie, ich bin unschuldig – nicht schuldig!"
„Über Ihre eventuelle Täterschaft habe ich nicht zu entscheiden. Mir obliegt es festzustellen, ob Sie im Falle der Tatbegehung schuldfähig waren und gegebenenfalls in welchem Umfang. Das Urteil fällt das zuständige Gericht."
Irgendwie kann Barbara den Raum nicht verlassen. Sie weicht der Gebärde des Psychiaters aus, der sie höflich aber bestimmt mit der Vorwärtsbewegung seines Körpers zur Zimmertür drängt. Ihre Blicke wandern durch die Räumlichkeit. Hängen bleiben sie an der Couch. Wahrscheinlich Kunstleder. Braun. Mittig eine silbergraue dünne Polyesterdecke. Das Fußteil wird von einem transparenten Kunststoffbezug umschlossen.
„Für wen ist die", fragt Barbara mit einem Fingerzeig, „und wieso durfte ich mich nie darauf ausstrecken?"
Verdutzt schaut der Psychodok drein: „Im Grunde Staffage, gehört nach überlieferter Meinung in jedwede Psy-

chologenpraxis. Wird aber auch von den meisten meiner Berufskollegen selten bis nie genutzt. Frau Schulz, bitte!"
Kalt weist er mit rechtem Zeigefinger zur Ausgangstür.

Manu setzt sich beinahe jeden Abend vor Einschluss zu Barbara aufs Nachtlager. Sie hört ihr zu. Legt hin und wieder einen gewichtigen fetten Arm um Barbaras frisch geduschte Schultern.
„Täubchen, ich wünsch dir Leute, die dir deine Story abkauf'n", sagt sie häufiger.
„Glaubst du mir nicht?"
„Ich glaub nur, was ich seh!"
„Dann sind wir Schwestern im Geiste", strahlt Barbara, sich in der Bekundung wiedererkennend.
„Mit Geistern kann ich noch weniger anfang'n", beendet Manu dieses eine ihrer zahlreichen, meistens komprimierten Gespräche mit einem fetten Grinsen.

Abends bringt sie Zeitungen, vorwiegend mehrere Tage oder Wochen alte, überwiegend Hildesheimer Allgemeine Zeitung, aber auch andere.
In der NOZ liest Barbara gespannt alles zu ihrem Fall. Die Journalisten schildern sachlich.
Trotzdem, was macht das mit Paul und Paula? Gleicht Jörg deren enorme seelische Belastung aus?

Eine Ausgabe startet auf der Titelseite mit der Headline:

„53-jähriger Nordhorner erschossen".

Im Artikel heißt es, dass die Staatsanwaltschaft Osnabrück gegen die dringend tatverdächtige Barbara S. aus Bevergern ermittelt, welche sich in Untersuchungshaft befindet.
Die mutmaßliche Täterin habe Frank S. in seinem Zweifamilienhaus mit einer kleinkalibrigen Waffe getötet.
Zuvor habe sie ihren getrenntlebenden Ehemann damit genötigt, ihr seinen Pkw zu überlassen.
Kein Wort zum Wäldchen. Kein Wort, ob Waffe und/oder andere Indizien gefunden wurden.

Eines Nachmittags, Barbara ist nach dem Küchendienst in ihrem Raum und schreibt an ihren Erinnerungen, öffnet die unsympathische allmorgendliche Weckerin unerwartet die Zellentür.
„Besuchszeit!"
„Ach so, mein Anwalt wahrscheinlich?", schaut Barbara auf.
„Nein."
Nein, sie hat nein gesagt!
Barbaras Gedanken kreisen wild.
In den vergangenen Wochen hatte sie gelegentlich Besuch ihres Anwaltes. Sonst von niemandem.
Leichte Freude keimt in ihr auf.
Sind es vielleicht Paul und Paula? Oder wenigstens eines ihrer beiden Kinder?
Ja, so muss es sein. Endlich haben sie sich überwunden.
Sie vermissen ihre Mutter.

Zudem hatte Barbara vergangenen Donnerstag Geburtstag, was sie beim Wecken mit Datumsansage registrierte, außer ihr aber niemand sonst.

Mehrfach drängte es sie, Manu einen Hinweis zu geben. Jedes Mal entschied sie sich im letzten Moment, diesen von der Gesellschaft aufoktroyierten Tag zum Feiern wie jeden anderen alltäglich zu behandeln. Anderes Handeln hätte falsche Erwartungen und erneute Sehnsüchte nach Anerkennung ihres menschlichen Daseins geweckt.

Sie springt auf, läuft zum Metallspiegel, blickt in ihre grünen heterochromatisch hellbraun gesprenkelten Augen, fährt sich aufgeregt durchs Haar.
Ihr Haar, ihr rötlich glänzendes dunkles Haar.
Dunkel war's einmal. Nun durchziehen viele farblos grauweiße Strähnen die Mähne. Rasant werden es mehr.
Wird es den Kindern auffallen? Wie lange sind sie nun getrennt von ihrer Mutter?
„Wird's bald, oder soll ich nachhelfen?"
Barbaras Herz pocht.
Die Beamtin lässt sie wie immer vorausgehen.
Diese seltsame Nervosität, gepaart mit Vorfreude, überträgt sich auf Barbaras Schrittfolge. Dass wird ihr erst bewusst, als sie etwas in ihrer Kniekehle spürt, ein Brennen, explosionsartig verstärkt es sich, unerträglich, sie sackt zusammen und fällt hin.
„Haben sie dir ins Hirn geschissen? Von Rennen war nie die Rede!"
Durch ihre Nase presst Barbara einen intensiven Schmerzlaut. Leicht öffnet sie den Mund, beißt aber die Zähne zusammen.
Sie dreht sich auf den Rücken.
Die Wärterin reicht ihr den Gummiknüppel zum Greifen. Anders als ein Tonfa hat er keinen Quergriff.
Barbara fasst ihn nicht an, sie stützt beide Hände rechts-

seitig auf den Boden, zieht die Knie zum Körper, stößt sich leicht ab und hangelt sich am Geländer hoch.

„Komm jetzt, ist nicht mehr weit", sagt die empathielose Führerin.

Sie öffnet die Tür zum Besucherraum.

Barbara freut sich sehr, endlich ihre beiden oder wenigstens eines der Kinder wiederzusehen.

Mit feuchten Augen humpelt sie in den Raum hinein.

Sie sucht, entdeckt niemanden, der in ihr Schema passt.

Wo sind sie?

„Hierhin", verfügt ihre Aufseherin und deutet mit ihrem Gummiknüppel auf einen Tisch mit zwei gegenüberstehenden Holz-Sitzmöbeln, wenig größer als Kinderstühle.

Einen Mann sieht Barbara auf einem der Stühle sitzen.

Einen aufgedunsenen alten Körper mit wenig Spannkraft. Er lächelt sie müde an.

Sie setzt sich, mustert ihn.

„Wer sind Sie?", hört sie sich laut fragen. „Ah, nein, Moment."

Ihre Augen kreisen unaufhörlich, scannen alles Fassbare.

„Schau mir in die Augen, dann kommst du drauf, sie haben sich nicht verändert", gibt ihr der Mann, der ungefähr in ihrem Alter sein müsste, bekannt.

Ihre Blicke bohren sich in seine.

Nein, das kann nicht sein.

Sie will es nicht glauben.

Die Augen, seine beeindruckenden Augen in dem abgewrackten Körper.

Die Augen eines Engels.

„Arne?"

Schweigen.

„Ich wusste, dass du mich erkennen wirst."

Sie fällt ihm um den Hals, presst ihre Wange an seine. Ein schwach ranziger testosterongeschwängerter eberartiger Altmännergeruch flutet ihre Nasenlöcher.
„Hinsetzen und keinen Körperkontakt", mault die Wärterin dazwischen.
„Was machst du hier?", sind die nächsten Worte, die Barbara einfallen.
„Ich besuche dich", kommt von Arne.
Beide schauen sich an und lachen.
Unglaublich viel Zeit ist seit ihrer letzten Begegnung vergangen.
Barbara möchte Vieles sagen, alles strömt ungeordnet und gleichzeitig Richtung Mundöffnung, ganz viel Freude quetscht sich noch dazwischen, macht sie mundtot.
Arne scheint es ähnlich zu ergehen.

Wie Alexander hatte sie ihn sich vorgestellt, ein wenig älter, mit mehr und tieferen Hautfalten.
Nichts mehr ist davon wahr.
Nur die Augen sind geblieben.

Alexander Benjamin Baron von Hodenberg aus Bramsche. Einer von FREUNDEFÜHRER. Wie mag es ihm gehen, denkt er manchmal an Barbara? Wie war nochmal sein Spitzname? Ach ja, Sascha.
Er hatte Barbara wissen lassen, dass er Geschäfte mit einem Mitglied der Russenmafia tätigt. Dubiose, nicht ganz astreine Geschäfte, die viel Kohle einbringen für seine Tochter Anna und ihr Fellpony Bert. Von diesem Bekannten, dem Russen, der angeblich günstig mit verunfallten Pkw der Oberklasse handelt, soll er seinen Nickname haben. Geglaubt hat sie ihm die vielen Ge-

schichten nicht, er wollte sich aufspielen, um sie zu beeindrucken, dachte sie. Obwohl – Saschas dickes Auto hatte sie stutzig gemacht. Kann ein Lkw-Fahrer genügend Geld verdienen, um sich einen Aston Martin V12 Vanquish leisten zu können? Adelstitel hin oder her, in unserer Demokratie spielen sie keine tragende, vor allem keine ökonomische Rolle mehr. Aber erwiesenermaßen belogen hatte er Barbara, hatte ihr ohne Grund seine Lebensgefährtin verschwiegen. Barbara hatte ihn bis dahin für einen guten aufrichtigen Freund gehalten.

Ihr Gegenüber pustet ihr ins Gesicht, holt sie somit in die Gegenwart zurück.
„Arne, sei mir nicht böse, mir fehlen grad die Worte. Doch ich freue mich!"
„Geht mir auch so."
Sie blicken sich an.
„Du bist der erste, der mich hier freiwillig besucht, wie hast du davon erfahren?", knüpft Barbara an.
„Das fragst du, bei den Schlagzeilen, die du geliefert hast?"

Arne berichtet, dass sein Vater unlängst verstarb, aufgrund dessen hatte es ihn zur Beerdigung mal wieder nach Bevergern verschlagen. Seine sechs Monate zuvor verstorbene Mutter war ihre letzten Lebensjahre intensiv pflegebedürftig gewesen, für die Finanzierung der Pflege hatte sein Vater das Haus, das schon abgezahlt war, neu belasten müssen. Nach dem Tod des Vaters blieb nun vom ursprünglichen Erbe nichts mehr übrig.
Bei der Meyer-Werft war Arne rausgeflogen, weil er wegen seines angeborenen Typ-1-Diabetes, von dem Barba-

ra zu ihren gemeinsamen Schul- und Vereinszeiten nichts wusste, häufiger arbeitsunfähig war.

„Als Jugendlicher wollte ich cool sein, angesagt, da drückt man potentieller Beute doch nicht seine Gendefekte aufs Auge oder ins Ohr", antwortet er mit einem gekonnten Zwinkern auf Barbaras Verwunderung. Sein Krankheitsverlauf sei auch erst in den letzten Jahren eskaliert.
Zurzeit lebe er von ALG II und scherzt, er sei am Hartzen.
Eine leichte Alkoholfahne meint Barbara zu vernehmen.
Sie legt Ihre Unterarme auf die Resopalplatte des Tisches und umschließt locker mit ihrer rechten Hand die linke, wobei sich die Daumen kreuzen.
Arne tut es ihr gleich.
„In unserm Kaff war dein Fall natürlich Ortsgespräch Nummer eins."
„Dennoch, warum bist du jetzt hier bei mir?", fragt Barbara. „All die Jahre zuvor hast du dich nicht mehr für mich interessiert!"
„Ich dachte, du lebst glücklich und zufrieden deine kleine Familienidylle. Wie hätte ich da reingepasst?"
„Du hattest dich damals einfach vom Acker gemacht."
„Jetzt bin ich hier."
Barbaras Blick sinkt, sachte schüttelt sie den Kopf.
Arne schiebt seine Hände an Barbaras. Kaum merklich berühren sich ihre Fingergelenke.
„Weil ich selbst viel Scheiße erlebt hab, weiß ich, was gerade mit dir los ist. Lass mich dein Freund sein, wie in alten Zeiten, oder nein, noch besser, wegen der alten Zeiten."
Aus dem Maul der Gummiknüppelaufsicht schallt trium-

phierend: „Zum Schluss kommen, Besuchszeit ist gleich zu Ende!"

„Arne, ich denk drüber nach, okay? Ergebnisoffen. Hat mich jedenfalls echt gefreut, dich nach ungezählt vielen Jahren wiederzusehen. Die Umstände hätten besser sein können."

„Sieh mich an, und dann erzähl mir nochmal was von besseren Umständen."

Der Gummiknüppel schlägt rhythmisch hinter Barbara in die linke gebogene Handfläche der Aufsicht.

Selbst Arne scheint es zu registrieren.

„Ich lass dich nicht mehr aus den Augen, garantiert", erhebt er sich von seinem Stuhl und lacht, wobei sein Bauchansatz über den zu engen Hosenbund quillt.

Ein Zahn fehlt ihm links oben. Nummer vier. Der erste der beiden Prämolaren, fällt Barbara ein. So hatte sie die Bezeichnung der Vormahlzähne im Zahnschema während ihres Biologiestudiums oberflächlich kennengelernt. Großes Bedauern, dass sie es nicht beendet hat, ergreift schlagartig ihre Empfindungen.

Wieder wird sie von Erinnerungen aus dem Hier und Jetzt entführt.

Sie hatte ein eigenständiges Leben geopfert, ihre Laufbahn als angehende Studienrätin. Gern hat sie es getan, aus voller Überzeugung, für das Leben ihrer Kinder. Sie musste sich entscheiden, sie oder sie. Versucht sie alles zu tun, um das Leben von Paul und Paula zu sichern oder ...

Nach oder konnte sie nicht weiterdenken, der Mutterinstinkt war um Längen stärker als die Verlangen ihres Ego. Sie hielt sich also an die Anweisungen der Ärzte, hielt monatelang strengste Bettruhe während der Schwangerschaft, sodass ...

Wiederholtes Klatschen des Schlagstocks holt sie zurück in die Gegenwart.

„Ciao, Arne", sagt sie mit einem flüchtigen Augenblick. Barbara steht auf. Sie schiebt ihren Stuhl unter den Tisch. Ohne noch einmal aufzusehen kehrt sie Arne den Rücken.

Auf dem Rückweg zur Zelle hinkt sie leicht angeschlagen gedemütigt und verwirrt die Gänge entlang vor der Knüppelträgerin her. Ein Gedanke schießt ihr durch den Kopf.

Arne hatte für sie die Waffe umgebaut, ihren *Perfecta G 100 Maverick Derringer*. Geraume Zeit bevor Arne aus Bevergern, ihrem gemeinsamen Heimatort, verschwand, schenkte er ihn ihr zu ihrem Schutz.
Aus Schreckschuss war der Todbringer für Frank geworden.

Barbara ist dankbar, dass Arne davon im Besucherraum nichts erwähnt hat. Vielleicht hat er den Pistolenbau ohnehin vergessen.

Die Tage vergehen, gleichförmig, wenigstens der Anteil der Helligkeitsstunden nimmt stetig zu.

Nach ihrem Küchenjob hält Barbara weiter ihr Leben fest in den Aufzeichnungen, die sie, so kleingeschrieben sie nur kann, in jeder Kästchenreihe zu sinnig aneinandergereihten Buchstaben werden lässt. Selten wird etwas durchgestrichen und neu formuliert.

Auf den täglichen Hofgang, um Frischluft und ein paar UV-Strahlen gegen Vitamin-D-Mangel schnappen zu können, verzichtet sie vehement. Ruhe ist ihr wichtiger. Und ganz bei sich sein. Sie entgeht den beklemmenden Gefühlen, die sich psychosomatisch ausbreiten, sobald sie mit Knastgenossinnen zusammen ist. Schmerzen im Oberbauch, rote, großflächige Flecken auf der Haut, besonders am Hals, von gelegentlichen Schweißausbrüchen begleitet, sind Symptome ihrer Furcht vor den Sabrinas und Gefolge dieser Welt.

Wieder einmal wird ihre Zellentür außerplanmäßig geöffnet. Manu reicht einen Plastiksack mit Barbaras gereinigter Wäsche rein.
„Meine Sachen hättest mir doch auch zum Abendessen mitbringen können", staunt Barbara über den Service.
„Hab noch mehr für dich", strahlt das aufgeblähte Vollmondgesicht.
Barbara steht auf, geht ihr entgegen.
Schon schiebt Manu mit einer Art Sackkarre an ihr vorbei. Darauf steht unter anderem ein Bildschirm beziehungsweise Monitor.
„Is'n Flachbild, älteres Modell, 20 Zoll, is' gestern frei geword'n, hab sofort an mein Täubchen gedacht."

„Aber ..."
„DVDs sind auch dabei, 'n paar, meist'ns alte Filme."
Barbara findet zunächst keine Worte. Manu startet direkt mit dem Aufbau und Anschluss. Sie keucht und schnauft. Neben Barbaras Collegeblock stellt sie den kleinen Fernseher ab. Unüberhörbar knallend lässt sie sich auf ihre Knie fallen. Unter dem Tisch befinden sich Steckdosen an der Wand. Mit viel Mühe und Abstützen kommt sie wieder hoch. Freudig, mit rotem, schweißperlengespicktem Riesengesicht hält sie Barbara anschließend die Ton- und Bildträger unter die Nase.
„Was soll das, warum tust du das?"
„Bleib ma schön relaxed, dachte, du freust dich", wendet Manu sich mit offensichtlicher Enttäuschung ab, wuchtet die DVDs auf den Schreibtisch und geht zur Tür.
„Warte, ich – du hast – ich meine, ich kann deine Motive nicht einschätzen. Was erwartest du von mir als Gegenleistung?"
„Täubchen, ich will dich gurren hör'n. Ganz einfach, geht's dir gut, geht's mir gut."
Barbara stiert ihrer voluminösen Mitgefangenen in die Visage.
„Mach dich locker, alles gut. Kannst mir glaub'n, stehst unter mein'm Schutz, hier bei uns im Knast passiert dir nix Schlimmes mehr."
In freundschaftlicher Geste legt Manu ihr eine Hand auf die Schulter.
Ein misstrauisches „Danke" kann Barbara sich abringen.

Alle Filme sieht sie durch, kaum dass Manu die Zelle verlassen hat.
Das Schweigen der Lämmer", „*Mr. Brooks*", „*Eine verhäng-*

nisvolle Affäre", „*Entgleist*", „*The Game*" ...
Ausschließlich Psychothriller.
Bei einem Cover bleibt Barbara hängen.
Jodie Foster allein auf dem Titelbild, mit einer Knarre in der Hand, Finger am Abzug.
Seitlich am Fernsehapparat findet Barbara das DVD-Laufwerk.
„*Ich bin Erica Bain*", beginnt die deutsche Synchronstimme.
Gemütlich gespannt lehnt Barbara sich in ihrem Schulstuhl an die Rückenlehne. Leicht nach vorn zum Ende der Sitzfläche schiebt sie ihren Beckenbodenbereich.
Berichterstatterin beziehungsweise Journalistin ist diese *Erica Bain*, die Figur, der *Jodie Foster* schauspielerisch zum Leben verhilft.
Wenig später lässt sich erfahren, als Radiomoderatorin mit eigener Sendung arbeitet sie in New York. Mit ihrem Leben scheint sie zufrieden, hat eine gute Freundin, Galeristin.
Ihren geliebten Freund *David*, einen Krankenhausmediziner, will sie demnächst heiraten, alles ist vorbereitet.
Wie alt mag *Erica* sein?
Um die Vierzig, schätzt Barbara.
Nach der Arbeit gehen *Erica* und *David* mit ihrem Hund im Park spazieren. In einer Fußgängerunterführung werden sie überfallen und brutal zusammengeschlagen. *Erica* liegt schwerstverletzt lange im Koma. Ihr Freund erliegt seinen lebensgefährlichen Verletzungen.
Allein versucht sie wieder in ihr altes Leben zurückzufinden. Das gelingt ihr nicht. Die grausamen Erfahrungen haben sie geprägt, traumatisiert und verändert.

Von den Behörden fühlt sie sich im Stich gelassen.
Sie besorgt sich illegal eine Waffe zu ihrem Schutz.
Als zufälliger unfreiwilliger Racheengel zieht sie nachts durch die Straßen der Stadt.
Schlussendlich rächt sie die unmenschliche Tat, die ihr und ihrem Freund zugefügt wurde, indem sie die Täter aufspürt und eliminiert.
Ein Polizist kommt ihr auf die Schliche, lässt sie aber nicht auffliegen, weil er ihre Beweggründe versteht und billigt.
„Wow", denkt Barbara, nimmt sich das Abendbrot, das Manu zwischendurch mit einem zufriedenen wulstigen Grinsen gebracht hatte, und startet den Film von vorn.
„Die Fremde in dir" ist ihr grenzenlos vertraut.

> Sie beschleicht das ununterdrückbare Gefühl, dass diese Fremde, die auch in ihrem Inneren gewachsen ist, sie nie mehr aus ihrem Bann lassen wird.
> Auch Barbara ist eine solche Fremde geworden.

Herr Kollmann, Barbaras „Mussobwohlerwahrscheinlichnichtwill-Advokat", ist unnahbar. Sie erahnt nie, was in ihm vorgehen könnte.

„Tach Frau Schulz", beginnt er, schaut für die Länge eines Sekundenbruchteils in Barbaras Augen, danach umgehend zurück auf die Papiere, die er auf dem Besuchertisch gestapelt und teilweise ausgebreitet hat. Er bleibt sitzen.

„Heute ist voraussichtlich unser letzter Termin vor Verhandlungsbeginn nächste Woche."

„Sind mehr als sieben Monate, Anfang Februar bis Anfang September, wenn ich richtig mitgezählt habe. Sie sprachen von höchstens sechs!?"

„Liegt an der Beweisführung, die Staatsanwaltschaft hatte immer wieder Einwände, neues Material, Anträge, Änderungen und so weiter. Daher die Verzögerung.

Aber lassen Sie uns zum Punkt kommen, die Fakten, um die es geht. Ich fasse noch einmal zusammen.

Die Staatsanwaltschaft, vertreten durch Herrn Dr. Loose, seines Zeichens Oberstaatsanwalt, benennt in ihrer Anklageschrift Sie als Angeschuldigte; als Zeugen den gerichtlich bestellten Gutachter, Herrn Lambers und Ihren Ehemann, Jörg Schulz; obendrein einige Polizeibeamte; Nachbarn; den Fahrer, der Ihren Mann zur Polizeiwache brachte.

Von Nebenklage beziehungsweise Nebenklägern keine Erwähnung."

Barbara seufzt tief und schwer durch ihren spaltbreit geöffneten Mund.

„Herr Schulz gibt an, Sie hätten ihn eine Woche vor der Tat telefonisch gebeten, Sie zu einem wenig genutzten Pendlerparkplatz zu fahren, weil dort eine Pkw-

Besichtigung stattfinden sollte. Diesen Pkw, einen roten Audi A1, wollten Sie käuflich erwerben, um nicht mehr darauf angewiesen zu sein, dass Ihr Mann Ihnen einmal pro Woche sein Fahrzeug zur Verfügung stellt, damit Sie in Rheine Einkäufe für sich und Ihre beiden Kinder tätigen können.

Am Tattag holte ihr Mann sie wie verabredet pünktlich von Ihrem Wohnsitz ab, sodass sie um kurz vor 15:00 Uhr auf besagtem Parkplatz hielten.

Dann sollen Sie, Frau Schulz, ausgestiegen sein, eine Pistole gezogen und Herrn Schulz mit Waffengewalt zum Verlassen des Fahrzeugs gezwungen haben.

Um Ihrer Forderung Nachdruck zu verleihen, feuerten Sie auf den *Mazda*, wobei die Kugel ein hinteres Seitenfenster und die Heckscheibe durchschlug, danach verfehlte eine zweite Kugel haarscharf den Kopf des Herrn Schulz.

Sie nötigten Ihren Mann, soweit wie möglich in den an den Parkplatz angrenzenden Wald zu gehen.

Dabei stieß er kurz vor Einbruch der definitiven Dunkelheit auf eine große tiefe rechteckige Grube, in der sich ein Damenspaten, ein Bundeswehrbeil und Gummigartenhandschuhe befanden.

In Todesangst verweilte Herr Schulz mehrere Stunden hinter einem kräftigen Baum, von dem aus er die vom Mondlicht beschienene Grube im Blick hatte.

Irgendwann begab er sich Schritt für Schritt weiter in den Wald hinein, lief orientierungslos in diverse Richtungen, gelangte schließlich aus dem Wald hinaus, kauerte unbestimmte Zeit lang an einem Straßenrand, weil ihm immer wieder die Beine den Dienst versagten. Im Endeffekt gelang es ihm, einen Pkw zu stoppen.

Der Fahrer, der ebenfalls als Zeuge benannt ist, setzte ihn in Rheine bei der Polizeistation ab."

Enge Kiste, denkt Barbara, dem angeheirateten Feigling hätte ich auch noch begegnen können auf meinem Rückweg zur Waldgrube, oder beim Abstellen des *Mazda* bei seiner Bleibe.

> Glück ist so ein flüchtig Ding, so unberechenbar, so unbestechlich, so faszinierend, so unglaublich, weil es gleichwohl geschieht.

Kollmann fährt fort.
„Dort schilderte Ihr Mann den Sachverhalt und erstattete Anzeige gegen Sie.
Um zwanzig vor neun des besagten Donnerstagmorgens statteten die Kriminalbeamten Baumann und Röhriger Ihnen einen Besuch ab."
Ungebeten, denkt Barbara.
„Sie wurden zur Aussage aufs zuständige Revier zitiert.
Dieser Aufforderung leisteten Sie nicht Folge.
Vier Tage später folgten Durchsuchungsbeschluss und Untersuchungshaftbefehl der Staatsanwaltschaft Osnabrück gegen Sie, wegen dringenden Tatverdachts an der Tötung von Herrn Frank Scharf aus Nordhorn beteiligt gewesen zu sein."
Barbara hebt die rechte Hand zum Zeichen des Einspruchs.
„Nur zuhören bitte, die Zeit erlaubt nichts Anderes", mahnt der Anwalt.
Resigniert, aber gleichzeitig ängstlich gespannt lässt sie ihren Arm in ihren Schoß stürzen.

„Ihnen wird des Weiteren vorgeworfen, den Mord an Herrn Scharf aus Nordhorn minutiös und heimtückisch über einen längeren Zeitraum geplant zu haben."
Flüchtiger Blick in Barbaras Augen folgt. Er fährt fort.
„Dazu gehört aus Sicht der Staatsanwaltschaft ...", setzt er an, blickt auf seine Armbanduhr, packt zusammen, steht auf und spricht nicht weiter, weil seine Arbeitszeit wieder mal viel zu kurz ist und er streng offiziell noch weitere Termine abzuarbeiten hat.

Zurück in ihrer kärglichen Privatsphäre, die ihr immerhin unter diesen Haftbedingungen geblieben ist, was sie wertschätzt, steht bei Barbara ausschließlich der eine alles entscheidende Gedanke in ihrem präfrontalen Kortex: Wie soll sie den Prozess überstehen? Erst recht mit einem solchen Anwalt an ihrer Seite, der sich nicht für sie einsetzt, wahrscheinlich weil er für die Vertretung ihrer Interessen denkbar schlecht bezahlt wird aus der Staatskasse.
Weder Körper noch Geist hören auf zu zittern.

Sieben Tage hat es gedauert, wie Kollmann korrekt vorhersagte, bis sie zum Landgericht Osnabrück chauffiert wird.
Barbara hält, auf Oktavheftgröße zusammengefaltet, ihre persönliche Einladung zum Hauptverfahren in der rechten Hand, den Eröffnungsbeschluss.
Sie trägt ihr bestes Outfit. Schwarze, sandgestrahlte Jeans mit diversen unterschiedlich angeordneten Abnähern, slim fit, blattgoldähnlich perlmuttig schimmernder

Nietengürtel, echt Leder; reinweiße schlichte taillierte Bluse und einen fein karierten kurzen Blazer mit anthrazitfarbigen, schwarzen und bordeauxroten Strichen auf sandfarbigem Grund, mit schwarzem Kragen. Dazu sandfarbige hohe Sommerstiefeletten von *Rieker*.
Ein respektvoller ordentlicher Eindruck ist ihr wichtig, alle sollen sehen können, dass sie Ehrfurcht vor der Gerichtsbarkeit hat, dass sie Recht, Gesetz und Rechtsprechung achtet.

Ihr fällt ein, genau diese Kleidung trug sie, als sie mit Frank in Nordhorn im Euregium eine Aufführung von *Ralf Schmitz* besuchte. Es war ihr alles zu platt, zu ordinär. „Aus dem Häuschen" war sie demungeachtet, es war eine der schönsten Nächte ihres Lebens. Sie dachte in Frank einen Seelenverwandten gefunden zu haben. Jemand, mit dem sie über alles reden kann, der sie versteht und vor allem, der ihre Persönlichkeit achtet. Angenommen und angekommen fühlte sie sich.

Für die gut dreiviertelstündige Fahrt von der JVA zum Landgericht hatte sie Manu um Tüten gebeten, für den Fall, dass ihr Gleichgewichtssinn aufgrund mangelnder optischer Orientierungsmöglichkeiten in die Fahrzeugumgebung überfordert sein sollte und die Übelkeit überhandnähme.
Abends vor Abfahrt brachte sie ihr mit dem Abendbrot vier leere Gefrierbeutel. In ihnen befanden sich ursprünglich tiefgefrorene Frühstückscroissants, die morgens in der Gefängnisküche verbacken worden waren.
„Zwei für hin, und zwei, damit du wieder sauber zurückkommst", grinste Manu.

Umarmen hätte Barbara den speckigen Fleischklops können für so immense Freundschaftsgestik.
Jüngste Lebenserfahrungswerte schürten jedoch Misstrauen und hielten sie davon ab.

Vor dem großen ockergelb-grau, teils verziegeltem Gebäude drängen eine Handvoll Leute mit Mikros und blitzenden Kameras auf sie ein als sie aus dem Transporter aussteigt, der sie aus ihrer Untersuchungshaft hierher überführt hatte.
Die Sandsteinquader mit den Säulen, die die Türen umrahmen, verleihen dem Bauwerk stückweit ein sakrales schlossähnliches Erscheinungsbild.
Ein angenehm laues Lüftchen weht ihr an diesem Septembermorgen entgegen, und Vogelgezwitscher. Amseln und Sperlinge, überwiegend Sperlinge, deren Population sich entgegen gegenteiliger Prognosen aus den Neunzehnhundertneunzigern zumindest regional zu erholen scheint, hört sie heraus.
Die Spatzen pfeifen's also tatsächlich von den Dächern.
Schützend reißt Barbara ihre gefesselten Handgelenke hoch und zieht sich von hinten ihren Blazer über den Kopf, so tief wie möglich ins Gesicht hinein. Nur noch den Boden sehend, lässt sie sich von den ihr bis vor Überführungsbeginn unbekannten Fahrdienstpolizisten über die rechten Stufen der breiten Außentreppe führen.
Sie gehen durch die rechte der drei jeweils zweiflügeligen mit Lünetten überrahmten Rechtecktüren.
Die an sie gerichteten Fragen der Journaille prallen an ihr ab. Nicht eine davon wird ihr bewusst.

Schlecht ist ihr. Von der Fahrt, aber vielleicht mehr noch in Erwartung dessen, was auf sie unbekannterweise zukommen wird.

Ihren Gürtel muss sie bei der Eingangskontrolle ausziehen, dafür werden ihr die Handfesseln abgenommen. Ihre Hose darf sie anbehalten, obwohl sich metallene Knöpfe und ein Reißverschluss daran befinden. Sonstige Metallteile, von denen sie nur eine Kartusche mit Kurzzeiterweiterer für die Bronchien bei sich trägt, soll sie in Kästchen legen.

Ein wenig gleicht es einem Check-in vor Besteigen eines Fliegers.

Ihre begleitenden Ordnungshüter weichen ihr kein Stück von der Seite.

Nach der Prozedur erwartet Kollmann sie in ansehnlicher Straßenkleidung im Gebäudeinneren. Dunkle Jeans, weißes Hemd, dunkles Jackett.

Bis hierher ging alles so schnell.

Keine seiner Hände reicht er ihr zur Begrüßung.

Dummes Arschloch, denkt Barbara, kannst du dir ansatzweise vorstellen, wie mies ich mich ohne dein arrogantes Verhalten sowieso schon fühle?

Mit irgendwelchem Anwaltsgeschwafel redet er in ihre Gedanken hinein.

Unmöglich ist es ihr zuzuhören. Bestenfalls zusammenhanglose Wortfetzen nimmt sie wahr.

Orientierungslos will sie immer weitergehen.

Kollmanns Hand umschließt von hinten ihre rechte Schulter.

Barbara stoppt.

Als sie sich umdreht, deutet er auf eine Stuhlreihe an einer Wand.

„Ich kann mich nicht setzen", sagt sie außer Atem, fast flüsternd.
Damit ihre Bronchien nicht kollabieren, inhaliert sie mehrmals nacheinander Salbutamol-Spray, das sie nach der Kontrolle in ihre Blazertasche zurückstecken durfte.
Wie ein an Hospitalismus erkranktes Zootier läuft sie vor der Stuhlreihe, in dessen Mitte Kollmann Platz genommen hat, hin und her.
Die Begleitbullen grenzen rechts und links ihren Auslauf ein.
Kollmann steht auf, geht weg. Barbara blickt ihm verwundert hinterher.
Nach wenigen Minuten ist er wieder zurück, in ungewohnt schwarzem Umhang mit weißer Krawatte unter dem weißen Hemdkragen.

Für sie unfassbar wird sie tatsächlich in Handgelenkfesseln, mit gesenktem Kopf, von zwei männlichen dunkelblau uniformierten Justizbeamten in den Gerichtsraum geführt.
Glänzend polierter Boden. Barbara überlegt, ob es sich um Echtholzparkett oder Laminat handelt, durchbrochen von hellumrandenden quadratischen Parzellierungen.
Die Fesseln werden ihr erneut abgenommen, bevor sie auf einem der dunklen Schwingstühle mit Metallgestell, die sie an ihre heimeligen Esszimmerstühle denken lassen, Platz nimmt. Allerdings haben diese hier Armlehnen, ihre zuhause nicht. Diese hier sind dunkelblau, ihre schwarz.
Kollmann sitzt neben ihr. Mehrere dicke Aktenordner vor sich und ein flaches *MacBook*, das er sogleich öffnet.

„Was soll die Kostümierung", fragt Barbara in sein rechtes Ohr. Es ist ihr so rausgerutscht, daher legt sie fast gleichzeitig mit dem Ausspruch ihre rechte Hand auf ihren Mund.
„Ist so Vorschrift, Frau Schulz", antwortet ungerührt ihr Pflichtverteidiger. „Verleiht eine gewisse Würde."
Den Richtertisch inkludiert, reihen sich hell furnierte Tische in breiter eckiger U-Form in dem rechteckigen Raum aneinander.
So viele Ecken und Kanten.
Auf der Kollmann und Barbara gegenüberliegenden Seite stehen, mit den zahlreichen sprossenverglasten Rundbogenfenstern im Rücken, eine schlanke großgewachsene, etwas mehr als mittelalte männliche Person, daneben eine kräftige junge Frau mit kinnlangen blonden lockigen Haaren, die körpernah ihren bauschigen weißen Blusenkragen berühren.
Beide mustern Barbara unverhohlen.
Auch sie setzen sich und öffnen ihre Laptops.
Als könne ihr unfreiwilliger Verteidiger ihre Fragen erahnen flüstert er mit nickender Kopfbewegung: „Das ist Oberstaatsanwalt Dr. Loose. An seiner Seite die frisch gebackene Staatsanwältin Gordann."
Oh, oh, denkt Barbara, da hat die Judikative schweres Geschütz gegen sie aufgefahren.
Weiter schaut sie sich zwanghaft um.
Inmitten des eckigen Us ein einsamer Tisch mit Stuhl.
Schwarze Mikrofone auf allen Tischen.
„Wofür die vielen leeren Stühle vor Kopf?", flüstert Barbara ebenfalls in Kollmanns rechtes Ohr.
„Dort platziert sich gleich das Schwurgericht der großen Strafkammer. Mittig die vorsitzende Richterin Steg-

Läufer. Rechts und links zwei weitere Berufsrichter. Zugeordnet, jeweils außen, zwei Schöffen. Ganz links ein Protokollführer."
„Äh?"
„Ist alles Vorschrift. Überlassen Sie mir alles Weitere."
Kaum hat Kollmann ausgesprochen, öffnet sich links oben die Holztür.
Fast gleichzeitig laufen von der anderen Seite Leute auf Barbara zu, sie stehen, hocken, knien vor ihrem und Kollmanns Tisch, machen Fotos und Videos.
Barbara fühlt sich nackt unter Bekleideten.
Schützend spreizt sie die Finger beider Hände vor ihrem Gesicht.
  Ist alles nur Show, dachte sie immer, wenn sie solches Verhalten in irgendwelchen Nachrichtensendungen sah.
„Ich hasse Bildaufnahmen von mir, seit meiner Kindheit; ist eine Selfie- oder besser Fotophobie", denkt sie im Flüsterton nach außen artikuliert, mit entsprechend sachten Lippenbewegungen.
Kollmann greift unter Barbaras linken Ellenbogen. Mit Nachdruck bewegt er sie aufzustehen.
Erst jetzt fällt ihr auf, dass der bühnengleich erhöhte Richtertisch durchgehend von Wand zu Wand abgetrennt ist. Es besteht anscheinend keine Möglichkeit, sich vom Rest des Saals hinter den Gerichtstisch zu begeben, es sei denn, man hüpfte oder hangelte sich drüber. Jedoch, bei näherer Betrachtung entdeckt sie auf der linken Seite eine Art Stufe und an der hölzernen Tischverkleidung vertikal verlaufende kleine Scharniere. Rechts davon einen winzigen, ebenfalls senkrecht verlaufenden Spalt in der Abtrennung. Wahrscheinlich eine Tür. Barbara mutmaßt, begründet durch ihre Kurzsich-

tigkeit, dass es sich am anderen Ende des Gerichtstisches auch so verhält. Protokollführerplatz und Gegenüber sind der Richterriege vorverlagert Richtung Saal, aber auf gleicher Höhe der Gerichtsbarkeit.

Röhrenförmige Leuchter hängen von der Decke, alles in allem sehr edel wirkend, und trotzdem denkt Barbara an leuchtende Schokocroissants, vielleicht weil ihr Magen knurrt und der Bauch vor Hunger oder Aufregung schmerzt.

„Warum sind die Schöffen nicht verkleidet?"

„Frau Schulz, Ihre Naivität in allen Ehren, aber ich muss mich jetzt wirklich auf Ihren, Entschuldigung, unseren Fall konzentrieren."

„Was sind Schöffen überhaupt?", hört Barbara sich dennoch laut fragen.

Kollmann funkelt sie nahezu aggressiv an, eine Gefühlsregung, die sie ihm nicht zugetraut hätte.

Sie beschließt, die Klappe zu halten.

Stumm schaut sie sich um.

Rechts von ihr, an der zweiten schmaleren Raumseite, Reihen von Stühlen. Etliche mit Zuschauern besetzt.

Mit übergeordneter Kraft zwingt sie sich, die einzelnen Personen zu inspizieren.

Sie sind ihr unbekannt.

Wenn sie sich jetzt in großer Not etwas wünschen dürfte, wäre es …

Ihre Kinder, die will sie sehen. Bei sich haben. An ihrer Seite wissen.

Selbst mit intensivstem Hinblicken, vorbei an den Blitzlichtern der Medienvertreter, kann sie sie nicht ausmachen.

Unwillkürlich krümmt sie sich unter der schmerzlichen

Erkenntnis.

Sie sind noch so jung, ihnen fehlt Lebenserfahrung und Durchsetzungsvermögen gegenüber dem Willen ihres Vaters, ist sie sich gewiss.

Immerhin sind sie laut Kollmann nicht als Zeugen benannt.

Bei einem Augenpaar bleibt ihr Blick hängen.

Arne ist bei ihr.

Impulsartig verstärkt sich ihr Unwohlsein.

Sie nickt ihm zu.

Sekundenbruchteile später stiert sie auf die Hauptwand des Geschehens, genau gegenüber von Arnes Position.

Warum registriert sie erst in diesem Augenblick das überdimensionale Wandgemälde hinter dem hohen Gericht?

Rechteckig. Sandfarbiger Hintergrund. Ährenartig anmutend rahmende Girlande, oben offen. In der Mitte eine Frau, hautfarbenes Kleid, blauer Umhang, innen hellgrünlich gefärbt. Hautfarbene Schuhe. Helles Stirnband, schulterlanges dunkelblondes Haar.

In ihrer rechten Hand ein Schwert haltend, in der linken eine Waage mit zwei Schalen.

Keine Augenbinde.

Justitia heißt Barbara willkommen

Die Richterin in der Mitte sagt etwas. Barbaras Betrachtung klebt an ihren Lippen. Sie bemüht sich sehr um Konzentration, versteht aber kaum ein Wort, nur Bruchstücke: „[...] die Strafsache gegen Frau Barbara Schulz wegen Mordes [...]", obwohl die Richterin exzellentes und allgemein verständliches Deutsch spricht. So nervlich am Ende war Barbara noch nie zuvor in ihrem Leben. Ihre Beckenbodenmuskeln muss sie impulsartig anspannen, damit kein Urin in Slip und Jeans entweicht.
Die Paparazzi haben sich nach rechts verzogen und unter die anderen Zuschauer gemischt, sie machen keine Aufnahmen mehr.
Alle sitzen, außer Barbara.
Kollmann zieht Barbara am Ärmel nach unten, weil sie nicht reagiert.
Als sie sitzt ruft die Richterin Namen auf.
Barbara hört den ihrigen und antwortet mit einem verstörten: „Ja?"
Aus der Zuschauermenge melden sich ebenfalls die jeweils genannten.
Sie stehen auf und verlassen nacheinander nach kurzer Belehrung über ihre Wahrheitspflicht die Räumlichkeit.
Geistesgestört fixiert Barbara sie.
Unter ihnen ein paar Nachbarn, die jeweils ein Einfamilienhaus südlich, westlich und nördlich um Barbaras Haus herum bewohnen.
Der Psychiater, Herr Lambers, der Doktor ohne Titel,

visiert Barbara beim Rausgehen an.
Aber dann, wie ein Blitz durchfährt es ihren Körper und Geist, Jörg geht zum Ausgang. Jörg, der Mann ihres Lebens, der Vater ihrer Kinder. Nicht eines einzigen Blickes würdigt er sie.
Warum hat sie ihn vorher nicht erkannt?
Feige ist er, weiß sie jetzt, nach so vielen Jahren ihrer Loyalität zu ihm. Und ein Verräter. Ja, wie drückte sich ihr ungeliebter patriarchalischer Vater aus: „Keine Eier in der Hose."
Barbara schreckt herum zum Richtertisch.
„Frau Schulz, Barbara Schulz, Ihnen als Angeklagte stelle ich nun ein paar Fragen, die Sie ganz oder teilweise beantworten können oder müssen, ohne sich selbst dabei zu belasten."
Barbara bleibt stumm.
„Haben Sie mich verstanden?", fragt die mittlere Richterin weiter.
„Ja."
„Nennen Sie bitte zunächst Ihren vollständigen Namen!"
„Aber den haben Sie doch gerade schon genannt."
Einige Zuschauer lachen.
Barbaras Kopf glüht. Augenwasser füllt die Lider bis zum Rand.
Die Richterin bleibt beherrscht und souverän.
„Wie ist denn ihr Geburtsname?", fragt sie.
„Strauchkuppe."
Wieder Gelächter.
„Das Publikum wird um Ruhe und Zurückhaltung gebeten", tut die Richterin mit strenger Miene kund.
„Frau Schulz, möchten sie sich hier vor Gericht zur Sache äußern?"

„Äh – ja."
Kollmann greift Barbaras Unterarm und schüttelt düster dreinblickend seinen Kopf.
„Äh – nein, meinte ich."
Aus den Zuschauerreihen hallt ein geprusteter Lacher herüber.
Barbaras Gesicht wird überflutet. Sie leckt sich einen Teil der salzigen Flüssigkeit von den Lippen.
Klein, hilflos, minderwertig fühlt sie sich.
Tot sein möchte sie.
Kollmann fasst unter seinen Umhang, reicht ihr ein *Tempo*.
„Ich bitte um Respekt", sagt die Richterin energischer als beim ersten Mal. „Das ist eine Gerichtsverhandlung, keine Comedy-Show. Beim nächsten Vorfall lasse ich den Saal räumen!"
Kollmann schaltet sich ein: „Meine Mandantin wird sich zur Sache nicht einlassen."
Mit beiden Händen umklammert Barbara das Papiertaschentuch, als könne es ihr Halt bieten.

Die Staatsanwaltschaft wird von Steg-Läufer aufgefordert, zu beginnen.
Aufstehen ist geboten.
Genau so, wie Kollmann es Barbara inhaltlich während einer Besuchszeit geschildert hatte, trägt die junge Gordann geduldig und ruhig die vermeintlichen Tatbestände aus dem Anklagesatz vor – „Die Staatsanwaltschaft legt aufgrund ihrer Ermittlungen der Angeklagten folgenden Sachverhalt zur Last" – inklusive Nennung von Paragraphen aus dem Strafgesetzbuch.
Postwendend ist wieder Sitzen angesagt, wie in der Kir-

che.
Barbara wundert sich, aus Filmen, vor allem amerikanischen, kennt sie, dass die kostümierten Staatsanwälte und Verteidiger, zum Teil auch ohne talare Kluft, zuweilen sogar ihren Platz verlassen, herumlaufen, auf die Zeugen oder Angeklagten zugehen, sie direkt aus unmittelbarer Nähe verbal angreifen.
Wenigstens bleibt ihr das erspart. Schon demütigend genug, dass sie sich all die gegen sie erhobenen Vorwürfe wieder und wieder anhören muss.

Als Gordann dann vorträgt, als ein weiterer Indizienbeweis diene ein in der Grube vorgefundener Damenspaten, auf dem sich ausschließlich Fingerabdrücke und DNA-Spuren der Angeklagten befinden, weiß Barbara, Jörg hatte die Bullen zur Grube geführt. Sie haben alles gefunden. Auch ihren wertvollsten Schatz. Den güldenen Todbringer.
Wenigstens wird nun gut für ihn gesorgt werden, er bekommt ein trockenes behütetes Plätzchen in einer Asservatenkammer.
Eine durch und durch angenehm warme Gefühlswoge macht sich in ihrem Körper breit.

Barbara steht auf, es platzt aus ihr heraus: „Ich besitze einen solch handlichen Spaten, den benutze ausnahmslos ich für die Gartenarbeit, aber wenn es meiner sein sollte, weiß ich nicht, wie der dorthin gekommen sein könnte!"
Kollmann legt seine rechte Hand mit Druck auf ihre linke Schulter, zwingt sie auf ihren Sitz. Energisch schüttelt er den Kopf.

Die Richterin Steg-Läufer spricht mahnende, aber einfühlsame Worte: „Frau Schulz, die Verfahrensgepflogenheiten sind Ihnen gänzlich unbekannt, sie kommen nichtsdestotrotz nicht darum herum, sich den Gegebenheiten anzupassen. Für Sie verständlich will ich es so formulieren, Sie lassen Ihren Anwalt reden und reden nicht dazwischen. Haben Sie das verstanden?"
Okayokayokay, denkt Barbara emotional verletzt, die hält mich für dumm wie Suppe.
Aber sie antwortet ganz brav: „Ja, ich halte mich immer an Regeln und Gesetze. Sorry, kommt nicht wieder vor."
Mit einem zufrieden wirkenden Hauch eines Lächelns suggeriert Steg-Läufer zuerst Barbaras Tisch, danach der Staatsanwaltschaft, alles ist in Ordnung, der Prozess wird vorschriftsmäßig fortgeführt.
Steg-Läufer blickt hinunter in die Aktenordner, die vor ihr liegen, blättert ein wenig herum.
Gordann fährt fort. Wirkt mechanisch, aber irgendwie nicht mehr so ganz in ihrem Konzept.
Kollmann macht laufend Notizen.
Die Staatsanwältin stellt klar, dass es den Polizeibeamten mit Hilfe von Metalldetektoren gelungen sei, die Beweisstücke zu orten und freizulegen, obwohl zusätzlich auch der Zeuge, Herr Jörg Schulz, relativ genau den Fundort bestimmen konnte.
Des Weiteren führt sie Jörgs Bundeswehrbeil, ein paar grüne Gartenhandschuhe, aluminiumbeschichtete *Aldi-Tüten* für Tiefkühlware und nicht zuletzt den *Derringer* an. Desgleichen zwei auf der Pflasterung des schwach frequentierten Pendlerparkplatzes gefundene abgefeuerte handgefertigte Projektile, verformt, aber dennoch den verbliebenen Hülsen in den Pistolenläufen zuordenbar.

„Jeweilige Gutachten liegen vor", wendet sie sich immer wieder an Steg-Läufer.
Zu alledem werden als Beweisbekräftigung fortlaufend Fotos präsentiert.
Steg-Läufer nickt!
Gordann erläutert darüber hinaus, dass sich auf den Tiefkühltüten mehrere Fingerabdrücke befinden. „Eindeutig zugeordnet werden können auf den Beuteln Prints von Frau Barbara Schulz, von Herrn Jörg Schulz, aber auch die der gemeinsamen Kinder Paula und Paul."
Als sie die Namen ihrer Kinder aus dem Mund der Staatsanwältin vernimmt spürt Barbara regelrecht physisch, wie ihr Innerstes brennt.

Ihr hatte in der Grundschule beim Turnen – wie es zu ihrer Zeit noch hieß –, ein vom Hallenboden losgelöster langer breiter Holzsplitter das Turnschläppchen durchschnitten und zu drei Vierteln den Nagel ihres linken großen Zehs abgeschält.
Zuerst schaute sie ungläubig, dann schrie sie unaufhörlich, so laut sie konnte. Sie versuchte mit ihrem Schreien die grauenhaft durchdringend sengenden Schmerzsignale ihres Körpers zu übertönen.

Gordann redet einfach weiter.
„Halten Sie meine Kinder hier raus!", schreit Barbara sie an. „Wenn irgendjemand hier unschuldig ist, dann sind es die beiden! Ich möchte hier nie wieder ihre Namen hören!"
„Frau Angeklagte ...", setzt die Staatsanwältin an.
Raunen aus den Zuschauerrängen.
Doch alles nur Show?

Barbara fragt sich das.

„Verehrte Staatsanwaltschaft", faucht Steg-Läufer dazwischen. Dann: „Gute Frau Schulz, muss ich Sie erneut belehren?"

„Gute Frau Schulz – gute Frau Schulz – in was für einer antiquierten Welt leben Sie hier überhaupt? Ja, korrekt hätte ich fragen müssen ‚in welch einer ...' Wen interessiert das?"

Barbara steht nochmalig auf.

„Ich stehe hier vor Gericht, niemand sonst!"

„Frau Schulz, setzen Sie sich bitte! Frau Staatsanwältin, fahren Sie bitte fort mit Ihren Ausführungen."

Kopfschüttelnd setzt Barbara sich.

Kein Ton von den Zuschauern. Sie mustern gebannt die Szenerie.

Kollmann will wissen, wie die Staatsanwaltschaft an einen Fingerabdruckabgleich der Zwillinge kam.

Durch Zuhilfenahme der gültigen Personalausweise, darüber sind sie gespeichert, wird erklärt.

Ist es nur Barbaras Eindruck, oder wirkt Gordanns Stimme im Ansatz ein Quäntchen verhaltener als bisher?

„Frau Vorsitzende, zum Zwecke der Wahrheitsfindung ist es unumgänglich, alle Fakten zu schildern, ob sie Gefallen finden ist unerheblich."

Barbara atmet tief ein.

Kollmann legt direkt wieder seine Hand auf ihren Unterarm.

Gordann erwähnt, dass bislang weder Navigationsgerät noch Smartphone des Zeugen und Geschädigten Jörg Schulz ausfindig gemacht werden konnten. Eine Funkzellenverbindung wurde im Radius von 10 Kilometern um den Pendlerparkplatz beziehungsweise das Waldstück ermittelt. In unwiderlegbar demselben Radius befindet sich auch das Wohnhaus der Familie Schulz, wo das Smartphone zwischen 14:40 Uhr und 15:20 Uhr gleichermaßen registriert wurde.

Sie verweist immer wieder auf entsprechende Anlagenkonvolute.

„Die Funkzellenabfragen ergaben weiterhin, dass sich das Handy des Herrn Schulz am fraglichen Abend in Nordhorn, in unmittelbarer Nähe des Wohnsitzes des getöteten Frank Scharf, aufhielt."

Gordann nennt die Zeitspanne.

„Aus dem forensischen Gutachten geht hervor, dass es innerhalb dieses Zeitfensters zum Tötungsdelikt mit der umgebauten Tatwaffe kam, welches das Versterben des Herrn Scharf zur Folge hatte.

„Anderswie läge kein Tötungsdelikt vor!?", wundert Barbara sich Kollmann zugewandt. Der macht eine behände bärbeißige Wischbewegung mit seiner Rechten.

„Festgestellt werden konnte überdies via Einzelverbindungsnachweis, dass tatsächlich der letzte telefonische Kontakt zwischen dem Festnetzanschluss des Einfamilienhauses der Familie Schulz und dem Festnetzanschluss der Wohnung des Herrn Jörg Schulz eine Woche vor der von Herrn Jörg Schulz angezeigten Tat stattfand. Dessen Inhalt konnte aufgrund gegebener Gesetzeslage bedauerlicherweise nicht ermittelt werden.

Gegen 22:24 Uhr des Tattages bricht dann sämtlicher Kontakt zum Mobilphon des Herrn Jörg Schulz ab."

Kollmann notiert eifrig.

„Frau Staatsanwältin, zu klären bleibt doch nach wie vor, wie meine Mandantin samt aller Gerätschaften zu der Stelle im Wald gelangt sein könnte, um eine Grube aus-

zuheben. Über ein eigenes oder ihr verlässlich zur Verfügung stehendes motorisiertes Fahrzeug verfügte sie nicht."
„Wir haben ihr Fahrrad in Betracht gezogen."
„Die Spurensuche ergab was?"
„An den Reifen waren Partikel von Waldboden gesichert worden."
„Für wie aussagekräftig halten Sie die gesicherten Spuren?"
„Nun ja, da sich das Einfamilienhaus der Schulzes gleichermaßen am Waldrand befindet, ist eine eindeutige Zuordnung zu der Parzelle, in der sich unter anderem die Schusswaffe befand, nicht möglich. Selbiges gilt für die auf Pedalen und Fußmatte identifizierten Erdkrumen auf der Fahrerseite des *Mazda*."
„Ist es korrekt", will Kollmann wissen, „dass sich in einem der vier Läufe im umgebauten Aufsatz der Tatwaffe eine unbenutzte Patrone befand?"
„Exakt. Unten links."
„Bei Ihren Ausführungen, Frau Staatsanwältin, erwähnten Sie nicht, dass bei der Spurensicherung an dieser Patrone Teile eines beziehungsweise mehrerer Fingerabdrücke entdeckt wurden."

Die Patrone, ja, die letzte der vier mit denen Barbara ihren *Derringer* bestückt hatte, als sie sich nach Jörgs Auszug das Leben nehmen wollte.
Ist Kollmann verrückt? Warum hakt er hier nach? Es kann sich nur um ihre Abdrücke handeln, ist Barbara gewiss. Handschuhe trug sie damals nicht.
Ihr Anwalt scheint ihre Panik zu spüren.
Mit einer Kombination aus Kopfsenken und gleichzeiti-

ger Schließung seiner Augenlider ihr zugewandt will er beschwichtigen; er hat alles im Griff.

„Den Daktyloskopen des KTI, Landeskriminalamt Niedersachsen, war trotz Hochvakuummetallbedampfung eine Identifizierung unmöglich. Die distinktiven Merkmale reichten aufgrund der zu geringen Anzahl von Minutien nicht aus. Cyanacrylatbedampfung führte ebenso wenig zum Erfolg. Eine genügende Restfeuchte war nicht mehr gegeben. Indessen wurden Reinigungsmittelspuren von Feuchttüchern erkannt." Gordann glänzt distinguiert mit ihrem präzisen Detailwissen.
Kollmann fragt immer weiter. Nach Spuren auf den leeren Projektilhülsen, nach den fehlenden Tragegriffen der Plastiktüten ...

An Barbara prallen inzwischen wieder etliche Schilderungen ab. Sie tangieren sie nur mehr peripher, als sei sie unbeteiligte Beobachterin, Statistin, nicht diejenige, die die Hauptrolle im Prozess spielt. Bei größter Anstrengung gelingt ihr nicht die Rückkehr zur Konzentration.
Dann unvermittelt ein Aufruf an die Richterin: „Die Staatsanwaltschaft bittet Herrn Jörg Schulz in den Zeugenstand!"
Steg-Läufer nickt Richtung Tür. Ein Justizbeamter stakst gemächlich hin und öffnet sie.
Für die Beweisaufnahme geht Jörg auf den Einzeltisch in der Mitte zu. Barbara heftet ihre Blicke auf sein Gesicht. Schmaler erscheint es ihr. Er ignoriert sie, peilt alleinig den Richtertisch an.
Steg-Läufer belehrt ihn erneut einzeln bezüglich wahr-

heitsgemäßer Aussagen, welche Strafen Falschaussagen nach sich ziehen können ...

„Dann schildern Sie doch mal, was sich aus Ihrer Sicht ereignet hat", fordert sie.

Gefühlt zum hunderttausendsten Mal muss Barbara sich alles anhören.

Sie schaltet ab, fällt in eine Art Apathie, betrachtet Jörg, sieht im Profil seine Lippenbewegungen, vernimmt den Klang seiner Stimme.

Wie aus dem Nichts hört sie Kollmann sprechen. Als hätte sie jemand mit kaltem Wasser übergossen ist sie wieder ganz bei der Sache.

„Herr Schulz, ist es korrekt, dass sowohl Ihr Handy als auch Ihr mobiles Navigationsgerät seit dem Tattag verschwunden sind, also quasi erst nach mutmaßlicher Tatbegehung?"

„Ja", antwortet Jörg, ohne seinen Kopf dem Verteidigungstisch zuzuwenden.

„Und obwohl Sie angeblich in Todesangst, getrieben von den Kommandos meiner Mandantin, Ihrer Ehefrau, immer tiefer in den Wald hinein liefen, bei einbrechender Dunkelheit, gelang es Ihnen Tage später mühelos, nach Aussagen meiner verehrten Frau Kollegin, der Staatsanwältin Gordann, den Polizeibeamten die gut getarnte Stelle zu zeigen, an der sich die diversen Tatgegenstände befanden?"

„Die Kollegin verbitte ich mir", wirft Gordann ein.

Oh Mann Kollmann, denkt Barbara mental zurückgekehrt, man merkt, dass du deinen Job hier zwangsweise ausübst.

Jörg schaut verwirrt die Vorsitzende an.

Sie gibt ihm durch Kopfnicken zu verstehen, dass er die

Frage beantworten soll.
„Ja", kommt unsicher über seine Lippen.
„Kennen Sie den Wald näher, ich meine, waren Sie häufiger dort?"
„Noch nie."
„Es ist also korrekt, dass besagte Stelle einer ausgehobenen Grube glich, als Sie den Wald verließen, als Sie aber die Polizei zum Tatort führten, war keine Grube zu sehen, sondern ebenerdiger Waldboden mit für die Umgebung typischer Laubbedeckung?", führt Kollmann seine Befragung fort.
„Ja".
„Können Sie mir erklären, warum Sie angeblich mehrere Stunden im Wald verharrten, und es Ihnen erst gegen 01:00 Uhr der fraglichen Nacht gelang, den Pkw des Herrn Nobodski, der Sie zur Polizei fuhr, anzuhalten?"
Jörg antwortet nicht.
„Herr Schulz?", rüttelt Kollmann verbal.
„Das is' mir peinlich", lässt Jörg sich ein. „Ich hatte echt Angst, die bringt mich um. Wenn die jemand damals so gesehen hätte ... Ich hab's nich' mal gewagt, den Hosenschlitz zu öffnen als ich dastand, hinter dem dicken Baum bei der Grube und pinkeln musste – lief mir einfach die Beine runter."
„Und dann?"
„Ich war steif gefror'n. Hab auf meine Armbanduhr geguckt. War kurz nach zehn."
„Sie meinen kurz nach 22:00 Uhr?", will Kollmann wissen.
„Ja."
„Wie viele Minuten genau?"
„Ich meine so 22:03 Uhr war's."

Kollmann nickt, fordert Jörg auf weiterzureden mit einer dominanten Handbewegung in seine Richtung.

„Bin von der Grube weggeschlichen, nich' zum Parkplatz, weil ich nich' wusste, ob die da noch wartet, sondern in die andere Richtung, tiefer in den Wald. Alles war so kalt, denken ging gar nich' mehr. Kam irgendwann irgendwo an einer Straße raus. Hab mich erstmal hingehockt, weiß nich' wie lange. Bin dann die Straße lang gelaufen, dann hat einer angehalten."

„Sie meinen Herrn Nobodski?"

„Ja, der hat mich zur Polizei gebracht."

Barbara kann diese für sie glücklichen Fügungen von Zufällen im zeitlichen Ablauf schwer akzeptieren.

Kollmann unterbricht ihren Gedankenstrom.

„Welche Erklärung haben Sie für die Tatsache, dass sich auf allen gefundenen Gegenständen Fingerabdrücke befinden, jedoch auf Pistole und Zubehör, unter deren Gebrauch es offenbar zum Tod des Herrn Scharf in Nordhorn kam, sind weder brauchbare Fingerabdrücke noch sonstige verwertbare Spuren auszumachen?"

„Das weiß ich nich'."

„Wann haben Sie die Waffe zum ersten Mal wahrgenommen?"

Jörg schaut wieder die Richterin an. Barbara folgt seiner Blickrichtung. Die Vorsitzende wirkt neutral, ihre Mimik ändert sich nicht, keine Gestikulation.

„Äh, ich glaube, als meine Frau damit auf mich gezielt hat und dann im Wald, als sie ausgegraben wurde."

„Glauben ist nicht wissen, Herr Schulz. Möchten Sie Ihre Angabe präzisieren?"

Barbara schaut zu Gordann. Sie wirkt auf sie unruhiger als zu Verhandlungsbeginn.

„Ich hab das Ding vorher noch nie gesehen!", gibt Jörg expressiv zu Protokoll.
„Ist Ihnen eine Adresse in Bramsche bei Osnabrück bekannt?"
„Wie meinen Sie das?"
„Kennen Sie jemanden in Bramsche?"
„Nein, ich glaube nicht."
„Wie kann es dann sein, dass Ihr Smartphone in unmittelbarem Anschluss an das Tatgeschehen von Nordhorn in Bramsche eingeloggt war?"
„Ich versteh Ihre Fragen nich', weiß ich doch nich', was die alles noch gemacht hat, wo die sonst noch war."
„Herr Schulz, mit „die" meinen Sie Ihre Frau?"
„Ja, wen denn sonst. Aber ich lass mich scheiden, war schon bei einer Anwältin."
Barbara atmet lang und tief ein, stoßartig wieder aus.
„Das ist irrelevant", wirft Gordann ein. „Dies ist ein Strafprozess, kein Familiengericht. Ich weise darauf hin, dass die Verteidigung ihre Informationen aus den Ermittlungsakten bezog. Fakt ist, das ergaben die Überprüfungen sowohl des ehemaligen Laptops als auch des letztverwendeten Handys von Frau Schulz, dass sie einen Kontakt in Bramsche pflegte."
„Ist das korrekt?", fragt Steg-Läufer.
Kollmann nickt und bejaht.
„Den ermittelnden Polizeibeamten gelang es nicht, den Kontakt ausfindig zu machen", reißt Gordann wieder das Wort an sich. „Gemeldet ist er im elterlichen Wohnsitz, zu dem ein Getränkebetrieb gehört. Vater und Bruder der Kontaktperson gaben jedoch an, dass er nur sporadisch auftaucht und sie keine Kenntnis über seinen derzeitigen Aufenthaltsort haben. Nach reiflicher Eruierung

gelangten alle exekutiv Beteiligten zu der Ansicht, dass der Kontakt für das Tatgeschehen abkömmlich ist, bestenfalls eine ausschmückende Rolle spielt."
Kollmann notiert und macht weiter: „Herr Schulz, wie meine Mandantin mir berichtete, legten Sie ihr gegenüber ein abstruses eifersüchtiges Kontrollverhalten an den Tag."
„Hä?"
„Hegten Sie, bevor das Laptop Ihrer Frau beschlagnahmt wurde, um diese der üblen Nachrede gegen das Opfer, Herrn Scharf aus Nordhorn zu überführen – hegten Sie bereits davor einen Verdacht, dass sich am Verhalten und der Einstellung Ihrer Frau Ihnen gegenüber etwas geändert haben könnte?"
„Ob ich gemerkt hab, dass die fremdgeht?", fragt Jörg nach.
Kollmann nickt. Barbara weiß, dass er damit einen wunden Punkt bei Jörg getroffen hat.
„Logisch hab ich das gemerkt."
„Was erregte beispielsweise Ihr Misstrauen?"
„Nachts konnte die angeblich nich' pennen. Wenn ich ins Zimmer kam, saß se am PC."
„Und das allein kam Ihnen schon verdächtig vor?"
„Ne, wenn ich wissen wollte, was se macht, hat se einfach den Deckel zugeklappt."
„Sie meinen den Deckel des eingezogenen Laptops meiner Mandantin?"
„Ja."
Kollmann schaut in seine Unterlagen, als wolle er bewusst eine kurze rhetorische Pause einlegen.
„Also haben Sie versucht, meine Mandantin, Ihre Frau, zu kontrollieren?"

„Ich wollte wissen, was die treibt."
„Nach Aussagen meiner Mandantin überprüften Sie häufiger den Kilometerzähler, nachdem Frau Schulz Lebensmitteleinkäufe getätigt hatte, zu deren Transport sie Ihren *Mazda-Kombi* benötigte?"
„Ich bezahl den Sprit. Dann will ich wissen, wofür die ihn verfährt."
Brummeln im Saal.
„Wie verhält es sich mit dem Navigationsgerät? Da sie alles inspizierten, haben sie es ebenso gefilzt?"
Jörg antwortet nicht.
„So erfuhren Sie doch die Adresse des Herrn Scharf aus Nordhorn."
„Nein, hab ich nich'."
„Herr Schulz", fährt Kollmann fort, „wie würden Sie den Umgang Ihrer Frau bezogen auf deren Handy beschreiben?"
„Ich versteh Sie nich'."
„Gut, ich versuche zu konkretisieren. Ist sie eher nachlässig oder umgangssprachlich formuliert schlampig, wenn es um ihre Besitztümer geht? Hat sie ihr Handy manchmal rumliegen lassen?"
„Nee, da war se immer sehr eigen."
„Haben Sie es jemals erlebt, dass Ihre Frau – Verzeihung, meine Mandantin – ihr Mobilfon zu Hause hat liegen lassen, während sie unterwegs war?"
„Weiß ich nich', nein, ich glaub nich'. Aber ich hab das alles gekauft, von meiner Kohle, sie verdient ja nichts."
Unruhiges Raunen in den Zuschauerreihen.
„Herr Schulz, beantworten Sie doch bitte nur minimal und exakt die an Sie herangetragenen Fragen", bittet Gordann fast flehentlich.

„Mich interessiert jetzt, und ich wage zu behaupten, dass es von allgemeinem Interesse in diesem Gerichtssaal ist, wo Sie derzeit wohnen", fügt Kollmann an.
„In unserm Haus in Bevergern."
„Wessen Haus ist das genau? Hatten Sie nicht eine Mietwohnung in Rheine bezogen?"
„Frau Vorsitzende, die Verteidigung schweift ab, für die Staatsanwaltschaft ist ein Nutzen nicht erkennbar, es ist für den Fall unerheblich."
„Frau Vorsitzende, Frau Staatsanwältin, spätestens in meiner Schlussrede wird ein Zusammenhang sehr wohl erkennbar werden."
Barbara erkennt Kollmann nicht wieder. Niemals hätte Sie gemutmaßt, dass er sich so ins Zeug legen würde, für wen oder was auch immer.
„Beantworten Sie die Frage, Herr Schulz", klingt es unangestrengt aus Steg-Läufers Mund.
„Als Barbara weg war bin ich nach Bevergern zurückgekommen."
„Mit welcher Absicht?"
„Die Kinder konnten nich' alleine bleiben."
„Mit ‚die Kinder' meinen Sie die Zwillinge, Paula und Paul, die einzig aus Ihrer Ehe mit meiner Mandantin hervorgegangen sind?"
„Wen denn sonst?"
„Wie stellen Sie sich Ihr weiteres Leben vor, sollte meine Mandantin des Mordes an Herrn Scharf verurteilt werden?"
„Frau Vorsitzende, ich protestiere ganz entschieden, Rechtsanwalt Kollmann verhält sich mehr als grenzwertig!", faucht Gordann.
„Herr Schulz, möchten Sie die Frage beantworten, aus

freien Stücken?"
Erneutes Brummeln zwischen den Stuhlreihen.
Scheinbar hat niemand mit Steg-Läufers Anfrage gerechnet.
Wird Gordann rot? Barbara meint zumindest einen Anflug dessen zu vernehmen.
„Ich bleibe im Haus mit den Kindern", antwortet Jörg.
Barbaras Tränendämme brechen erneut. Leise schluchzend drückt sie sich Kollmanns Papiertaschentuch ins Gesicht, selbst nicht genau definieren könnend, welcher Art ihre Rührung herrührt.

> Ist es Eifersucht, dass er ihre Kinder nun allein auf seiner Seite hat?
> Ist es Verzweiflung, weil er sich wie selbstverständlich „alles unter den Nagel reißt"?
> Ist es Enttäuschung, dass keiner ihren geleisteten Beitrag zum Familienleben sieht?
> Hat Jörg jemals geliebt – kann er Liebe leisten?

„Trifft es zu", fragt Kollmann weiter, „dass Sie, obwohl verheiratet, neu liiert sind?"
„Ich hab eine Freundin."
„Wo lebt diese?"
„Sie hat eine Wohnung in Nordkirchen."
„Sie wohnt demnach nicht bei Ihnen in Bevergern, im Haus meiner Mandantin?"
„Manchmal an den Wochenenden isse bei uns."
„Und Sie möchten behaupten, dass es Ihren Kindern, die sich inmitten der pubertären Entwicklungsphase befinden, nichts ausmacht, dass eine völlig fremde Frau die Mutterrolle meiner Mandantin übernimmt?"

„Frau Vorsitzende", setzt Gordann zum Gegenangriff an.
„Herr Verteidiger, ich ermahne Sie, beschränken Sie sich bitte auf die fallrelevanten Fakten!", mault Steg-Läufer.
„Herr Schulz, wie sahen die Hände von Frau Schulz aus, als sie auf dem Parkplatz angeblich mit der Pistole auf Sie beziehungsweise auf Ihr Fahrzeug zielte?"
Nur Fragezeichen in Jörgs Gesicht. Hilfesuchend schaut er hin und her zwischen Steg-Läufer und Gordann. Abrupt meldet sich Dr. Loose: „Die Verteidigung meint sicherlich, erinnern Sie, ob die Angeklagte Handschuhe trug?"
Schwirrend surrende Stille im Saal.
„Kann sein", sagt Jörg, „aber da hab ich einfach nich' drauf geachtet."
Bemitleidenswert unbeholfen enttäuscht er Barbara zum ungezählten Mal.

Solange sie glaubte sie seien ein Paar, ein Team, eine unzerstörbare Einheit, hatte sie seine Schwächen nicht nur toleriert, sie hatte sie stets verteidigt, nach außen und ihrem Bauchgefühl gegenüber, das ihr gegenteilige Signale sendete.
Das war einmal.

„Herr Schulz, bei der Durchsuchung Ihres *Mazda 626 Kombi* wurde festgestellt, dass sich in dem an Bord befindlichen Kfz-Verbandkasten nach DIN 13164 lediglich ein Paar der ursprünglich vorgesehen vier Paare Einweghandschuhe befand."
Kurz stutzt Jörg.
„Die hat die vielleicht gebraucht."
„Sie wollen damit andeuten, Ihre Frau hat die Einmal-

handschuhe DIN EN 455 benutzt?"
„Ja."
„Auf dem Erste-Hilfe-Kasten befinden sich ausschließlich Fingerabdrücke von Ihnen."
Man sieht Jörg an, wie seine Systeme weiter hochfahren. Die elektrischen Impulse zwischen den Synapsen lassen seine Neuronen heiß laufen.
„Kann sein, ich hatte mal 'nen Platten. Da brauchte ich die für 'n Reifenwechsel."
„Das ist äußerst ungewöhnlich, erst recht für einen Mann, wenn Sie mir die Zusatzbemerkung gestatten."
„Ich hatte einen Auftrag in Hilter, es hatte vorher geschüttet, alles war dreckich und verschlammt, so wollte ich da nich' antanzen, deswegen die Handschuhe."
Kollmann spitzt seine Lippen für die nächste Erwiderung.
Jörg legt nach.
„Ich hatte schon lange vor, den Inhalt aufzufüllen. Bin aber immer wieder drüber weggekommen."
„Etwas noch, ist es korrekt, dass sich im Handschuhfach Ihres *Mazda Kombi* immer eine Tachenlampe, eine sogenannte *Maglite*, befindet?"
Für Barbara symbolisieren die sie umgebenden Mienen sämtlichst Verständnislosigkeit ob der Relevanz der Frage, doch Jörg gehorcht.
„Ich bin viel unterwegs, auch im Dunkeln, da kann so 'n Ding nich' schaden."

„An den Zeugen habe ich gegenwärtig keine weiteren Fragen", lässt Kollmann den Gerichtssaal nach kurzer, künstlerisch wirkender Pause wissen.
„Frau Gordann, Herr Doktor Loose?", fragt die Richterin.

Beide Staatsanwälte schließen sich Kollmanns Aussage an.
Bevor Jörg aber den Zeugenstand verlassen darf, soll er seine Aussagen beeiden.
Alle müssen aufstehen.
Barbara hört sehr genau zu.

Allerspätestens beim Schwur denkt sie an ihre damaligen gegenseitigen Hochzeitsversprechen: „[...] in guten wie in schlechten Zeiten [...] bis der Tod uns scheidet."
 Auch diese Versicherungen geschahen vor kostümierten Personen, in einem ebenfalls ehrerbietenden Gebäude.
Für Barbara haben diese Versprechungen ewig Gültigkeit, auch wenn sie längst kein Kirchenmitglied mehr ist.
Worte nimmt sie sehr ernst.

Jörg wird als Zeuge entlassen, aber höflich gebeten sich weiterhin zur Verfügung zu halten.

Herr Nobodski wird herbeigerufen.
Fragend schaut Barbara zu Kollmann rüber.
„Das ist der Fahrer, der Ihren Mann bei der Polizeistation abgesetzt hatte."

Nervös scheinend, sich mit beiden Handflächen und gespreizten Fingern die Oberschenkel reibend, erläutert Nobodski seine Sicht der Ereignisse.

„Herr Nobodski", fragt Gordann im Anschluss, „welchen Eindruck hatten Sie von Herrn Schulz, als Sie ihn nach Rheine gefahren haben?"

Nobodski: „Wie meinen Sie das?"

„Die Frau Staatsanwältin meint", pfuscht Kollmann dazwischen, „war Herr Schulz aufgeregt oder eher abgeklärt?"

Gordann erhebt sich, holt tief Luft, plustert sich auf wie ein Vogel sein Federkleid bei der Abwehr von Rivalen.

„Frau Staatsanwältin", beschwichtigt Steg-Läufer, „Ihre Einwände erahnend, bitte ich nichtsdestoweniger den Zeugen Nobodski die Frage der Verteidigung zu beantworten."

Ein wohlwollendes Kopfnicken geht von ihr zu Nobodski.

„Also, äh, ja, ich meine, wenn ich die Frage jetzt noch richtig verstanden haben sollte, war Herr Schulz schon irgendwie verklemmt."

„Können Sie das genauer charakterisieren?", behält die Richterin die Zügel in den Händen.

„Charakteri...? Also, ja, Herr Schulz war komplett fertig. Der war totenblass. Aus der Puste. Ich dachte nur, hoffentlich kübelt der mir nicht ins Auto."

„Was hat er gesagt, erinnern Sie sich noch?", schaltet sich wider Erwarten der Richter in der Robe links von Steg-Läufer ein.

„Also ja, er hat gesagt, dass seine Frau ihn umbringen wollte – und dass sie sein Auto zerschossen hat – und dass sie damit weggefahren ist – und dass er zur Polizei muss."

„Hatten Sie den Eindruck, dass der Herr Schulz sich sehr auf das konzentrieren musste, was er Ihnen mitteilte?" vertieft der linke Richter seine Fragen.

Nobodski reibt weiter seine Oberschenkel.

„Also, ja, ich hab ihn paarmal angekuckt, nur kurz, weil ich ja auf die Straße kucken musste. Der hat mich nie

angekuckt. Der hat nach unten gekuckt, auf seine Füße. Hat geschwitzt."
Barbara schaut in die Zuschauerränge.
Jörg sitzt in der ersten Reihe.
Seine Gedanken versucht sie zu erahnen.
Meinungslos mutet sein Blick an, den er stur nach vorn richtet, als trüge er Scheuklappen, die ihn für das Drumherum unempfindlich machen.
Kollmann schreibt auf.
„Wieso waren Sie zu dieser Zeit dort unterwegs?", will er noch wissen.
„Hatte Spätschicht mit Überstunden. War auf dem Weg nach Hause."
Nobodski wird ohne Tamtam entlassen.
Nachdem er sich vom Stuhl erhoben und Richtung Ausgang gedreht hat entdeckt Barbara feuchte Schwitzflecken auf Hemdrücken und an den Hosenbeinrückseiten seiner Oberschenkel.

Steg-Läufer schließt die Verhandlung.
„Wie jetzt?"
„Es sind mehrere Termine angesetzt", beruhigt Kollmann Barbara.

Handgefesselt folgt sie aufmerksam justizbeamtenbegleitet dem Pulk.

Saal 272 verlassend weitet sich ihr Blick für die Umgebung. Muskeln, Nerven, Offerten ihres Geistes entspannen sich um eine Prise.

Auf dem Weg zum Ausgang befinden sie sich allerseits.

Welchen Ausgang wird das Verfahren nehmen?

Im Augenblick dieses doppelsinnigen symbolträchtigen Gedankengangs nimmt Barbara ihre Umgebung mit anderen Augen wahr.
Unfruchtbar geflasht ist sie von der inneren Schönheit des Landgerichts.
Die vielen bunten ornamentalen Bögen an den Treppenaufgängen, in den Farben ocker bis olivgrün verziert, mit den partiell gerundeten Stufen.
Kunst oder Kitsch – Kunst oder Kunststoff – Marmorsäulen oder Malerbeton? Und die extremst verschnörkelten Geländer, metallgewordene Arabesken, die ausnahmslos konstant geputzt zu sein scheinen – kein Stäubchen – kein Spinnweblein – Opern- oder Gotteshaus?
Etwas Weihevolles, nicht Weltliches hat das ganze Brimborium. Solch schönes Ambiente für so scheußliche Angelegenheiten wie Verrat, Verhöhnung, Falschheit.
Bibelgeschichten.

Die leibhaftige Existenz Jesu als Mensch zog Barbara nie in Zweifel. Hinterfragt hat sie den riesigen Hype, den die katholische Kirche um die Person Jesu machte und nach wie vor macht.

Ein Kind, ja, na klar ein Junge.

Ohnehin werden latent mehr Jungs als Mädels geboren, in dem Sinne kein klerikaler Geniestreich.
Für den Arterhalt wäre die Umkehrversion sinnvoller.

Barbara findet Trost in der Vorstellung, dass die Menschheit sich selbst vernichten und aussterben wird. Erst dann könnte der von ihr einstmals übervölkerte Planet ein natürliches Gleichgewicht zurückerlangen, bis – bis die Sonne sich aufblähen, alles verbrennen und danach nie mehr scheinen wird.

Dieser Bub, dereinst gezeugt von Gott und Maria, einer gewöhnlichen weiblichen Person aus Fleisch und Blut.

Barbara sieht Parallelen zu Mythologien. Götter zeugten angeblich Nachkömmlinge mit Erdenfrauen.
Alkmene + Zeus = Herakles (Herkules)
Zumindest diese Geschichten sind nachweislich erdacht.
Und die der Bibel?

Jungfrau soll Maria bei der Geburt ihres Sohnes gewesen sein.

Im Aufklärungsunterricht ihres ehemaligen Bevergerner Grundschullehrers Mohr wurden Barbara und ihre Klassengenossinnen und -genossen gewarnt, niemals mit dem anderen Geschlecht ein Bad zu nehmen, da die fittesten Spermien es schaffen könnten, durch das warme Wasser bis zur Vagina zu schwimmen, uneingeschränkt unbemerkt in sie einzudringen, um von dort aus ihren Weg weiter zur Eizelle zu finden.
Jahrelang war Barbara daher der Schwimmunterricht zuwider. Sie wurde die Vorstellung nicht los, tausende Samenzellen schwämmen für das menschliche Auge unsichtbar im Chlorwasser herum und hätten nur das eine Ziel, ihre Muschi und die ihrer Mitschwimmerinnen

zu infiltrieren.

Im Kunst- und Kulturteil einer seriösen Zeitung, die Manu ihr eines Abends gebracht hatte, las Barbara in einem Artikel, dass der französische Autor Houellebecq in einem seiner Romane nicht nur Jesus' angebliche Wundertaten in Frage stellt, sondern so weit geht, die These aufzustellen, Jesus als Person sei reine Erfindung.

„Frau Schulz" hier, „Frau Schulz" da, wird sie von der Bande der Blitzlichtklicker im Gang der Dinge drangsaliert; das zwingt sie aus ihren Überlegungen.
Kollmanns Körper immer noch an ihrer Seite registrierend zieht sie sich abermals ihren Blazer über den Kopf tief ins Gesicht hinein.

Barbara ist erleichtert, als ihre Realitätsflucht in ihrem Haftraum ein vorläufiges Ende findet. Diese dicht bemessenen vier Wände sind zu ihrem Zufluchtsort geworden. Die trügerische Welt bleibt draußen.
Einschlussgeräusche geben ihr ein Gefühl von Sicherheit, an Geborgenheit erinnernd.
Nach Minuten des Deckenanstarrens aus der Liegeposition auf ihrer Pritsche steht sie auf, hebt die Matratze an, holt den Schulblock hervor, nimmt ihn mit zum Tisch und gibt sich Mühe, die heutigen Erlebnisse objektiv zu dokumentieren.
Manu schließt die Tür auf. Sie bringt Barbara Ess- und Trinkbares. Ihre Taube soll weder Hunger noch Durst leiden nach einem absurd anstrengenden Tag vor Ge-

richt. „Hey, ich bin satt und sitt", entfährt es Barbara, die sich gestört fühlt. Im selben Moment steht sie auf, geht der verwirrt dreinblickenden Knastkameradin entgegen. Beide setzen sich auf den Pritschenrand. Barbara lässt den Tag Revue passieren.

> Duschen scheidet heute aus.
> Spüren will sie den Dreck, mit dem sie besudelt wurde.
> Durch wessen Schuld?
> Saufen, saufen, saufen will sie. Sich Kehle und Seele aus dem Leib saufen.
> Kehle, damit sie nicht mehr schlucken muss.
> Seele, dass sie Ruhe hat – nicht zuletzt vor sich selbst.

Manu geht. Barbara sitzt, zu kaum einer Regung fähig. Schutzlos ihren Brainflashes ausgeliefert, kippt ihr Oberkörper auf die Matratze, von einer Starre in die nächste. Zerebrale Lähmung, kein Zeitgefühl. Das elektrische Licht erlischt. Äußere Unbeweglichkeit und innere Unruhe begleiten sie wiedermal durch eine schlaflose Nacht.

Ihre Gedanken sind ein virtueller Tischtennisball in einem der ersten TV-Video-Games, das sie als Jugendliche manchmal bei Arne zuhause gespielt hatten. Bevor der Ball den Spielfeldrand erreichte, wurde durch den jeweiligen Spieler ein Regler hoch- oder runtergeschoben, dessen Abbildung durch einen simplen vertikalen Strich symbolisiert wurde. Nach dem Aufprall auf den Schläger (Strich) sprang der Ball nach dem Spiegelprinzip zurück: Einfallwinkel gleich Ausfallwinkel. Steuerte er aus dem Feld hinaus, bekam der Gegner einen Punkt. Danach war der Spielball kurzzeitig verschwunden, tauchte aber blitzartig wieder auf und das Spiel ging weiter. Ping – *Pong*.

Am nächsten Morgen verrichtet Barbara, benebelt von der vergangenen Nacht, ihren Vulgo-Küchendienst nach Vorschrift.
Mittags vernimmt sie aufgeregtes Getuschel. Orientierungslos schaut sie sich um bei ihren Kolleginnen.
Manu, die ihr seit Sabrinas Attacken am Tisch gegenübersitzt, bemerkt ihre Verwirrung.
„Wollt's dir als Überraschung erst heute Abend pritschieren."
Zum ersten Mal schaut Barbara ihr, von der Wortneuschöpfung beindruckt, richtig in die Pupillen, die von stahlblau-türkis gesprenkelter Iris umfangen sind, selbige dunkeltürkis umrandet.
„Was'n?"
„Übermorgen kommt *Maika* mit Band. Seinen Freund *Martin Semmelrogge* bringt er auch mit."
„Äh – ja, warte mal – *Semmelrogge* sagt mir was."
„Berühmter Schauspieler", lässt Manu Barbaras Gedankengänge nicht ungehindert zum Ende kommen.
„Berühmt, ja, aber auch berüchtigt wegen seiner Eskapaden. Ich finde, man sieht und hört ihm seinen exzessiven Lebensstil an."
Manus Blicke verfinstern sich zu einem drohenden Unwetter. So hat Barbara sie noch nie gesehen.
„Was glaubst denn, was de bist, Täubchen? Hältst dich für was Besseres! Hab ich sofort gewusst wo ich in dein

Bunker kam. Muss dich wohl nochmal knallen, damit de was kapierst!"

„Manu, warte mal", fasst Barbara die linke Speckhand ihres Tischgegenübers, umschließt sie mit ihren Fingern, um Deeskalation bemüht.

Manus Lider springen auseinander. Wahrscheinlich, weil Barbara sie zum ersten Mal, seit sie inhaftiert ist, bei ihrem Vornamenkürzel genannt hat.

„Wer ist *Maika*, das weiß ich wirklich nicht", reiht Barbara an.

„Woher kommst nochmal?"

Barbara ist froh, dass sie deutliche Wetterberuhigung in Manus Gesichtszügen feststellt.

„Aus Bevergern".

„Hast doch gesagt, das gehört zu Rheine."

„Nee, nicht so direkt, ist aber nahe dran."

„*Maika* kommt aus Rheine."

„Okay, ich kenn aber nicht alle Leute von da."

„*Maika* is' auch berühmt!"

Statt wieder etwas zu deklarieren, das Manuelas Unmut zusätzlich erregen könnte, hüllt Barbara sich in abwartendes Schweigen.

Es funktioniert.

„*Maika* macht Musik."

„Aha, was denn für wel...?", bricht Barbara ihre eigene Frage ab. „Ich glaube, ich hab schon mal was über ihn gelesen, in der MV. Er hat den Kulturpreis der Stadt verliehen bekommen. Er hat 'ne Band."

Manu wartet ab.

„Singt total regional, aber als voll sympathisch wurde er in der Zeitung beschrieben.", macht Barbara weiter. „Nachhaltig beeindruckt hat mich, dass er sich mit

Spenden aus dem Erlös seiner Konzerte für den Kinderschutz-Bund-Rheine engagiert, manchmal auch fürs Frauenhaus oder Obdachlose."
„Das Täubchen gurrt so geschwollen und plustert sich auf."
Die Fragezeichen in ihrem Kopf verdrängend gibt Barbara Manuela zu verstehen, dass sie es nicht arrogant meint.

Am übernächsten Tag, kurz nach 16:00 Uhr, drängt Manuela Barbara zur Eile. Unbedacht lässt Barbara schnell ihren Schulblock unter der Matratze verschwinden.

Im für Knastverhältnisse geräumigen Gemeinschaftsraum, den Barbara zum ersten Mal betritt, schiebt Manuela sie entlang der ersten Stuhlreihe. Bei vier freien Plätzen rechtsaußen drückt sie Barbara auf den zweiten Sitzplatz von rechts. Links neben ihr nimmt sie selbst Platz. So ist neben beiden jeweils ein Platz frei.
Soeben sitzend, erscheint die Gefängnisleiterin und baut sich zwischen Schlagzeugen und geständerten Gitarren vor den Gefangenen auf. Mit stolzgeschwellter Brust kündigt sie den Act an, als sei ihr höchstpersönlich ein Riesencoup gelungen.
Maßlos übertrieben, findet Barbara.
Vielleicht applaudiert deshalb niemand als die Direktorin sich aus dem Fokus entfernt?
Sekunden später betritt eine schlanke mittelgroße männliche Gestalt den Spotbereich. In den Fünfzigern. Dreitagebart, Geheimratsecken. Kalter Zigarettenstummel im Mundwinkel. Nickelbrille. Dunkelblaues dünnes Langarmshirt mit Rundhalsausschnitt und zierlicher

Knopfleiste, an den Unterarmen bis zu den Ellenbögen geschoppt. Helle Bluejeans mit breiten Hosenträgern.
Er schnappt sich die braune Akustikgitarre und setzt sich auf den runden Fronthocker.
Rhythmisch ein paar Saiten zupfend lässt er seine Zuschauer und -hörer wissen, dass er sich freue, aufgrund seiner Eigeninitiative heute hier sein zu dürfen.
Ohne viel Aufhebens entschuldigt er seinen Freund *Martin Semmelrogge*. Dieser sei bedauerlicherweise nicht in der Lage gewesen, diesen Termin wahrzunehmen.
Vandalen hätten ihm gestern kurz vor Abfahrt alle vier Ganzjahresreifen seines Pkw zerstochen.
Barbara schaut Manuela an. Sie grinst in Richtung *Maika*.
Die anderen Bandmitglieder füllen nach und nach den Frontbereich. Jedes stellt sich mit einer kurzen Instrumentaleinlage vor.
Den Typen an der E-Gitarre findet Barbara voll süß. Schüchtern, Blickkontakt meidend, hinter seinem Instrument verschwindend, löst er sich in den rhythmischen Klängen auf, sein Blick der Welt entrückt.
Und schon spielen sie den ersten Song. Michael Jürgens, *Maika*, singt den Blow-Job-Blues:
„Ich bin ein Mann und ich liebe die Frau'n.
Die müssen nicht so schön sein, nur ein bisschen verdorben [...]"
Barbara ekelt sich; sie ist gespalten.
Aber als er im folgenden Song von Rheine singt (*„Bin weg von Zuhause, bin schon lang unterwegs. Bin weg von Rheine, such woanders mein Glück. Es gibt nichts mehr zu reden, ich kann hier nicht mehr leben! Muss weg von hier [...]"*) findet sie alles banal und kitschig – dennoch weint sie.

Nach ungefähr 45 Minuten kündigt *Maika* eine kurze Pause an, nimmt seinen schwarzen Hut vom Boden auf, der Barbara zuvor nicht aufgefallen war, stülpt ihn über. Etwas auffallend charakteristisch Einprägsames verleiht ihm dieses Accessoire.
Freies Konzertpublikum würde sich erheben, einen Toilettengang erledigen oder einen Schampus trinken. Inhaftierte bleiben, wo sie sind.
Gier nach Rebensaft. Barbaras Innereien krampfen. Mit verschränkten Armen kauert sie auf ihrem Stuhl in Embrionalhaltung, Blick zum Boden.
Da bemerkt sie rechts auf dem freien Platz neben ihr eine Person.
Von unten lässt sie ihren Blick wandern. Gauchoboots, Lederriemen mit runder Schnalle am Schaftbeginn, die Schuhspitzen breit, kantig und gerade geschnitten, Jeans, auffällige Hosenträger.
Maika hat neben ihr Platz genommen. Seinen linken Arm legt er um ihre Schultern.
„So berührt von meinen Texten?", fragt er.
„Ja – nein, eigentlich nicht, sorry, aber irgendwie doch schon, ich kann's nicht erklären."
Maika schweigt mit verschmitzt schmunzelnden Lippen.
„Vielleicht ist es auch nur, na ja, im Grunde kommst du aus meiner Heimat", gibt Barbara ihm zu verstehen.
Er rüttelt zwei Mal an ihrer Schulter, lächelt, steht wieder auf. „Nikotinauffrischung", sagt er, verweist auf die kalte Kippe zwischen gelb-braun verfärbtem Zeige- und Mittelfinger seiner rechten Hand und verlässt das Interieur.
„Ihr kennt euch doch?", fragt Manu.
„Nein, echt nicht."

Ungläubig legt Manu ihren Kopf schräg.
Nach der kargen Auszeit nimmt *Maika* das Mikro, zwinkert Barbara zu: „Den nächsten Song widme ich einer Lady hier." Dann nennt er den Titel: „*Mein Revier*". Er singt: *„Mein Rheine an der Ems, ich komm von hier, bist mein Zuhause, dafür dank' ich dir [...] bist ganz weit vorne, ich fühl mich frei [...] vermisse dich, bin ich mal weg von dir, zieht's mich zurück [...]"*
Eigenwillig, trashy, trivial, rührselig, authentisch, überzeugend. Zu viel für Barbara. Mit den Bündchen ihrer Sweatshirtärmel tupft sie Tränen von Wangen und Augenlidern.
Den Rest des Konzertes schaut sie nach unten.
Als *Maika* und Band hörbar die Wandelhalle verlassen, stupst Manu sie an. Barbara folgt ihr hinaus, ohne aufzublicken.

In ihrem Haftalltag konzentriert Barbara sich nach dem Küchensklavinnenjob auf die schriftliche Verarbeitung ihrer Memoiren. Innerhalb mehrerer Stunden bekommt sie manchmal nicht mehr als ein paar simple Sätze auf Papier gebannt, mit denen sie zugleich unzufrieden ist. Falls sie jetzt jemand fragte, wie sie die Haftzeit bis hierher rumgebracht hat, wäre sie außerstande eine plausible Antwort zu geben: „Irgendwie halt."

Bei jedem der folgenden Verhandlungstermine scannt Barbara hochkonzentriert mit wachem lauerndem Blick

die Zuschauer.
Arne, wie üblich.
Jörg.
Aber dann, ihr Blick bleibt an jemandem haften, der ihr Unterbewusstsein fordert.
Sie hat ihn schon mal gesehen.
Tickticktickticktackerticker ...
Klick.
Ein Foto.
In Franks Wohn-/Esszimmer stand es gerahmt.
Es ist Rico, sein ältester Sohn, das älteste und einzige seiner drei Kinder, zu dem Frank nach der Trennung von seiner vorgeblich ungeliebten Frau angeblich Kontakt hatte, bis zu seinem Exitus.
Was will er?
Auf Nebenklage hat er verzichtet.
Ihre Blicke begegnen sich durch die stickigen Luftmassen des großen Raums hindurch.
Als sie sich treffen, wendet er seine ab.
Barbara ist nicht so willensschwach.
Sie hat das unbestimmte Gefühl, stark sein zu können, sie muss sich mehr anstrengen und auf sich selbst vertrauen.

Abermalig ist Kollmann am Zuge. Er nennt den Namen einer Nachbarin. Yekaterina. Die, die in Bevergern mit ihrem deutschen Mann westlich gegenüber wohnt. Sie ist 27 Jahre alt, hat einen russischen Migrationshintergrund, ein eineinhalbjähriges Kind und befindet sich noch in Elternzeit.
Auf ihren Namen angesprochen antwortet sie: „Icch bien."

Sie sagt aus, dass sie meint am Tattag, dem Mittwoch, den roten *Mazda-Kombi* der Familie Schulz gesehen zu haben.

„Wann war das genau, ich meine, können sie Tages- respektive Uhrzeit näher bestimmen?"

„Chabe alles Polizei gesagt. Muss Nachmittack gewesen sein. Geh icch immer mit Nastjenka an frischer Luft."

„Das ist Ihre Tochter?"

„Da, Nastja."

„Sind Sie sicher, dass es dieser Mittwoch war?"

Nachdenklich reibt sie ihre Handinnenflächen aneinander.

„Njet, kann gewesen sein auch anderer Tack. Chabe gesehen oft Wagen chin- und cherfahren."

„Erinnern Sie sich noch an die Insassen des Pkw?"

„Kann einer, kann sein beide sind gewesen."

„Und die Kinder?", hallt Gordanns Zwischenruf herüber. Irritiert beaugapfelt Yekaterina die Staatsanwältin.

„Kiender?", wiederholt sie mit stark gerolltem R. „Chabe nicht oft gesehen in Wagen."

„Aber an diesem Mittwoch?"

„Kann nicht sagen, njet. Sowieso chaben Kontakt wenig."

Gordann wirkt unzufrieden.

„Frau Schulz?"

Barbara stiert gedankenversunken in ihre Richtung, reagiert aber nicht.

„Frau Schulz?"

Ein Zucken durchstreift Barbaras Körper. Dreimal nacheinander schließen und öffnen sich ihre Lider. Jetzt erspäht sie die Staatsanwältin, deren Worte spirituell schwingend nachklingen. Sie ist gemeint, Barbara!

„Äh – ja?"

„Sagten Sie nicht aus, dass ihr Mann an dem betreffenden Mittwoch nicht zu Ihnen gekommen war?"
„Ja, das ist auch richtig."
„Wie erklären Sie sich dann, dass sein Handy zwischen 14:40 Uhr und 15:20 Uhr nächstliegend zu Ihrem Haus lokalisiert werden konnte?"
Kollmann greift sofort ein: „Pendlerparkplatz und angrenzender Wald liegen ebenfalls im Erfassungsbereich derselben Funkzelle wie Haus und Grund meiner Mandantin."
Dann wird er förmlich.
„Sehr geehrte Frau Staatsanwältin, Herr Dr. Loose, sollten Sie Fragen an meine Mandantin haben, fragen Sie mich. Zu Verfahrensbeginn wurde ausdrücklich darauf hingewiesen, dass meine Mandantin sich nicht äußert."
Eine wohltuend laue Entspanntheit bemächtigt sich Barbaras Gefühlswelt. Dankbar, fast liebevoll blitzt sie ihren Verteidiger an. Er meint es gut mit ihr. Er ist auf ihrer Seite.
„Weil durch die Staatsanwaltschaft bereits angesprochen, verweise ich in dem Zusammenhang auf die Schriftstücke (kurz blättert Kollmann in seinen Unterlagen) 14 bis 21 aus dem Anlagenkonvolut 5. Aus allen geht hervor, dass sowohl weitere Nachbarn, einschließlich der Eltern von Frau Schulz, als auch die Kinder, Paula und Paul, die sich zu dem Zeitpunkt in ihrem Gymnasium befanden, ausführlich befragt wurden. Keiner der Befragten konnte sich exakt an den Tattag erinnern."
„Frau Vorsitzende, die Verteidigung greift erneut dem Schlussvortrag vor."
Steg-Läufer erwidert nicht.

Sie wurden befragt, ihre Abkömmlinge, denkt Barbara. Hätten sie sich erinnern können, vorausgesetzt sie wären zu Hause gewesen, hätten sie dann gegen ihre Mutter ausgesagt, wären sie ihr in den Rücken gefallen?

Herr Lambers hat seinen großen Auftritt. Sachlich, seriös und seelenlos wirkend, gibt er dem Gericht seine Untersuchungsergebnisse zum Besten. Das macht er bestimmt nicht zum ersten Mal.
Am Richtertisch, bei Staatsanwaltschaft und Verteidigung wird rege in den Papieren geblättert, abwechselnd die Mouses durch die Desktops laufen gelassen.
Letzten Endes sei er zu dem Ergebnis gelangt, schließt Lambers nach geraumer Zeit mit dem Fazit, dass Frau Barbara Schulz voll umfänglich schuldfähig sei. Zwar verfüge sie über eine labile Psyche, dadurch bedingt, dass sie sich oft in ihrem bisherigen Leben ungerecht behandelt fühlte, diese habe aber keinen Einfluss auf ihr allgemeines Urteilsvermögen. Ebenso wenig wie ihr eher schwach ausgeprägtes Selbstbewusstsein. Sie könne sehr wohl zwischen Recht und Unrecht unterscheiden, beziehungsweise, wenn man so wolle, zwischen Gut und Böse. Er habe keine gravierende tiefergehende Persönlichkeitsstörung ausfindig machen können, daher halte er sie für in vollem Umfang zurechnungsfähig. Allerdings schränke die von ihm diagnostizierte mittelschwere Depression ihren Handlungsspielraum ein.

„Voll schuldfähig?", wendet Barbara sich tiefererschreckt an Kollmann. Dieser beschwichtigt mit zwei Bewegungen seiner Hände, Handrücken oben, flach ausgebreitet nach unten wischend.

Bei ihrer folgenden Impression, Bruchteilsekunden später, erkennt sie zufriedenes Nicken zwischen Gordann und Dr. Loose.

Okay, das war's dann wohl. In Barbaras Kopf ist das Urteil schon gesprochen.

Kollmann bohrt nach: „Herr Lambers, seit wann besteht Ihrer Meinung nach diese ‚mittelschwere Depression' bei Frau Schulz?"

„Soweit ich zurückverfolgen konnte mindestens seit der durch Herrn Schulz vorgenommenen Trennung. Diese hatte bei Frau Schulz eine Krise ausgelöst."

Dr. Loose schmeißt Gordann ein sowohl aufmunterndes als auch aufforderndes kopfnickendes Blinzeln zu, nachdem Ulf Lambers seine Unterlagen zusammengelegt hatte, in der Erwartung, den Saal verlassen zu können.

„Wie äußert sich eine solche Depression – wären Sie so freundlich, ein paar beispielhafte Symptome zu schildern!?", macht Kollmann einen Strich durch Lambers' Rechnung.

„Da Frau Schulz während Ihrer depressiven Phase keine medizinische Hilfe beansprucht hatte, kann ich nur im Nachhinein urteilen."

Kollmann nickt: „Beschreiben Sie bitte nur allgemeingültig das markanteste Symptom."

„In erster Linie zeichnet sich eine Depression durch Handlungsunfähigkeit aus, die unter Umständen zunimmt. Die ..."

„Danke", grätscht Kollmann rein, „würden Sie Frau Schulz nach wie vor als depressiv bezeichnen?"

„Durch die Ereignisse im Zusammenhang mit der Anklage wurde sie aus ihrem vertrauten Umfeld gerissen. Das hat in gewisser Hinsicht die apathischen Fesseln gelo-

ckert. Frau Schulz befindet sich derzeit im übertragenen Sinn in einer Art Schwebezustand zwischen unten und oben, oder anders gesagt, das Verhandlungsergebnis wird maßgeblich entscheidend sein für Aufstieg oder Niedergang ihrer Persönlichkeitsentwicklung."
„Würden Sie Frau Schulz als suizidgefährdet bezeichnen, Herr Lambers?"
„Grundsätzlich ja."
„Darf ich daraus ableiten, dass meine Mandantin, wenn überhaupt, eher sich selbst als andere töten würde?"
Gordann springt auf.
Bevor sie auch nur eine Artikulation akustisch wahrnehmbar werden lassen kann, bedankt Kollmann sich bei Lambers für dessen geduldige und fachkompetente Beantwortung aller gestellten Fragen.
Gordann steht noch immer.
Steg-Läufer gibt ihr durch Zunicken zu verstehen, sie solle bitte wieder Platz nehmen.
Lambers wird aus dem Saal entlassen.

Der Nächste bitte.
Sogleich berichtet die Gerichtsmedizinerin, dass laut rechtsmedizinischem Befund das Geschoss, unstreitig abgefeuert aus der zweifelsfrei identifizierten Tatwaffe, die Aortawandschichten geöffnet hat, was unmittelbar zu einer Aortendissektion beziehungsweise zu einem Aneurysma dissecans aortae führte. „So bezeichnet man in der Medizin eine Aufspaltung der Wandschichten der Hauptschlagader", wendet sie sich mit einem Rundumblick an alle im Gerichtssaal Anwesenden. „Diese akute Dissektion von Adventitia, Media und Intima führt unbehandelt zwangsläufig zum Tod. Aufgrund der Größe der

durch die Kugel verursachten Ruptur, kam es speditiv zu abdominalen beziehungsweise periumbilikalen Einblutungen."

„Soll heißen, das Opfer ist innerlich verblutet?", hakt Kollmann nach.

„Ja. Der Steckschuss verursachte parallel eine Hämorrhagie im Thorax nach einem Einriss im Zwerchfell, mit entsprechender Raumforderung des austretenden arteriellen Blutes im Mediastinum", antwortet die Gerichtsmedizinerin. „Die rechte kardiale Hauptkammer wurde desgleichen kaudal lädiert."

„Glückstreffer!", ruft jemand aus dem Zuschauerraum. Steg-Läufer schaut augenblicklich ergrimmt rüber. „Wer hat diesen Kommentar geäußert?"

Viele wenden ihre Köpfe gen Boden, so, als müssten sie kontrollieren, ob sich eines ihrer Schnürsenkel gelöst haben könnte.

Bei Barbara entstehen ungewollt Bilder im Kopf.

Frank, wie er sie sekundenlang nach dem Schuss anstarrte, die Situation begreifend. Übergangslos ernüchtert. Die hohe Alkoholdosis in seinem Körper hatte ihre sinnverzerrende Wirkung pfeilschnell eingebüßt. Wie eine Ewigkeit kam es ihr vor, bis er endgültig unleugbar sterbend zu Boden fiel. Zuerst auf die Knie, dann auf seinen Bauch. Selbst nachdem sie Leo, Franks Riesenvieh von Hund, mit Wasser und Futter versorgt hatte und beim Verlassen der Wohnung ein letztes Mal Franks Körper ansah, konnte sie keine Blutlache entdecken. Diese Beobachtung kollidierte mit ihren Erwartungen.

Dem Anschein nach war er innerlich ein hohles Fass, mit

jeder Menge Fassungsvermögen. Ein Hohlkörper.

„Noch eine derartige unqualifizierte Äußerung und die Sitzung wird unverzüglich als nicht öffentlich deklariert!", schafft sich die vorsitzende Richterin Autorität zurück.
Der Zwischenruf hätte von Arne sein können, ihm traut Barbara es zu – oder doch nicht? Einwandfrei identifizieren kann sie die Stimme nicht.

Während der kommenden Tage und Nächte in ihrer vertrauten und fast liebgewonnenen einzelhaftigen Eingesperrtheit fiebert sie dem letzten Verhandlungstermin entgegen.

Kollmann hatte sie karg, wie es seiner Art entspricht, darauf vorbereitet, dass es dann hauptsächlich darum gehen wird, welcher Seite es gelingt, den größeren Nutzen aus den zusammengetragenen Fakten zu ziehen. „Pure Strategie, wie in jeder Schlacht, der überlegenere Feldherr gewinnt", meinte er. „Was ist mit David gegen Goliath?", fiel Barbara in ihrer Verzweiflung ein. „Widerspricht das meiner Aussage?", konterte Kollmann kongenial.

Fortgesetzt fühlt sie sich so schwindlig, zittrig und wacklig auf ihren Beinen und im gesamten Körper, dass sie außerstande ist, ihren Küchendienst anzutreten.

Einer Tageszeitung hatte sie entnommen, dass die

Staatsanwaltschaft lebenslänglich fordern will. Das genügte, um nicht weiterzulesen. Was sollte Kollmann auch schon dagegensetzen.

Manu ermuntert sie immer wieder. „Musst dich ablenken, Täubchen. Ja, steckst tief in der Scheiße." Dann drückt sie sich mit den Fingerkuppen beider wulstigen Hände ihre überdimensionierten Nasenflügel zu. Sie stupst mit einem Ellenbogen Barbara in die Seite, bis beide sich leicht argwöhnisch in die Augen sehen. Die Erste verzieht ihren Mund zu einem angedeuteten Lächeln. Die Zweite kann nur nachziehen, bis sich die Befangenheit in lautes krampfendes, aber dennoch befreiendes Gelächter erbricht. „Manchmal musst einfach über die Kacke lachen, in der du drinsteckst. Anders hältst den Gestank nicht aus", ist Manus Weisheit.

Lang ehrfürchtet

Tag der Rechtsprechung

Dr. Loose steht auf, Gordann folgt. Sie redet fazitär zum Richtertisch und allen sonstigen Anwesenden, immer wieder Kollmann und Barbara eindringlich in ihre Fovea Centralis nehmend, den schärfsten visuellen Brennpunkt.

Die erdrückende Beweislast lässt Barbara zusammenkauern. „[...] Durch den Einsatz von Metalldetektoren gelang es rasch, die Grube zu finden. Das Beil, das notorisch zum Zerteilen mannigfacher Baum- und Strauchwurzeln diente, wurde mit dem Stiel nach unten gekehrt in etwa 20 cm unter der Waldbodenoberfläche geortet."

Am liebsten wäre Barbara dem Boden gleich, steif wie eines der Bretter unter ihren Füßen, mit einer abschirmenden schimmernden Schutzschicht überzogen.

„Unstrittig ist, dass Sie zunächst vorhatten, Ihren Mann, Jörg Schulz, aus Rache zu erschießen. Eigens für ihn hatten sie diese Grube im Wald ausgehoben. Dort wollten Sie ihn vergraben, auf dass seine Leiche nie gefunden werde.

Währenddessen überlegten Sie es sich anders, entwendeten sein Fahrzeug, fuhren nach Nordhorn und erschossen Herrn Scharf. Nachfolgend versuchten Sie Spuren zu beseitigen, vergruben Schusswaffe und andere Geräte im

Wald. Hiernach stellten Sie den beschädigten Pkw Ihres Ehemannes bei ihm zuhause ab. Vermutlich zu Fuß gelangten Sie nach Haus, wo Sie morgens zum beschädigten Pkw verhört wurden."

Barbara hört nicht mehr zu, schaltet mental ab, bis Gordanns Worte sie nach unzähligen Minuten wieder touchen: „[...] beantrage ich daher, die Angeklagte wegen versuchten Mordes an ihrem Ehemann, Herrn Jörg Schulz, sowie durch besonders hinterhältiges und verschlagenes Vorgehen erfolgtem Mord an ihrem Geliebten, Herrn Frank Scharf aus Nordhorn, nach § 211 Absatz 2 StGB, zu einer lebenslangen Freiheitsstrafe zu verurteilen."

Barbara schaut Kollmann ins Gesicht.
Unbeeindruckt vom Plädoyer der Staatsanwaltschaft wendet er sich an Steg-Läufer: „Hohes Gericht, ich sehe mich außerstande direkt zu erwidern. Daher bitte ich in aller gebotenen Form um Zeit zur Vorbereitung meines Schlussvortrages."

Diese wird ihm gewährt. Ein weiterer Termin wird anberaumt.

Kollmann erhebt sich.

„Hohes Gericht – zu Beginn meiner Schlussrede weise ich ausdrücklich darauf hin, dass ich mich überwiegend auf Fakten beziehe, die ausschließlich von der Staatsanwaltschaft herangetragen wurden."

Er fährt chronologisch fort, wiederholt erneut Angaben und fügt an, dass der erste zum Nachdenken anregende Punkt die Tatsache sei, dass Handy und wohl auch Navi des Herrn Schulz relativ zeitnah nach dem Tötungsdelikt an Frank Scharf aus Nordhorn verschwanden.

Ja, das könne man auch seiner Mandantin anlasten, aber wenn sie so planvoll agiert hätte, warum sollte sie im Gegenzug an der Fundstelle im Wald zahlreiche Utensilien zurückgelassen haben, die eindeutige ihrer Spuren aufweisen? Warum sollte sie überhaupt die Stelle gewählt haben, von der sie laut Staatsanwaltschaft wusste, dass sie ihrem Mann bekannt ist?

Ist es nicht viel eher so, dass Herr Schulz, getrieben von seinem Kontrollzwang gegenüber seiner Ehefrau und der damit verbundenen Eifersucht, welche bisweilen pathologische Ausmaße annahm, sich mehr und mehr in einen Wahn hineinsteigerte?

Und wieder ja, Frau Schulz war unglücklich in der Beziehung zu ihrem Mann. Sie fühlte sich vernachlässigt, nicht respektiert, hatte kaum Unterstützung in ihrem Alltag, die Alltagsbewältigung lastete auf ihren schmalen Schultern. Von Herrn Schulz erfuhr sie keinerlei Anerkennung. Daher nicht verwunderlich, dass sie in Frank Scharf, dem Mordopfer, einen Hoffnungsschimmer witterte. Jemanden, der sie versteht, der ihre Persönlichkeit respektiert und ernst nimmt.

Voller Enthusiasmus ließ sie sich auf Herrn Scharf ein.

Dass Fingerabdrücke nebst DNA-Spuren meiner Mandantin in der Wohnung des Mordopfers sichergestellt werden konnten ist daher logischerweise unstreitig.
In der Beziehung zum Mordopfer erfuhr sie stattdessen eine weitere Enttäuschung.
Diese gipfelte wie bekannt darin, dass sie, trotz Darbringung von Tatsachen, wegen übler Nachrede zu einer hohen Geldbuße verurteilt wurde."

Jetzt kommt Michaelas Attacke zur Sprache, denkt Barbara, wie sie sonntagsmorgens rachegeladen Franks Fahrzeuge demolierte.

Dagegen hat das scheinbar niemand auf dem Schirm – Frank hatte Michaela wohl nicht angezeigt –, denn auch Kollmann erwähnt es nicht, sondern knüpft mit der nächsten Frage an.

„Wen verwundert es da, dass Frau Schulz anschließend in eine Depression verfiel, die sie laut Gutachten Lambers handlungsunfähig machte!?
Das bedeutet doch, Frau Schulz war weder Willens noch in der Lage, irgendwelchen angeblichen Mordgelüsten nachzugehen beziehungsweise sie konkret in die Tat umzusetzen!
Ist es nicht viel eher zumindest genauso wahrscheinlich, dass Herr Schulz, nachdem er zum Hahnrei degradiert war, sich die Schwächen seiner Frau, über die er durch die jahrzehntelange Beziehung sehr genau Bescheid wusste, zunutze machte, um seinen Nebenbuhler auszuschalten, der die Ehe zerstört hatte?!"
Ohrenbetäubend durchdringendes Hickhack im Saal.

Steg-Läufer keift um Ruhe.

„Als ein weiterer Gegenbeweis kann die Tatsache angeführt werden, dass bei der gründlichen Untersuchung meiner Mandantin nicht die geringsten Spuren von Schmauchpartikeln sichergestellt werden konnten."

Fortdauerndes Gezeter.

„Selbstredend könnte man hier anbringen, Frau Schulz habe bewusst Handschuhe getragen beziehungsweise sich nach Tatvollzug übergründlich die Hände geschrubbt –, aber, hohes Gericht, wäre eine nachweislich an Depressionen leidende Person zu solch aktivem, planvollem Handeln in der Lage?"

Barbara beginnt, Kollmann zu erkennen.

Nur ihr Pflichtverteidiger ist er, oder?

„Und überhaupt wurden nur die grünen Gartenhandschuhe, die sich mittels DNA-Analyse zweifelsohne Frau Schulz zuordnen lassen, bei den der Mordtat insgesamt zuzuordnenden Gegenstände gefunden. In selbigem Zusammenhang ist es fundamental bemerkenswert, dass sämtliche Beweisspurensicherung ausschließlich gegen meine Mandantin gerichtet war. Herr Schulz wurde beispielsweise gar nicht erst bezüglich Schmauchspuren et cetera untersucht."

Gordann erhebt sich.

Dr. Loose zieht sie mit seiner Hand auf ihrer Schulter zurück auf ihren Sitzplatz.

Steg-Läufer dokumentiert ihr Gefallen mit einem zeitlupenartigen Nicken.

„Darf nicht genauso kritisch hinterfragt werden, warum Herr Jörg Schulz, unter den gegebenen Umständen, mühelos in der Lage war, die Stelle im Wald zu zeigen, an welcher sich sämtliche, mit der Tat in Verbindung ge-

brachten Gegenstände finden ließen?
Ja, ich reihe Frage an Frage! Wieso befand sich das Beil, das offenkundig dazu beitrug, die Stelle, an der sich ebengenanntes finden ließ, mithilfe von Metalldetektoren zu identifizieren, ausgerechnet vertikal stielunterseits im Boden?"
Kollmann lässt einen Rundumblick durchs gesamte Gericht fahren.
Barbara folgt ihm.
Seine Satzbildung ist anspruchsvoll. Für schlichte Gemüter nicht leicht nachvollziehbar. Trifft er hier das angemessene Maß an Redundanz? Gehört das zu seiner Taktik?
Mittlerweile unterstellt sie ihm eine Verteidigungsstrategie.
„Spätestens an diesem Punkt ließe sich mutmaßen, ja, wohlgemerkt mutmaßen, dass jemand, vermeintlich Herr Schulz, alles so arrangiert hat, dass die Tatgegenstände auf jeden Fall gefunden werden sollten!"
Kollmann blickt wieder reihum. Barbara hängt sich dran.
Sie sieht zweifelnde Gesichtsausdrücke mit gekräuselten Stirnen und teils flüsternden Lippen.
Keine Atempause.
„Laut Bestätigung durch den Zeugen Jörg Schulz hat meine Mandantin ihr Handy immer mit sich geführt.
Es liegt doch nahe, dass die Angeklagte am Tatbegehungstag, wie sie selbst gegenüber der Polizei äußerte, die gesamte Zeit zu Hause war und vergeblich auf das Erscheinen ihres Ehemannes wartete, damit sie mit dem zur Verfügung gestellten Pkw Einkäufe für sich und die beiden Kinder hätte tätigen können. Da Herr Schulz nicht, wie vereinbart, erschien, betrank sich meine Man-

dantin. Sie macht selbst keinen Hehl daraus. Im Übrigen unterstreicht das die Diagnose von Psychiater Lambers. Übersteigerter Alkoholkonsum und Depressionen gehen sehr häufig miteinander konform. Ursache und Wirkung stehen hier nicht zur Debatte. Oder anders formuliert, was zuerst da war, Henne oder Ei, ist hintergründig in dieser Kontiguität."

Nach einem Blick auf seine Unterlagen holt er zu neuem Schwung aus.

„Sehr verwunderlich ist doch auch Herrn Schulz' Behauptung, dass seine Frau einen Pkw kaufen wollte. Er, Herr Schulz höchstpersönlich, hatte seiner Frau den Geldhahn zugedreht, indem er Ihren Kontozugang sperren ließ. Wovon, um alles in der Welt, hätte sie das Fahrzeug denn erwerben sollen?"

„Ich wollte ihr das Geld leihen!", ruft Jörg von seinem Platz aus in den Saal hinein.

„Herr Schulz", wendet Kollmann sich an ihn, „mit Verlaub, nachdem Sie sich Ihrer Frau gegenüber so – geizig verhalten haben, soll man Ihnen das glauben?"

„Is aber so", nuschelt Jörg halblaut betreten mit gesenktem Kopf.

Gordanns Augen giften Steg-Läufer an. Die Gesichtshaut der Staatsanwältin schimmert inzwischen rötlich glänzend.

„Herr Verteidiger, der Zeuge Schulz befindet sich außerhalb des Zeugenstandes; muss ich Sie ..."

Kollmann nickt Steg-Läufer beschwichtigend zu und schließt an, bevor die vorsitzende Richterin ihren Satz beenden kann.

„Folgen Sie nun bitte den Ausführungen, wie sich aus Sicht der Verteidigung die Geschehnisse zugetragen

haben."
Kollmann schaut zuerst Barbara an. Ihre Blicke begegnen den seinen mit den untertänigsten und hoffungsvollsten Erwartungen, die sie jemals zu spüren geglaubt hat.
Er wendet sich zum Richtertisch, verharrt millisekundenlang, dreht Kopf und Körper zum Publikum und wieder zurück zu Steg-Läufer.
Sie akzeptiert.
„Herr Jörg Schulz plante gepeinigt den Mord an Frank Scharf. Dabei ersann er eine Mär, die so spektakulär unglaubwürdig ist, dass sie wahr sein könnte.
Regelmäßig stellte er Frau Schulz seit der Trennung seinen *Mazda* für Einkäufe zur Verfügung und holte ihn am darauffolgenden Tag wieder ab. Dabei konnte er sich unbemerkt bei einem Besuch, wahrscheinlich bei seinem letzten, des Beils, Spatens, Zollstocks und der gummierten Gartenhandschuhe bemächtigen. An Beil und Zollstock ließen sich Spuren von Herrn und Frau Schulz nachweisen. Frau Schulz benötigte diese Geräte gelegentlich zur Gartenarbeit, Herr Schulz zu anderen handwerklichen Zwecken.
Spaten und Gartenhandschuhe weisen ausschließlich Spuren von Frau Schulz auf.
In diesem Zusammenhang weise ich ausdrücklich darauf hin, dass sich an den Gartenhandschuhen keine Schmauchpartikel befinden!
Tatwaffe und Munition, woher Herr Schulz sie sich beschaffen konnte bliebe noch zu klären, sind ohne taugliche Spuren.
Am Tattag fuhr er zu besagter Zeit zu besagtem Pendlerparkplatz in Bevergern. Verweilte kurz, eventuell um unter anderem noch einmal seine Pläne, die viele Un-

wägbarkeiten enthielten, zu überdenken.
Im Anschluss fuhr er nach Nordhorn, wohlwissend, dass sein Pkw, sofern er in Tatortnähe gesehen worden wäre, keinen Argwohn erzeugt hätte, da Barbara Schulz des Öfteren dort vorgefahren war, solang sie die Geliebte des Herrn Scharf war.
Herr Schulz schaute auf die Klingelanlage des Hauses Scharf, kombinierte, Frank Scharf wohnt im Obergeschoss. Er klingelte, wahrscheinlich seine Hände in Handschuhen aus dem Pkw-Verbandkasten eingestülpt, um seine Fingerabdrücke nicht zu hinterlassen.
Nirgends im Haus brannte Licht. Dann sah Herr Schulz die offenstehenden Tore der Doppelgarage. Ohne Hindernisse gelangte er dort durch den Seiteneingang der Wohnung der Untermieter in die Räumlichkeiten des Herrn Scharf."

Barbara staunt. Als Kollmann sie während einer Visite befragte, hatte sie mehr oder weniger nebenbei erwähnt, dass Frank sich oft bei ihr beklagt hatte, wie oberflächlich und verantwortungslos seine niederländischen Untermieter seien, ließen sie doch dauernd Türen und Tore unverschlossen.

„Herr Schulz ist seit jeher tierlieb, daher hatte er keine Probleme, sich mit dem ohnehin leicht altersschwachen russischen Terrier-Rüden des Herrn Scharf schnell vertraut zu machen."
Steg-Läufer unterbricht untypisch Kollmanns Plädoyer.
„Herr Verteidiger, woraus schlussfolgern Sie das?"
„Frau Schulz schilderte mir gegenüber, dass ihr Mann kurz vor der Geburt der Zwillinge gehalten war, die al-

tersschwache Katze der Schulzes beim Tierarzt einschläfern zu lassen. Er benötigte zwei Anläufe. Nachdem der Gnadenakt vollbracht war, kam er weinend nach Hause."
Steg-Läufer entschuldigt sich für die Interruption.
Kollmann knüpft an.
„Weil Herr Scharf offensichtlich nicht anwesend war, wartete Herr Schulz geduldig auf dessen Heimkehr."
Rumoren unter den Zuschauern.
Kollmann reagiert.
„Alternativ hatte Herr Schulz womöglich erwartet, dass Frank Scharf ihm die Haustür öffnet. In diesem Fall hätte Herr Schulz ihn mit Waffengewalt in die Wohnung genötigt."
Dezente Beruhigung in sämtlichen Reihen.
Jörg sieht blass aus, unentwegt schüttelt er den Kopf, als hätte sich sein Kopfschütteln unkontrollierbar verselbstständigt.
„Als Herr Scharf, wie das Obduktionsergebnis zeigt, mit 1,9 ‰ stark alkoholisiert, seine Wohnung betrat, wurde er von Herrn Schulz gestellt und getötet durch einen gezielten Schuss aus der Tatwaffe."
An dieser Stelle verharrt Kollmann kurz.
Genau in dem Augenblick, als Barbaras Sensoren aufkeimende Unruhe bei ihr und der Allgemeinheit feststellen, macht er weiter.
„Herr Schulz fuhr, unter Umständen verwirrt durch die emotionale Belastung der Gesamtsituation, weiter nach Bramsche. Auch diese für ihn unbekannte Adresse konnte er wahrscheinlich dem Navi entnehmen, da meine Mandantin platonischen sporadischen Kontakt zu dem dort zumindest gemeldeten Herrn Alexander Benjamin Baron von Hodenberg pflegte, wie sie selbst freimütig

eingestand.
„So 'n Schwachsinn, die Adresse war nich' im Navi!",
brüllt Jörg stehend mit brechender Stimme ins Gericht.
„Herr Schulz", reagiert Steg-Läufer sofort. „Setzen Sie sich wieder. Bei einer erneuten Einmischung Ihrerseits werde ich Sie auffordern, draußen Platz zu nehmen. Ohne weitere Ermahnung."
Kollmann nimmt den abgerissenen Faden wieder auf und knotet an.
„Was Herr Schulz dort vorhatte, ob überhaupt eine weitere Tat geplant war, ob er gezielt mit dieser Spurenlegung die Schlinge um den Hals meiner Mandantin enger ziehen wollte –, all das bleibt fragwürdig und kann eventuell nie zweifelsfrei geklärt werden."
Wieder legt Kollmann eine rhetorische Pause ein.
„Fest steht jedenfalls, dass der *Mazda 626* von Bramsche zurück nach Bevergern bewegt wurde, wo sich gegen 22:24 Uhr die letzte Handy-Funkzellenverbindung festmachen lässt."
Barbara weiß, da schmiss sie die Elektroteile in die beiden sich vereinigenden Kanäle.
„Nach Ansicht der Verteidigung ließ Herr Schulz zu diesem Zeitpunkt sein Navi und Mobilphon verschwinden. Wie – wo –? Auch hier besteht weiterhin Klärungsbedarf. Auf dem Pendlerparkplatz schoss er einmal in die Luft, beim zweiten Mal durch die Fahrzeugscheiben, wischte von Waffe und übriger Munition sorgfältig mögliche Fingerabdrücke, vergrub, mutmaßlich im Schein seiner *Maglite* aus dem Handschuhfach, die im Nachhinein von der Polizei gefundenen Tatgegenstände im Wald, fuhr zu seiner Wohnung in Rheine, stellte vermutlich gegen viertel vor Mitternacht den Pkw auf einem Parkplatz

seiner Wohnanlage zugehörig ab, lief zurück Richtung Bevergern, hielt auf circa halber Strecke zwischen Bevergern und Rheine gegen 01:00 Uhr den Zeugen Nobodski an."
Totenstille im Saal. Kollmann hat alle geplättet.

Des Lichtscheins der Stabtaschenlampe bedurfte es in jener Nacht nicht, weiß Barbara. Zwar gab es Schauer, aber immer wieder machten die Wolken dem fast vollständig beleuchteten Erdtrabanten Platz.

„Und was ist mit der Grube?", verzweifelt Gordann. „Wann soll Herr Schulz diese ausgehoben und wieder gefüllt haben?"
„Steht denn fest, Frau Kolleg..., Staatsanwältin, dass es diese Grube gegeben hat? Wurde von Ihrer Seite aus nachgewiesen, oder, anders formuliert, ein etwaiger Grubenverlauf rekonstruiert?"
Gordann senkt ihren Blick.
Mit einer lang ausholenden Kopfbewegung, stehend von seinen Unterlagen zu Steg-Läufer aufblickend, fährt Kollmann fort. „Der Rest ist bekannt. Auch die Tatsache, worauf ich nochmal ausdrücklich hinweisen möchte, dass Herr Schulz, nachdem meine Mandantin in Untersuchungshaft verbracht war, ohne Zögern in das Haus meiner Mandantin in Bevergern zurückzog. Angeblich zum Wohle der beiden minderjährigen Kinder, um dass er sich seit seinem überstürzten Auszug wochenlang nicht gesorgt hatte. Die Beantwortung der Frage, ob die Schlussfolgerung hier angebracht wäre, es gehörte ebenfalls zu Herrn Schulz' Racheplänen, sich das Haus meiner Mandantin – entschuldigen Sie bitte die umgangssprach-

liche Formulierung – unter den Nagel zu reißen, überlasse ich guten Gewissens der Gerichtsbarkeit."
Steg-Läufer mustert Barbara. Weiter Gordann und Dr. Loose. Rechts und links fragende in Augenscheinnahme ihrer beisitzenden Kollegen.
Kollmann wartet den dienlichen Zeitpunkt ab, um anzuknüpfen.
„Hohes Gericht, fernab aller möglichen Mutmaßungen bleibt festzuhalten, die Ermittlungen von Polizei und Staatsanwaltschaft richteten sich ausschließlich gegen meine Mandantin und waren von Anbeginn an einseitig auf sie bezogen, obwohl die Täterschaft einer anderen Person nicht präkludiert ist!
Die von Polizei und Staatsanwaltschaft gesicherten Indizien sind lückenhaft und insgesamt nicht stichhaltig. Demzufolge ist die Argumentation der Staatsanwaltschaft entsprechend spekulativ."
Gordann hält wiederum dem inneren und äußeren Duck nicht mehr stand: „Sie meinen noch spekulativer als ihre sogenannten Erklärungen und Entgegnungen?"
„Ich meine, hohes Gericht, unter Abwägung aller dargebotenen Fakten bestehen zahllose manifeste und signifikante berechtigte Zweifel an der Schuld meiner Mandantin; daher plädiert die Verteidigung auf Freispruch für Frau Barbara Schulz."

Buuum, Kollmann hat die Bombe platzen lassen.

Der grummelnd rauschenden Geräuschkulisse im Saal ist hektische bis ängstliche Verwirrung zu entnehmen.
Barbara fehlt der Mut, irgendjemandem ins Gesicht zu schauen. In Schockstarre gleichkommender Bewegungs-

losigkeit harrt sie in sich gekehrt kauernd der Dinge.
Erst als Kollmann ihre linke Schulter rüttelt schrickt ihr Kopf hoch.
„Frau Schulz, ich wiederhole nochmal die Frage", hört sie die Richterin, „Ihnen als Angeklagter steht das letzte Wort zu, möchten Sie noch etwas sagen?"
„Ich bin unschuldig", entfährt Barbaras Mund ohne Nachdenken dieser antrainierte Automatismus.
Umgehend fällt sie in ihr lethargisches Phlegma zurück.
Wieder Gerüttel.
„Das Gericht hat sich zur Urteilsfindung eine temporäre Pause erbeten und zur Beratung zurückgezogen."
Kollmann bedeutet Barbara, den Saal zu verlassen. Justizbeamte begleiten sie in einen separaten Raum.
„Wie lange?"
„Die Frage kann ich nicht konkret beantworten. Das variiert. Auf jeden Fall schnellstmöglich."
„Ihre Prognose, wie stehen meine Chancen?"
„Auch da muss ich passen. In meinen Anfängerjahren lag ich mehrmals daneben. Daraus folgerte der Schluss, mich diesbezüglich nicht mehr zu äußern."
Na toll, denkt Barbara.
Kollmann hat wenigstens seine Aktentasche dabei, aus der er sich bedient und liest und blättert.
Für Barbara wird jede weitere Minute zur Qual. Eine Minute kommt einer Stunde gleich. Die Zeit scheint zu stehen. Unterdessen wächst der Druck auf ihre Blase. Gerade als sie sagen will: „Ich muss mal!", öffnet ein Justizwachtmeister die Zimmertür und fordert zur Rückkehr in Saal 272 auf.

Barbaras linke Hand krallt sich in Kollmanns schwarzen

Talar.
In den vorderen Bereichen stehen alle als Steg-Läufer verkündet: „Im Namen des Volkes ergeht folgendes Urteil – da die Täterschaft nicht eindeutig nachgewiesen werden kann und sowohl in Präpendenz als auch Postpendenz eheblische Zweifel am tatsächlichen Geschehen bestehen, bleiben berechtigte Zweifel an der Schuld von Frau Barbara Schulz. Aufgrund dessen ist die Angeklagte nach dem Grundsatz ‚in dubio pro reo' freizusprechen."
Barbara spannt ihre Beckenbodenmuskulatur an. Sie will verdammt nochmal nicht ihre Jeans vollpullern.
Steg-Läufer beginnt sich zu setzen. Alle folgen.
Nach Urteilsbegründungen erwähnt sie noch, dass der Haftbefehl gegen Barbara aufgehoben ist und ihr bei Rechtskraft des Urteils Anspruch auf U-Haftentschädigung nach dem Strafrechtsentschädigungsgesetz zusteht. Bei Fragen soll sie sich an Kollmann halten.
Irgendwann gibt Gordann unter Nennung diverser Paragraphen, die ihr ein Stück weit verlorengegangene Souveränität zurückbringt, bekannt, dass die Staatsanwaltschaft sich vorbehält, innerhalb einer Woche gegen das Urteil Revision zum Bundesgerichtshof einzulegen.
Später erklärt Steg-Läufer die Sitzung für beendet.
Barbara hat jegliches Zeitgefühl verloren. Nicht nur das, in völliger Orientierungslosigkeit bleibt ihre Hand in Kollmanns Anwaltsrobe festgeklammert.
Ist sie frei? Frei ist sie, oder?
Kollmann streift die Robe ab und löst Barbaras Krallen.
Sie finden sofort Ersatz in seinem Jackett.
Gemeinsam machen sie sich auf den Weg aus dem Landgericht.

Ungefesselt.
Eine Armada von Menschen, so kommt es ihr nach der langen Isolation in ihrem bisherigen Leben vor, säumt ihren Weg.
Geklicke, Geklacke, Geblitze, Geräusche, Gerede.
Ein flüsternder Mund an Barbaras Ohr.
„Das war kein Glückstreffer, meine kleine Stadtmeisterin, das war ein gezielter Meisterschuss."
Ruckartig wendet sie sich und sieht in Arnes grinsende Fratze, die sogleich von der umgebenden Masse aufgesogen wird und in ihr verschwindet.
Ein Pressefutzi drückt ihr ein Mikro an, fast in den Mund: „Sind Sie mit dem Freispruch zweiter Klasse zufrieden?"
Kollmann schiebt sie weiter. „Nichts sagen", hört sie.

Noch einmal kehrt sie zurück zu ihrer inzwischen liebgewonnenen Zelle. Hier hatte sie wenigstens Ruhe. Keine Verantwortung für irgendwas. Zeit zum Reflektieren.
Die Zellentür steht spaltbreit offen. Die begleitende JVA-Beamtin stutzt, drückt sodann die Metalltür ganz auf.
Barbara verharrt ehrfürchtig noch seitlich neben dem Eingang, vernimmt aber Manus Stimme von innen: „Hi Dorota ...", so heißt scheinbar die Beamtin mit Vornamen, „wollte nur kurz checken, ob Schulz Abendbrot braucht."
„Frag sie selbst", zischt Dorota und winkt Barbara um die Ecke.
Wenn sie es nicht mit eigenen Augen sähe, könnte sie es kaum glauben.

Manu stopft den Schulblock, der Babaras wirkliche Wahrheit enthält, wie nebenbei unter die Matratze, als sei sie Zimmermädchen, das gerade das Bett macht. Ihr Smartphone, warum auch immer sie eins hat hier im Knast, lässt sie ganz beiläufig in ihrer rechten Hosentasche verschwinden.
„Alles gut, Täubchen, was sagt der Richter?"
Barbara fängt an zu heulen. Es ist alles zu viel, alles zu falsch. Manu presst sie an ihren Speck, die fetten Arme umschlingen sie und drücken sie auf die Matratze. Sie sitzen engumschlungen. Barbara weiß nicht wie lange.
„Ich bin freigesprochen", sind die letzten Worte, die sie Manu mitteilt.

Back to life

denkt Barbara als sie bang beklommen die Haustür aufschließt. Tatsächlich passt der Schlüssel noch.
Kalt, leer und unvertraut empfängt sie ihr Zuhause, in dem sie so viele Jahre gelebt, zu leben geglaubt hatte.
Die Küche, ihre Küche, sieht, na ja, erträglich aus.
Auf dem Ceranfeld lassen sich nicht gründlich genug entfernte Spuren von eingebrannten Speiseresten ausmachen. Die Spüle vertrüge eine Edelstahlpolitur, Wand- und Bodenfliesen eine Behandlung mit Scheuerschwamm, Staubsauger und Schrubber. Benutztes Geschirr und Besteck räumt sie in die Spülmaschine. Die Glasscherben auf den Filtersieben sammelt sie mit spitzen Fingern ein. Ränder und Dichtungsgummis sind mit verkrusteten Speiserückständen behaftet.
Viel gibt es zu tun, bis es wieder ihr Domizil sein wird.
Wohn- und Esszimmer oberflächlich betrachtet unverändert. Bis auf den Ofen. Die Glasscheiben des Kaminofens sind rußgeschwärzt. Wahrscheinlich nie gereinigt seit Barbaras Verschwinden in den Fängen der Justiz.
Sie holt ihre Tasche aus der Küche und stellt sie im Wohnzimmer auf den weißen, grau gesprenkelten Steinfliesen ab.
Mit unter fließendem Wasser befeuchteten Küchentüchern, die sie sanft in die Asche im Inneren des Ofens taucht, reibt sie unermüdlich über die von innen verrußten Scheiben.

Den Tipp hatte sie einst von ihrer Mutter bekommen. So ziemlich der einzige verwertbare Ratschlag, den sie Barbara mit auf den Lebensweg gegeben hatte.

Mit klarem Wasser wischt sie die letzten Dreckspuren von den Glasscheiben des Ofens. Ein trockenes Küchentuch nimmt die Feuchtigkeit weg und poliert.
Hier ist der Durchblick wieder gewährleistet.
Wohin jetzt? Nach unten oder oben, Keller oder erste Etage?
Im Obergeschoss betritt sie zuerst das Schlafzimmer, in dem Jörg und sie so viel Zeit miteinander verbracht hatten.
Aus den tiefsten Katakomben ihres Atemsystems holt sie Luft und lässt sie jählings entweichen.
Das Ehebett ist mit unterschiedlicher Bettwäsche bezogen. Ungemacht.
Auf Jörgs Seite die edle Joop, mit rechteckigen Flächen in verschiedenen Farben und unterschiedlichen Größen, die Barbara gekauft hatte nachdem sie gemeinsam ihr Ehezimmer renoviert hatten. Wände weiß gestrichen, Vertäfelung von Decke und Schräge in Buchenholzoptik angebracht, ordentlich mit Randleisten eingefasst. Naturweißer Teppich mit Wollanteil und punktartigen Sprenkeln in unterschiedlichen Brauntönen. Ein drei- und viertüriger Schrank, ebenfalls Buche hell, aber massiv, an verschiedenen Wänden. Luftig fluffige Organza-Gardinen, bodentief, mittig geteilt, die sich bei geöffnetem Fenster wunderbar leicht im Rhythmus des Windes wiegen.
Das Bettzeug auf der Seite, auf der Barbara häufig vergeblich versucht hatte, einen ruhigen, erholsamen Schlaf

zu finden, ist ihr gänzlich fremd. Kitschige ineinanderlaufende Herzen unterschiedlicher Couleur von rosé bis magenta mit weißem Hintergrund.

Hier hatte Jörgs Neue einfach Barbaras Platz eingenommen.

Scheu nähert sie sich. Unbekannte Duftmoleküle fluten ihre Nase.

Augenblicklich schnappt sie sich die Zudecke und reißt am Fußende den Bettbezug auseinander. Knöpfe fliegen klackend gegen Schränke und landen lautlos auf dem Teppich.

Beim Kopfkissen das Gleiche.

Kissen- und Bettbezugfüllung landen im Keller nacheinander in der Waschmaschine, Waschpulver, 90° Celsius.

Barbara öffnet die feuerhemmende Stahltür des Wäschekellers, um über die dahinterliegende Treppe in die Garage zu gelangen. Dort öffnet sie die Tür in den Garten. Am Holzschuppen stehen die Mülltonnen. Das Bettzeug der Neuen verschwindet im Restmüll.

Auf dem Rückweg ein kurzer Rundumblick durch den Garten. Rasenfläche mit großen vertrockneten braunen Stellen. Stauden und Sträucher nicht zurückgeschnitten, Wildkräuter im Rindenmulch ... Heulen möchte Barbara, ihr geliebter Garten so vernachlässigt. Aber sie kann nicht alle Baustellen gleichzeitig bearbeiten und beseitigen. Deshalb zurück ins Schlafzimmer.

Komplett aus der Puste ist sie als sie aufs Neue oben ankommt. Die Knastzeit fordert ihren Tribut. Im Ganzen zu wenig Bewegung und körperliche Anstrengung.

Jörgs Bettzeug wird abgezogen, dabei die Reißverschlüsse behutsam geöffnet. Barbara will es bei 60° Grad intensiv waschen.

Jetzt die Spannlaken von den Matratzen ziehen.
Sie zögert.
Wieder Treppe runter.
Aus der Küche holt sie sich gelbe Haushaltshandschuhe. Das letzte Paar. Auf dem Regalbrett neben dem Radio befindet sich nach wie vor der Notizblock mit quadratischen Zetteln in schichtweise unterschiedlichen Farben.
Putzhandschuhe schreibt sie als Erstes auf die neue Besorgungsliste.
Oben angekommen schlüpfen ihre Hände ins gelbe Gummi.
Sie hebt die Matratze an, auf der sie viele Jahre genächtigt hatte.
Sie überlegt, ob sie in der Garage nach einer Atemschutzmaske suchen sollte. Parallel dazu hat sie schon ein Drittel der Matratze freigelegt. Die ihr fremden Gerüche der Frau, die sich skrupellos in Barbaras Bett neben Jörg breit gemacht hatte, sind ihr gar nicht mal so unangenehm. Hingegen überkreuzen sie sich mit den unregelmäßigen scharf umrandeten Flecken, die Barbara unausweichlich ins Auge stechen, als die Schlafunterlage abgezogen ist.
Diesen Dreck des Sündenpfuhls will sie weder riechen noch sehen. Just umhüllt das Laken wieder die Matratze. Sie schleift sie die Treppe hinunter ins Wohnzimmer, öffnet die unterste mittlere Schublade des Buffetschranks. *Gelbe Seiten,* Telefonnummer *Stadt Hörstel Sperrmüll.* Ein Termin wird ihr postalisch zugehen.
Jörgs Matratze wird ebenso ins Wohnzimmer geholt.
Durch die geöffnete Terrassentür zieht sie zuerst die eine, danach die andere durch den Garten über den Rasen zum Schuppen. Die unbedeckten Unterseiten der

Wendematratzen, mit Sommer- und Winterseite, sind ähnlich besudelt wie die umhüllten gegenüberliegenden. Barbara lehnt sie so aneinander, dass sich die Unterseiten berühren und die bettlakenbespannten sich jeweils außen befinden.
Erneuter Blick in den Garten.
Umrandende Bäume und Sträucher sind während des Frühjahrs und Sommers in Höhe und Breite geschossen. Jetzt im Oktober noch in vollem Laub. Gut so. Barbara will unbeobachtet sein.
Einen flüchtigen lückenhaften Blick wagt sie durchs Gesträuch zu ihrem Elternhaus.
Ihre Eltern. Nichts haben sie während der vielen Monate Untersuchungshaft an Kontaktversuchen unternommen.
Ingrimm und Trauer bemächtigen sich Barbaras Emotionen.

> Eltern müssen für ihre Kinder da sein, ihnen unerschütterlichen Halt, Verlässlichkeit, Geborgenheit bieten, auch und gerade in schlechten Zeiten.

Sie reißt sich gedanklich los.
Die Kleiderschränke im ehemals ehelichen Gemeinschaftsschlafzimmer sind dran.
Im dreitürigen wider Erwarten nichts Fremdes. Große Lücken zwischen den aufgebügelten Kleidungsstücken, die sich teilweise zu mehreren an der Metallstange hängend aneinanderschmiegen. Barbaras restliche Sachen. Auch in den regalartigen Ablagefächern.
Nun Jörgs Schrank.
Erst die rechten, dann die linken Doppeltüren werden

geöffnet.
Fächer und Stange weitgehend aus- und abgeräumt.
Ein alter schwarzer Regenmantel, innen mit grauschwarz kariertem Wollfutter ausstaffiert, hängt verloren zu Beginn des rechten Drittels an der Kleiderstange. Zu diesem hatte Barbara Jörg mal geraten. Er sollte ihn vor Nässe schützen und vor Kälte wärmen auf seinen Arbeitswegen bei Schmuddelwetter.
Auf den Bodenbrettern eine einfache, große silbergraue No-Name-Reisetasche. Daneben ein schweißdurchtränktes marineblaues Käppi mit den aufgestickten Buchstaben *Moin Moin*.

Jörg und sie waren auf Eiderstedt, nachdem die erste gemeinsame Tochter im sechsten Schwangerschaftsmonat in Barbaras Leib verstorben war. Barbaras Gynäkologe hatte ihr dazu geraten, um Abstand und Zerstreuung zu gewinnen. Mit Mühe konnte sie Jörg zu diesem einwöchigen Urlaub überreden.
Barbara hatte diese gemeinsame Zeit geliebt, obwohl die Dissonanzen zwischen Jörg und ihr im jeweiligen Erleben spürend.
Die gesamte Zeit wirkte er abwesend, schlechtgelaunt, in sich gekehrt. Sicher wäre er lieber überall gewesen, nur nicht zusammen mit seiner Frau. Wenn sie stehenblieb, weil sie etwas interessant fand, ging er weiter. Sie musste ständig hetzen und sich eilen, damit sie den Anschluss zu ihm beibehielt.
Es war Winter, Dezember, um Jörgs Geburtstag herum. Kalt wie seit Jahrzehnten nicht mehr, wie die Zimmerwirtin der Pension sagte, in der sie ein günstiges Doppelzimmer mit Frühstück gemietet hatten. So kalt, dass sie

sich für ihre Sightseeings dicke Lammfellfäustlinge, bauschige Wollmützen und Schals in Tönning auf dem Markt an der Kirche kaufen mussten. Und dazu der eisige Wind. Sämtliche Kleidungsschichten vergewaltigte er, bis er trotz Zwiebellook die menschliche Haut erreicht hatte. Immer wieder hielten sie daher schutzsuchend Einkehr in Cafés, Restaurants und Museen.
Einmal zog Barbara die Fellfäustlinge aus, um mit der damaligen Digicam ein Foto vom dunkelrotbraunen Böhler Ziegelsteinleuchtturm zu knipsen. Kaum waren die Handschuhe abgestreift, spürte sie nicht mehr den Kontakt zwischen ihren Fingerkuppen und dem Gehäuse der Kamera. Steifgefroren. Wie es ihr gelang, den Auslöser zu ertasten, ist unerklärlich.
Die Nordsee um die Pfahlbauten am Strand von Sankt Peter-Ording war komplett zugefroren, soweit das Auge reichte.
Barbara erinnert, was sie damals dachte: Pamela Anderson und David Hasselhoff schlittschuhlaufend übers Eis zu den Stellen, an denen Unvorsichtige eingebrochen waren. Häufig stolpernd, stürzend, mit Blessuren übersät wegen der unebenen höckerigen Meerwassereisfläche.
Das Friesenkäppi hatte sie Jörg zum Geburtstag geschenkt. Gute Laune sollte es ihm bereiten für den mit Sicherheit folgenden Frühling und Sommer.
Zumindest auf seinen Wegen zur Arbeit und zurück hatte er es zeitweise getragen.

> Die alten Bilder zu suchen nimmt Barbara sich vor, sie wird sie ansehen, sich erinnern, auch wenn Fotos lügen wie sonst nichts.

Zu seiner Neuen nach Nordkirchen wird Jörg geflohen sein. Ein weiter Pendelweg zur Arbeit nach Rheine, Hilter oder Emden.
Googeln will Barbara es mit Maps, sobald sie wieder ein eigenes Notebook haben sollte.
Sie nimmt die silbergraue Reisetasche, legt Kappe und gefalteten Mantel hinein. Sämtliche eventuell noch auftauchenden Sachen, die eindeutig Jörg gehören, sollen einen Platz in dieser Tasche finden. Barbara hebt sie in die Mitte der beiden Lattenroste, wo sie wie ein Mahnmal warnt, vor schlaflosen zermürbenden Nächten.
Auf der Wohnzimmercouch wird Barbara zunächst nächtliche Zuflucht finden. Von Neuem staunt sie über sich selbst, wie schnell sie Lösungen für veränderte Situationen findet. Unter der Oberfläche müssen diese Fähigkeiten schon immer geschlummert haben; sie waren lange Zeit nicht gefordert.

Pauls Zimmer.
Sie stockt vorm Herunterdrücken des Türgriffs. Vorsichtshalber wird dreimal geklopft.
Die Jalousien vor den beiden gekippten Fenstern sind lückenhaft heruntergelassen, so, dass nebulöse Helligkeit und Frischluft den Raum füllen.
Auch Pauls Kieferholzbett unterhalb der Dachschräge ist ungemacht. Gern würde sie es herrichten, aber Barbara traut sich nicht. Vielleicht empfände er es als Eingriff in seine Intimsphäre, wenn er gleich am ersten Tag der Heimkehr seiner Mutter feststellte, dass sie mit seinen Sachen hantiert hat.
Mit dem rechten Mittelfinger fährt Barbara über eine der Marmorfensterbänke. Die entstandene glänzende Spur

mit dem aufgehäufelten feinen Staubkranz am Ende lässt sie wissen, das vergangene Dreivierteljahr kann nicht innerhalb eines Tages weggewischt werden.
Kurzer Blick ins Bad.
Die beiden äußeren Spiegelschranktüren öffnet sie. Sie wagt sich vor. Rechts finden sich Einwegrasierer in einer Plastiktütenverpackung, eine Lotion, eine „strand matte surfer look paste", Deo, Eau de Toilette, Sun-Blocker. Wahrscheinlich Pauls übriggebliebene Sachen, nachdem Jörg seine ausgeräumt hatte.
Links nichts außer schwarzer Graphitpartikelchen, die von den Türscharnieren nach jeder Öffnen- und Schließbewegung auf den unteren Schrankboden gerieselt waren.
Jörgs Neue hatte sich wohl in diesem Teil des Schranks breit gemacht.
In der Acryl-Eckwanne ein rundumlaufender graubrauner Schmutzring, der das obere Viertel von den unteren trennt. Auf der Ablagefläche in der Ecke steht *Nivea-Schaumbad*.
Die gegenüber befindliche Dusche bietet ein entsprechendes Bild. Kalkflecken verschandeln die Echtglastüren, Fliesen und alles Weitere von innen. Hier werden viel Essig und Scheuermilch zum Einsatz kommen.
Nun in den Keller, zu Paula.
Barbara klopft. Behutsam drückt sie die Garnitur nach unten. Das Zimmer ist verschlossen. Paula hat ihre Tür verriegelt. Ein krampfender Schmerz durchzieht Barbaras Eingeweide vom Bauch bis hinter die Schläfen. Ihre Tränenauffangbecken drohen überzulaufen.
Aber was hatte sie erwartet?
Im Vorratskeller nebenan war sie noch nicht.

Der Gefrierschrank enthält brauchbare Lebensmittel. Aber vorrangig Backofen-Fast-Food. Tiefkühlpizzen, Pommes, Fischstäbchen, Frühlingsrollen, Gemüsepfanne ...
Schnell schließt Barbara die Tür.
Im Regal neben dem Gefrierschrank Konserven, Gläser mit Rotkohl, von ihrer Mutter selbstgekochte Konfitüren, Erdbeer, Johannes-Stachelbeer-Gelee.
Daneben das deckenhohe Weinregal.
Wie lange hatte Barbara sich danach gesehnt?
Es ist immer noch gut bestückt.
Kein Wunder, Banausen wie Jörg und wahrscheinlich auch seine Neue wissen edle Tropfen nicht zu würdigen.
Pöbel bevorzugt kurz, lang, Schnaps und Bier.
Der Hader ist mächtig, das Verlangen stärker. Barbara greift zu.
Zusammenreißen will sie sich, bloß nicht besoffen sein, wenn sie ihren Kindern nach so ausgedehnter Zeitspanne daheim begegnet.
Der Korkenzieher befindet sich an Ort und Stelle, leicht eingestaubt unten rechts in einer Flaschenmulde.
Barbara nimmt hastig ein paar Schlucke und die Flasche mit nach oben in die Küche. Sie füllt ein Wasserglas, stellt den Rest mit stückweit eingepfropftem Korken in den Kühlschrank, platziert sich vor der geschlossenen Küchenverandaglastür, blickt auf die Reihe hoher Scheinzypressen und verharrt, unterbrochen nur von gelegentlichen Schlucken Weins.
Promille und Gedanken fließen und mischen sich.

Schließgeräusche. Fast fällt ihr das Glas aus der Hand. Panisch lässt sie es im Kühlschrank verschwinden.

Quietschend reibend öffnet und schließt sich die Haustür.
Barbara platzt fast vor Spannung.
Um die Ecke kommt Paula. Allein, ohne ihren Bruder.
An der Arbeitsplatte findet Barbara Halt und lächelt ihrer Tochter zu.
Paula erschrickt leicht, so macht es den Eindruck durch die geöffnete Kieferholzküchentür.
Nur zu gern möchte Barbara ihr großgewordenes Baby umarmen. Sie weiß, es wäre falsch, Paula würde sie wegstoßen. Demungeachtet geht sie einen kleinen Schritt auf sie zu, weiter lächelnd, um ihrem Kind zu signalisieren, alles ist gut, ich bin wieder zu Hause, ich habe dich vermisst.
Paula stellt ihren Schulrucksack auf den Bodenfliesen ab. Etwas fraulicher wirkt sie, ihr Gesicht dezent rundlicher, die Brüste deutlicher sichtbar.
Wie versteinert bleibt sie stehen.
„Ich ...", durchbricht Barbara unbeholfen das Schweigen, „ich freue mich so sehr, dich wiederzusehen."
Keine Gegenreaktion.
Barbara fühlt sich in der Pflicht. „Es tut mir so leid, was du und dein Bruder durchleben musstet." Ihre Tränen fließen. „Bestimmt habt ihr mitbekommen, dass ich unschuldig bin."
„Du bist nicht unschuldig. Du hast Papa betrogen und alles kaputt gemacht."
Mit emotionaler Eiseskälte dieses Ausmaßes hatte Barbara nicht gerechnet.
„Paula, es gibt für alles Gründe. Vielleicht kannst du eines Tages auch mich sehen. Ich war einsam und unglücklich."

„Das kannst du von mir aus auch bleiben."
Sie nimmt ihren Rucksack, verschwindet leichtfüßig über die Treppe in den Keller.
Barbara sackt unsanft zu Boden, prellt sich schmerzhaft das Steißbein.
Und Paul?
Beim Gedanken an seine mögliche Reaktion rappelt sie sich wieder hoch. Der Wein aus dem Kühlschrank begleitet sie ins Wohnzimmer zu den vielen gardinenlosen bodentiefen Fenstern.
Welch herrlicher Spätsommertag im Oktober erfüllt den ungepflegten Garten.
Stehen, starren und sinnieren. Am liebsten bis zum Umfallen.

> Wenige dunkelgraue Wolken nieseln plötzlich massenhaft Wassertröpfchen.
> Sie mischen sich mit Sonnenstrahlen.
> Ein Regenbogen.
> Welch ätherisch filigranes Gebilde.
> Im wahrsten Wortsinn unfassbar.
> Du siehst ihn und doch existiert er nicht.
> Dein spezieller Blickwinkel ist nicht jedem vergönnt. Jemand, der aus einer anderen Perspektive auf denselben Punkt blickt, erkennt die Häufung von Spektralfarben nicht. Ihm fehlen die Möglichkeiten.
> Und dennoch ist alles real.

Ehe sie sich's versieht queren Schatten Barbaras Entrückung.
Einer größer, einer kleiner, beide dick.

Ihre Eltern.
Sie kommen ohne Skrupel einfach durch den Garten zur Wohnzimmerterrasse.
Der Vater grinst, die Mutter hält etwas in den Händen.
Barbara rollt die Augen und zwinkert, auch diese nun vor ihr befindliche Realität gehört zu ihrem Leben.
Sie öffnet die Terrassentür.
Beide treten ein, ohne sich die auf dem Rasen feuchtgelaufenen Schuhsohlen auf der Schmutzmatte abzutreten. Graubraune Fußspuren bilden sich fleckig auf den Steinfliesen.
Die Mutter zuerst: „Hallo Barbi", fällt sie ihr penetrant um den Hals, wobei der restliche Wein aus dem Glas zu verschütten droht. Als Barbara keine Regung zeigt, löst sie sich von ihr, nimmt Barbaras linke glasfreie Hand, drückt ihr einen Biedermeierstrauß und eine Tafel Yogurette hinein.
Dieses Unwohlgefühl.
Seit ihrer Kindheit beschattet es Barbara.
Wie oft hatte sie versucht, ihrer Mutter begreiflich zu machen, dass sie eine Kombination aus Fruchtaromen und Schokolade hasst?
Nougat liebt sie. Haselnüsse und Kakaobohnen.
Und dieser Kosename!
Barbi.
Ihre Mutter ist die Einzige, der so etwas Bescheuertes einfällt.
Da war ja Franks „Babsi" noch erträglicher.
Barbara weicht zurück.
„Du bist wieder zu Hause. Wir haben nie geglaubt, dass da was dran ist. Unsere Tochter kann doch keiner Fliege was zu Leide tun. Das haben wir auch der Polizei gesagt."

Barbara legt mit ein paar Schritten Strauß und Schokolade auf dem mit Fettfingerabdrücken und Krümeln übersäten Esszimmerbuchenholztisch ab.
Sie dreht sich um.
Ihr Vater kommt auf sie zu.
Abwehrend hebt sie die linke Hand.
„Warum habt ihr mich nicht besucht?"
„Ach Kind, dein Vater ... Und du weißt doch ...", kommt aus dem Hintergrund.
„Raus", hört Barbara sich sagen, kaum glauben könnend, dass sie sich gegen ihre Eltern stellt.
Endlich, ja endlich ist sie auf dem Weg sich abzunabeln.
Der Kopf ihres Vaters zuckt verdutzt dreinblickend zurück.
Ihre Mutter schluchzt.
„Ich brauch meine Ruhe, wenn was sein sollte, melde ich mich", rudert Barbara ein Stück weit zurück.
„Die Haustür ist auf der anderen Seite, sie hat eine Klingel", drängt sie ihre Eltern zum Gehen. „Und wenn ihr das nächste Mal kommt, kommt ihr nur rein, wenn ihr wie alle anderen die Schuhe auszieht", ruft sie noch hinterher.

Sicherheitshalber sucht sie im Abstellraum die Schlüssel für die beiden Gartentore.
Zuerst verschließt sie das an der Garagenauffahrt neben der Haustür. Quer über die Rasenfläche gelaufen ist das zweite neben dem Holzschuppen dran.
Zurückgekehrt durch die Terrassentür legt sie die Schlüssel wieder an ihren Platz.
Da schließt Paul die Eingangstür auf.
Dichter als es ihr lieb ist, steht sie ihm gegenüber als sie

die Abstellkammer verlässt und er den Hausflur betritt.
„Hallo", sagt er wenig überrascht und lächelt zaghaft.
„Hallo". Voller Dankbarkeit für dieses kleine Entgegenkommen reicht Barbara ihm die Hand und merkt im selben Moment wie unpassend diese Geste ist. Schließlich ist es ihr 16-jähriger Sohn und nicht irgendein Bekannter. Aber er nimmt sie, ultrakurz und lasch mit leicht verschwitzten Fingern. Er ist ungefähr einen Kopf größer als seine Mutter.
Um den Weg freizumachen geht Barbara Richtung Küche. Paul folgt ihr.
„Ich werde ein bisschen Zeit brauchen, um anzukommen, um mich zu sortieren, zu orientieren und Pläne zu machen, was am dringendsten erledigt werden muss."
„Yepp."
„Ich bin so froh, wieder hier sein zu dürfen."
Paul nickt. „Ich bin oben in meinem Zimmer", nimmt er die Treppe mit jeweils zwei Stufen gleichzeitig, als wolle er sagen, wenn du mich brauchst weißt du wo ich zu finden bin.

Barbara nimmt ihr Glas aus dem Kühlschrank, das sie vor dem Betreten des Gartens dort wieder hineingestellt hatte und füllt es auf.

Seit Ende der letzten Sommerferien sind die Zwillinge schon in der elften Klasse. Bis zum Abitur nur noch Monate. Am Ende der 12 werden sie es hoffentlich in ihren Händen halten dürfen.

Auf dem Esstisch stellt sie das Glas ab. Aus dem Jalousieschrank im Abstellraum sucht sie Aktenordner zusam-

men, legt sie auf den Tisch. Krümel und Fettflecken hatte sie vergessen, aber das knirschend knackende Geräusch der Ordnerrücken beim Berühren der Tischoberfläche appelliert an ihren Ordnungs- und Sauberkeitssinn. Der Tisch wird abgeräumt. Die bordeauxroten und cremeweißen Baumwollplatzsets kommen in den Wäschekeller. Mit einem frischen, in lauwarmem Spülwasser geschwenkten Spültuch aus dem Besenschrank der Küche werden Tischplatte und Ordner abgewischt, mit Stoff eingefasste Platzsets aus Stroh aufgelegt, Wasserglas mit Weininhalt und Ordner neu platziert.
Der Biedermeierstrauß macht sich gut in einer kleinen bauchigen Glasvase in Tischmitte.
Die Yogurette? Paula steht drauf. Barbara wird sie ihr an verschiedenen Tagen portionsweise als Zusatzleckerli in die Brotdose für die Schulverpflegung packen.
Aus dem Branchenbuch sucht sie zunächst die Telefonnummer des Betriebes heraus, der Außentüren inklusive Schlösser eingebaut hatte.
Ein paar Minuten vor 18 Uhr erreicht sie dort wider Erwarten noch jemanden. Die freundliche Frauenstimme lässt Barbara wissen, dass die Terminpläne überfüllt sind. Barbara schildert die Dringlichkeit, dass sie sich und ihre Kinder bedroht fühlt und keine Ruhe findet, solange ihr Mann noch Zugang zum Haus hat. Fürsorglich erkundigt sich die Dame, ob Barbara berechtigt sei, die Schlösser austauschen zu lassen. Beruhigend teilt Barbara ihr mit, dass sie die Hauseigentümerin ist und ihr Mann zu seiner neuen Lebensgefährtin gezogen sei, im 28. Ehejahr. Nochmals wird sie nach Namen und Adresse befragt. Der netten Frau am anderen Ende der Leitung gelingt eine Zuordnung: „Ach, ich seh's, Sie wurden

damals schon von uns beliefert." Barbara bekommt einen Termin für die folgende Woche. Vier Schlösser werden ausgetauscht werden, Haustür, Garagentor, Garagen- und Kellereingangstür, alle mit einheitlichen Schließzylindern, sodass wie gewohnt nur ein Schlüssel nötig ist, nicht vier verschiedene, um auf unterschiedlichen Wegen ins Haus zu gelangen. Zahlbar auf Rechnung wird vereinbart. Drei identische Schlüssel werden standardmäßig mitgeliefert werden. Weitere dürften nur mit Eigentümergenehmigung nachgemacht werden.
Perfekt.
Morgen will Barbara mit der Bank sprechen, ihren Kontostand sichten, ihre Situation schildern, dass sie fürs Erste eine Haftentschädigungszahlung zu erwarten hat, deren Höhe ihr noch mitgeteilt werden wird. Um einen Dispo- oder Kleinkredit will sie bitten.
Aus den Ordnern sucht sie den mit der Aufschrift „Rechnungen" heraus.
Blätterblätterblätter – Rechnung Staatsanwaltschaft Osnabrück wegen übler Nachrede auf Frank ... beglichen. Rechnung der Anwaltskanzlei Osnabrück ... beglichen. Rechnung Grosser, Privatdetektei, ... beglichen.
Jörg hat diesbezüglich klar Schiff gemacht; wollte wohl keine Altlasten mit sich herumtragen.
Warum hat vor Gericht niemand, nicht mal Jörg, Barbaras Versuche erwähnt, mit Hilfe dieses ominösen Privatdetektivs Saschas Adresse herauszufinden?
Egal.
10 € für den Telefon- und Internetanbieter für die Einrichtung einer neuen Nummer.
Aha, daher konnte Barbara niemanden erreichen, als sie im vergangenen Juni aus dem Knast heraus vergebens

versucht hatte ihren Zwillingen wenigstens zum 16. Geburtstag zu gratulieren.

Die Nummer lässt sie erneut ändern. Direkt. Ohne Eintragung in ein öffentliches Register. Weder Jörg noch seine Neue sollen Zugang haben.

Nach anfänglichen Querelen und mehreren Weiterleitungen beim Anbieter, in denen sie immer wieder erklären musste, dass sie die Hauseigentümerin und damit auch Anschlussinhaberin ist, ist es vollbracht.

Im Menü des Schnurlosapparates muss sie eine Zeit lang suchen, bis sie nach einigem Hin- und Hergeklicke den Haken bei „Nummer nicht anzeigen" setzen kann.

Sie fertigt eine handgeschriebene Liste an mit Namen von Personen und Institutionen, die die neue Nummer wissen sollten.

Zusätzlich eine Notiz: „Sollte es Personae non gratae trotzdem gelingen anzurufen, nach einmaligem Kontaktversuch Nummern direkt blockieren!!!"

Paul und Paula bekommen jeweils eine handschriftliche Botschaft, in der Barbara sie bittet, dass einer von beiden die neue Festnetznummer im Schulsekretariat bekanntgibt.

Paulas zu erwartende „Begeisterung" darüber ist für Barbara gegenwärtig. Paul wird es machen, er ist der Gelassenere von beiden.

Am Tag acht nach Barbaras Rückkehr findet sich ein Brief der Anwaltskanzlei Birger | Waltherscheidt im Postkasten. Die rechte Spalte, die sich in etwa vertikal geviertelt von Beginn bis Ende des Brieffeldes erschließt, erläutert Sitze in Hildesheim, Hannover, Osnabrück.

Barbara weiß zunächst nicht, was sie damit anfangen soll, denkt verstört in eine spezielle Richtung. Was könnte der Anwalt, den Sacha ihr empfohlen hatte, der sie so gefühllos in der Sache wegen der angeblich üblen Nachrede gegen Frank hatte abblitzen lassen, jetzt noch von ihr wollen? Wie hieß der nochmal?

Ohne zunächst den Inhalt wahrzunehmen liest Barbara die Unterschrift: „Kollmann, Rechtsanwalt".
Ein paar Minuten braucht sie, um ihre Sinne zu sammeln.

Haften bleibt von dem Geschreibsel, dass die Staatsanwaltschaft Revision eingelegt hat und laut Kollmann einen Monat Zeit zur Begründung der Einlegung hat.
Die letzten Tage waren geprägt davon, ihr Zuhause auszumisten, es wieder zu einem sauberen Nest für sie und ihre Kinder zu machen, formelle und administrative Dinge zu regeln.
Jetzt das!
Rechnen musste sie damit.
Verdrängt hatte sie es, sich im Gefühl von Freiheit, Geborgenheit und Aktionismus gesuhlt.
Sie muss Kollmann sprechen.
Die freundlich piepsig klingende Tippse lässt sie wissen, Herr Rechtsanwalt Kollmann ist heute ganztägig außer Haus beschäftigt.
Sie vereinbaren einen Rückruf.

Der nächste Brief von Birger | Waltherscheidt am nächsten Morgen.

Kollmann verkündet, Jörg wurde in U-haft verbracht.
Schock, Barbara stockt der Atem. Mit aller Kraft ringt sie um Luft. Laute, sirenenähnliche Schälle signalisieren schnellstmöglichen Handlungsbedarf. Wenige Schritte tastet sie sich an der Küchenarbeitsfläche entlang zu ihrem Notfallspray im Regal neben dem Radio. Den ersten Sprühstoß kann sie kaum veratmen, der zweite folgt sogleich. Vier, fünf verkrampfte Atemzüge später spürt sie einsetzende Entspannung im Hals. Die schmerzenden Krämpfe lassen kontinuierlich nach.
Abgekämpft legt sie ihren Oberkörper mit ausgestreckten Armen auf der Arbeitsplatte ab, den Kopf zur linken Seite gedreht. Durch ihre erhitzte Wange dringt die angenehme Kühle der Plattenoberfläche.
Später, wie viel später weiß sie nicht, wählt sie Kollmanns Nummer.
Dieselbe piepsige Tippsenstimme gibt bekannt, Kollmann ist im Gespräch, ruft zurück.
Barbara setzt sich im Schneidersitz auf den weichen Wollteppich vor der Couch, den Handapparat des Schnurlostelefons mit ihren kaltschweißigen Fingern umklammernd.
Flashbacks, alle Ereignisse blitzen auf, ungeordnet hinter den Augäpfeln. Alles dreht sich um Jörg. Liebt sie ihn trotz allem noch immer?
Telefonklingeln durchzuckt ihren Körper.
Kollmann erklärt, Barbara könne einstweilen unbesorgt sein. Aus seiner Sicht wird es der Staatsanwaltschaft schwerfallen, genügend stichhaltige Gründe für die Eröffnung eines Revisionsverfahrens anzuführen. Letztlich gehe es dabei nicht mehr um den Sachverhalt, sondern darum, ob das erstinstanzliche Verfahren ordnungsge-

mäß ablief und das Urteil entsprechend materiellrechtlich ist.
„Hä?"
„Frau Schulz, wie gehabt, überlassen Sie es mir, den Gang der juristischen Abläufe zu steuern."
„Äh, ja, klar, ich würd's nur gern verstehen."
„Was meine Kollegen und ich jahrelang studiert haben, kann ich Ihnen nicht binnen weniger Minuten unterbreiten."
„Ja, klar, sorry. Aber was ist mit Jörg?"
„Sie sprechen von ihrem Mann?"
„Ja."
„Dazu kann ich mich nicht weiter äußern. Nur so viel, grundsätzlich trägt seine Inhaftierung nicht zur Schwächung Ihrer Rechtsposition bei."

Haustürklingeln nach dem Telefonat.
Die beauftragte Firma tauscht die vier Schlösser aus.
Für Paul schreibt Barbara auf einen Notizzettel: „Ab sofort funktioniert nur dieser Schlüssel für alle Außentüren!!!" Zettel und Schlüssel legt sie gut sichtbar zentral auf Pauls Schreibtischauflage vor die PC-Tastatur.
Für Paula die identische Info. Den Schlüssel wickelt Barbara jedoch ins beschriebene Papier, knotet ein Schleifenband drumherum und hängt ihn wie ein kleines Präsent an den Griff zu Paulas Zimmereingangstür.
Auf dem Rückweg nimmt sie sich einen trockenen Weißen aus dem Vorratskeller mit.
Wieder Haustürklingeln.
Barbara stellt die Flasche im Kühlschrank ab, eilt zur

Tür.
Jemand gänzlich Unbekanntes.
Barbara öffnet nicht.
Durch die obere der beiden Dreiecksscheiben signalisiert sie fragendes Schulterzucken mit gerunzelter Stirn.
Die männliche Person draußen, circa Anfang bis Mitte Dreißig, greift in seine Gesäßtasche, hält eine Art Ausweis am zerknüllten Schlüsselbändchen vors Glas.
RADIO RST in schwarzen Buchstaben und roter Frequenzangabe auf weißem Grund.
Schock.
Der Lokalsender *Rheine-Steinfurt-Tecklenburg*.
Vorsichtig, einen winzigen Spalt breit öffnet Barbara die Eingangstür.
„Ja, bitte?"
Der sympathisch scheinende Journalist stellt sich als Crossmedia-Reporter vor und verweist auf seine im Hintergrund wartende Kollegin.
Gern hätten sie ein Interview. Barbaras persönliche Sicht der Ereignisse solle geschildert werden. Dauere auch nicht lang.
„Nein, danke."
Barbara könne sich auf deren neutrale und sachliche Darstellung verlassen. Ob sie den Sender kenne?
„Klar."
Bevor der Radiomensch sein nächstes Veto einlegen kann, gibt Barbara zu verstehen, dass sie derzeit mit anderen Sachen beschäftigt sei und grundsätzlich nicht von Paparazzi behelligt werden möchte.
„Halten Sie mich für einen Paparazzo?", kommt die verdutzte Nachfrage.
Stimmt, sie ist kein Star. Ein Hauch von Schamröte pas-

telliert ihre Wangen.
Er versucht noch einmal seine und die Seriosität seines Senders herauszustellen – vergebens, Barbara drückt kopfschüttelnd die Tür zu.
In ihrer Küche öffnet sie endlich die Flasche. Ein zusätzliches Glas erübrigt sich. Die lindernde Flüssigkeit flutet durch die circa 20 Cent große gläserne Flaschenöffnung Kehle und Speiseröhre.
Bevor der berauschende Schwall Wirkung entfalten kann Haustürklingeln.
Paul begehrt Einlass.
„Der Schlüssel tut's nich' mehr."
„Ich habe neue Schlösser einbauen lassen. Ich möchte, dass wir uns hier sicher und ungestört fühlen können."
Paul nickt.
„Schau bitte einfach auf deinen Schreibtisch und wirf den alten Schlüssel weg."
Ohne Verzögerung schwingt er sich nahezu schwerelos die Stufen hoch in sein Zimmer.
In der Küche betäubt Barbara weiter ihren Geist.
Haustürklingeln.
Die Flasche setzt sie ab, stellt sie mit dem kargen Restinhalt zurück in den Kühlschrank, obzwar sich dessen Kühlung eigentlich nicht mehr lohnt.
Paula wird es sein, ist sich Barbara gewiss.
Sich gedankenversunken erklärende Worte zurechtlegend öffnet sie flott ohne hinauszublicken.
Schreck. Schon wieder Atemstocken.
„Arne – hi – äh – ja – also dich hatte ich jetzt absolut nicht auf dem Schirm."
Er grinst.
Ein bisschen von seinem früheren Charme, wenn man

genau hinsieht, kämpft sich dabei durch die Spuren des Alters, die das Leben bei ihm zu früh und zu reichlich hinterlassen hat.

„So 'ne nette Begrüßung hatte ich noch viel weniger auf meinem Schirm."

Barbara muss nun auch lachen.

„Komm erst mal rein."

Auf ihre Frage, was sie ihm anbieten könne, antwortet er: „ 'n Kaffee, wenn du hast!?"

Aus der Keksdose, die Barbara dazustellt, bedient er sich nicht.

Auf dem Friedhof am Grab seiner Eltern sei er gewesen. Daher bot sich die Gelegenheit, auch bei Barbara mal nach dem Rechten zu sehen.

Diese Fürsorge schmeichelt.

Barbara wird redselig. Die Promille tragen ihren Teil dazu bei. In Schwallen erfährt Arne so ziemlich jedes Detail der Ereignisse, die sich seit Barbaras Heimkehr ergeben haben, womit sie zu kämpfen hatte und hat, aber auch, was sie schon alles erledigen konnte.

Es tut ihr gut, mit jemandem darüber sprechen zu können, dem sie vertrauen kann.

Haustürklingeln.

„Das wird Paula sein, meine Tochter. Entschuldige mich bitte kurz."

„Was is das schon wieder für 'ne Kacke?", hält sie ihrer Mutter den alten Schlüssel vor die Augen, biegt ohne anzuhalten um die Ecke zur Kellertreppe.

„Paula", ruft Barbara ihr nach, „wir haben neue Schlösser und Schlüssel, deiner hängt an deinem Türgriff!"

An der Treppe bleibt Barbara stehen, auf eine Reaktion Paulas wartend.

Schließgeräusche sind indes alles, was sie hört.
Tür auf, Paula durch, Tür zu.
Nachdem Barbara sich einigermaßen gesammelt hat und zurück zur Wohnzimmertür geht, steht Arne inmitten der Zarge.
„Wollte sowieso jetzt weiter. Wenn du Unterstützung brauchen kannst – meine Handynummer hab ich dir notiert."
„Danke, Arne." Tränen wischt Barbara sich mit den Außenseiten ihrer Finger von den Wangen.
Sie öffnet ihm die Haustür. Er betritt die große halbkreisförmige Stufe aus Granitsteinen. Barbara folgt ihm. Als Arne die Stufe verlässt und Barbara sie betritt, erschrickt sie erneut.
Vier Frauen kommen auf sie zu, Nachbarrinnen, angeführt von Yekaterina. Sie hält einen bunten Strauß aus mittelgroßen Rosen in der einen Hand, in der anderen einen Briefumschlag.
„Cherzlich Wilkomenn zurück", reicht sie alles Barbara entgegen.
Kein Wort bekommt diese über ihre Lippen, steht fassungslos verwirrt da.
Die Frauen lächeln sie an.
Eine hintere bringt Erlösung: „Wir kommen ein anderes Mal wieder, wenn es besser passt."
Briefumschlag und Blumen in der Hand steht Barbara, die Treppenstufe hinabgestiegen, auf ihren roten Pflastersteinen, sieht, wie die Frauen sich umdrehen und gehen.
Wo ist Arne?

Drinnen wird zuerst die Flasche geleert, eine neue aus dem Vorratskeller geholt.

> Es ist alles zu viel, zu ungeordnet, zu unberechenbar.

Im Briefumschlag eine Karte mit Willkommensgrüßen von mehreren Nachbarn, auch einigen männlichen, rückseitig unterschrieben.

Als die betäubende Wirkung des Alkohols stark genug ist, versiegt Barbaras Heulerei. Auf zwei Zetteln notiert sie jeweils: „Nur wir drei haben einen Hausschlüssel => für immer!"
Ein Zettel kommt in Paulas, einer in Pauls Brotdose.
Die Rosen stopft sie in den Restmülleimer in der Küche.
Die Karte wird in kleine Schnipsel gerissen und in den Kaminofen geschmissen.
Sie will sie nicht mehr sehen, diese Zeichen von Verlogenheit und Opportunismus.
Arne ist der Einzige, der sich in ihre dunkelste Phase getraut hatte.
Das wird sie nie vergessen.
Mit der rechten Hand das Glas mit Weißwein umfassend, die angenehme Kühle der Buchenholztischoberfläche auf ihrer leicht fettigen rechten Wange spürend, schläft sie ein.

Jeden folgenden Tag versucht sie zu Paula durchzudringen. Hass und Ablehnung, ihre Tochter bleibt stur.
In der kostenlosen Zeitung *Wir in Ibbenbüren*, die einmal pro Woche erscheint, sucht sie nach Jobs. Irgendwie

muss sie Geld verdienen für ihre Kinder und das Haus.
Wird sie nochmal angeklagt werden, oder bekommt sie Haftentschädigung, wie hoch wird die sein und wann gezahlt werden?
Darauf kann und will sie nicht warten.
Bei den meisten Annoncen wird Bewerbung per Mail bevorzugt.
Sie fragt Paul, ob sie dafür seinen PC nutzen darf.
Nach anfänglichem Naserümpfen richtet er ihr ein Gastkonto ein.
Wie eine aktuelle Bewerbung auszusehen hat, weiß sie nicht.
Auch in dem Punkt hilft Paul ihr weiter. Aus einem *abiQ Stuzubi-Ratgeber Bewerbung*, den er und all seine Mitschüler (m/w/d) bekommen hatten, liest sie sich schlau und stellt stundenlang aus „*Do!*" und „*Don't!*" ihren perfekten Lebenslauf mit einem jeweils an ein entsprechendes Unternehmen angepasstes Bewerbungsanschreiben zusammen.
Die Phasen ihres Hausfrauendaseins schönt sie mit angeblichen Nachhilfestunden von privat für privat. Aufgepeppt und abgerundet wird alles mit Gärtnertätigkeiten, ebenfalls für Privathaushalte.

> Besser lügen als zur Wahrheit zu stehen, das hat sie gelernt.

Das aktuellste ihrer Fotos, das sie einst auch bei FREUNDEFÜHRER hochgeladen hatte, wird gescannt und mit Stichworten, die ihre persönlichen Stärken herausstellen, zu einem Lebenslauf-Deckblatt ausgearbeitet.

Kaum bis gar nicht kann sie es glauben, als sie bereits einen Tag darauf eine Einladung zu einem Vorstellungsgespräch in einer Rheiner Spielothek erhält.
Freundlich und höflich bittet die Filialleiterin am Telefon um Vorschläge für einen passenden Termin.
Nach einigem Hin und Her kommen sie überein, sich in der nächsten Woche in der Spielstätte zu treffen.

Zum ersten Mal in ihrem Leben wird Barbara ein solches Etablissement betreten.
Etwas Verruchtes und Verrauchtes durchdringt ihre Wahrnehmung im Eingangsbereich.
Durch die Glastüren lässt sich das Innere des Gebäudes nicht erkennen, obwohl sie transparent und ungetönt sind.
Leicht erschrickt Barbara, als die beiden mittleren Schiebetüren sich automatisch öffnen.
Erst jetzt wird ihr bewusst, dass sie sich um ihr äußeres Erscheinungsbild kaum Gedanken gemacht hat.
Ordentliche Jeans ohne modische Schlitzlöcher, geschlossene hohe Sommerstiefeletten und ein weißes figurbetontes Langarmshirt, makellos frisiertes Haar müssten dem Anlass angemessen sein. Ebenso die beruhigende Dosis des im Vorfeld getrunkenen Weins.
Die großen rechteckigen, auf Hochglanz polierten hellen Fliesen überraschen positiv.
Langer Gang.
Abseitig große Glasfenster, von Schwingtüren, ebenfalls aus Glas, durchbrochen.
In den Flur hineinragende auffallende halbrunde ausladende Theke.
Eine Frau, schätzungsweise etwas älter als Barbara, steht

hinter dem Tresen, ein junger Mann und zwei weitere weibliche Personen scharen sich außen um die Theke.
Alle tragen Uniform mit schmalen gelben gut lesbaren Namensschildern; alle starren Barbara an.
„Hallo, ich hab einen Termin mit Frau Grabowski zum Vorstellungsgespräch", spricht Barbara die Erstplatzierte an.
Bevor diese mit geöffneten Lippen phonetisch werden kann klappt die imposante Frau im inneren Bedienbereich ein Teilstück der Thekenplatte hoch, durchschreitet energiegeladen die darunter befindliche bauchnabelhohe Schwingtür, streckt Barbara die linke Hand entgegen. Automatisch greift Barbara mit ihrer rechten zu. Fast muss sie lachen. Ein komisches Bild, ihre Finger umschließen die Handaußenfläche der anderen Frau, welche mit ihrem Daumen und den restlichen Fingern Barbaras Daumen umfasst.
Unbeirrt spricht die andere Frau: „Grabowski, Sie wollen zu mir!"
War das schon der erste Test?
Kaum Erfahrung hat Barbara auf diesem Gebiet.
Verunsichert schwitzend folgt sie Frau Grabowski durch eine weitere Glastür, die den nächsten Flurgang öffnet.
Hier massive Wände, geschmückt mit innerlich beleuchteten konvexen Werbeplakaten hinter Plexiglas.
So weitläufig labyrinthartig hatte Barbara sich keine Spielhalle vorgestellt.
Ideen zu edlen Spielcasinos, wie sie sie aus dem Fernsehen kennt, spiegelt ihr Verstand.
Nachdem sie an einigen undurchsichtigen furnierten Türen vorbeigegangen sind, in dem sich immer mehr rundenden Korridor, bleibt Frau Grabowski stehen.

„Hier ist mein Büro."
Vollklimatisierte Kühle berührt Barbaras Haut an den wenigen unbedeckten Stellen in Gesicht, Hals, Nacken und auf den Händen.
„So, Frau Schulz, nehmen Sie bitte Platz.
Wenn Sie mir eine Anmerkung gestatten, auf dem Bewerbungsfoto sehen Sie ein wenig anders aus, daher hatte ich Sie nicht direkt erkannt."
„Dafür muss ich mich entschuldigen. Seit Monaten färbe ich mein Haar nicht mehr. Ich habe allergisch auf die Koloration reagiert, es danach nochmal probiert, wieder das Gleiche. Seitdem lasse ich der Natur freien Lauf."
„Natürlich wirkt man mit grauem Haar älter, aber ich finde, Ihnen stehen die silbernen Strähnen gut!"
Nach Barbaras scherzhafter Bemerkung, dass sie sich hier nicht als Model beworben habe, bringt ihr die Filialleiterin nahe, dass sie größten Wert auf das äußere Erscheinungsbild der Mitarbeiter legt.
Warum sie sich auf diese Stelle beworben habe, wird Barbara gefragt – und warum sie überhaupt wieder sozialversicherungspflichtig arbeiten wolle – und ...
Sie besinnt sich auf ihre familiäre Situation. Schildert mit gebogenem Rücken, dass ihr Mann, mit dem sie gedacht hatte ihr ganzes Leben zu verbringen, eine andere Frau kennengelernt hat, überstürzt ausgezogen ist, sie und die beiden 16-jährigen Kinder im Stich gelassen hat, nach nun fast 28 Jahren Ehe.
Frau Grabowski spricht Barbara ihr Mitgefühl aus. Nicht nur das, sie findet es gut, dass Barbara kämpft und Verantwortung für sich und ihre Kinder trägt.
Abstrakt erklärt sie Barbara die Aufgaben, die im Falle einer Einstellung auf sie zukommen würden. Dazu gehö-

ren Geld wechseln für die Gäste, Getränke und Snacks zubereiten und zu den Gästen bringen, WCs kontrollieren auf Drogenmissbrauchsspuren, jeden Neuzugang auf Volljährigkeit überprüfen, beim leisesten Zweifel Ausweiskontrolle durchführen, bei technischen Defekten die Automaten öffnen und versuchen, das Gerät wieder zum Laufen zu bringen.
Barbara gibt zu, dass sie sich die Tätigkeit nicht so umfangreich vorgestellt hatte.
Das schmeichelt Frau Grabowski, wie ihr Lächeln unmissverständlich ausdrückt.
Sie lädt Barbara zu Probearbeiten ein, so könne sie sich konkret ein Bild machen.
Barbara richtet ihren Oberkörper flugs wieder auf.
„Ja, gerne nehme ich an, ich freue mich."
„Für den Anfang habe ich leider nur eine 130-Stunden-Stelle, würde Ihnen das zunächst genügen?"
Für erstmal ausreichend hält Barbara das, froh, überhaupt einen Job in Aussicht zu haben. So bliebe ihr noch etwas Zeit für ihre Kinder, Haushalt, Garten.

> Zuhause will sie einen Haushaltsplan erstellen, ein Haushaltsbuch führen, Einnahmen und Kosten gegenrechnen. Alles schwirrt ihr durch den Kopf. Versicherungen, da haben sie nur das Nötigste: Teilkasko, Verkehrsrechtsschutz, private Haftpflicht, Gebäude, Hausrat. Gut so, weil Barbara seit jeher auf Sparsamkeit bedacht ist.
> Bisher wurde das alles von Jörgs Konto gebucht, auf das sie seit der Trennung keinen Zugriff mehr hat. Die Bank muss sie abermals dringend kontaktieren.

Ein Budget für Lebensmitteleinkäufe und andere notwendige Utensilien, die zum täglichen Leben gehören, wird sie festlegen. Heizöl, Wasser und Strom müssen bezahlt werden. Einmal pro Jahr Grundbesitzabgaben. Ihr kleiner Kredit. Ach ja, diese blöde Rundfunkgebühr fällt ihr noch ein. Und Telefon und Internet.
Horror.
Zu ihren Einkünften zählen lediglich das Kindergeld und ihr Selbstverdientes. Vielleicht könnte sie Wohngeld beantragen, was allerdings selbst bei Bewilligung nur ein Tropfen auf den heißen Stein wäre, daher kaum der Mühe wert ...

„Frau Schulz?", dringt die Stimme der Filialleiterin in ihr Bewusstsein. „Um sich zu qualifizieren müssten Sie, weil wir hier mit Lebensmitteln arbeiten, an einer Belehrung des Gesundheitsamtes teilnehmen. Daraus folgt eine Bescheinigung nach § 43 Absatz 1 Infektionsschutzgesetz."
Keine Sorgen solle Barbara sich machen, „klingt alles dramatischer als es ist."
Frau Grabowski blättert.
„Dann bräuchte ich, um Ihre Bewerbungsunterlagen zu komplettieren, nur noch ein polizeiliches Führungszeugnis."
„Aber ...?"
„Auch das nur der Form halber. Wie sie sich sicher vorstellen können, dürfen wir in unserem sensiblen Gewerbe niemanden einstellen, der dunkle Flecken auf seiner weißen Weste trägt."
Stirnrunzeln bei Barbara.

„Wir arbeiten mit Geld. Alles strengstens kontrolliert, selbstverständlich. Nichtsdestoweniger basiert alles auf Vertrauen und Ehrlichkeit unter den Mitarbeitern."
Kleinste Schweißperlchen treten aus Barbaras Poren, im Gesicht, an Händen, Armen, Torso, bis in die Zehen spürt sie es.
„Im Übrigen dauert es mindestens zwei Wochen, bis sie nach Beantragung das polizeiliche Führungszeugnis zugestellt bekommen."
„Und ..."
„Sie beantragen es ganz einfach im Bürgerbüro. Bei Ihnen müsste Stadt Hörstel zuständig sein. Aber das erfahren Sie bei Anfrage."
Liebend gern würde Barbara der netten Filialleiterin mitteilen, dass das nicht der Grund für ihren Schweißausbruch ist.
„Und wenn da was drinstehen sollte, ich meine nur, sowas hab ich noch nie beantragt."
„Hätten Sie da irgendwelche Bedenken? Auf mich machen Sie einen seriösen Eindruck, auch Ihr Lebenslauf spricht dafür."
„Also, äh, nein, ich mach das schon, kein Problem."
Die sich weiter ausdehnende Transpiration spricht eine andere Sprache.
„Gerne führe ich Sie jetzt durch unsere getrennten Konzessionen."
Barbara folgt.
Hinter der ersten Glastür Dämmerungsdunkelheit durchbrochen von farbigem Blinken gepaart mit kurzen hellen Signaltönen.
Ein für Barbaras Empfinden riesiger runder Roulettetisch mit vier Sitzbänken rundherum fällt in diesem Raum aus

dem Rahmen. Zwei schräg gegenübersitzende Spieler mit Getränken setzen auf die Kugel.
„Grundsätzlich kein Alkohol", gibt Frau Grabowski an Barbara weiter.
Die folgenden vier glasgetrennten Räumlichkeiten ähneln sich. Eine Vierergruppe fällt jedoch jeweils durch höher platzierte Spielgeräte auf, mit Barhockern vor den Bedienflächen platziert.
„Eine unserer Jackpot-Anlagen. Besonders begehrt bei Stammkunden. Oben sehen Sie angezeigt den möglichen Gewinn, der sich weiter erhöhen kann. Er wird garantiert ausgeschüttet, aber niemand weiß, wann es soweit ist."
„Also könnte es auch passieren, dass ich mehr von meinem Geld einsetzen muss als ich anschließend herausbekomme, trotz der garantierten Gewinnsumme?"
Grabowskis Gesicht gleicht dem eines chinesischen Shar Pei, faltendurchfurcht. Sie bellt entsprechend: „Frau Schulz, Sie werden hier Ihre Erfahrungen schon sammeln. Spätestens In einem halben Jahr stellen Sie solche Fragen nicht mehr."
Für Barbara unangenehm nah, fast aufdringlich, rückt sie an sie heran und flüstert: „Wer die Kunst des Beobachtens beherrscht, um im entscheidenden Moment einzusetzen, kann gute Gewinne erzielen."
Aus der letzten Konzession ausgetreten wird von Neuem auf die unübersehbare Theke inmitten des breiten langen Flurs zugesteuert.
„Frau Schulz", reicht Frau Grabowski Barbara die Hand, „wegen der Termine zum Hospitieren telefonieren wir miteinander, dunkle Hose, weiße Bluse tragen Sie, Weste bekommen Sie hier von mir."
Nicken beiderseits.

So wie sie kam, fährt Barbara auch mit dem Bus zurück. In ihrem geistigen Gepäck jedoch um nie gekannte Eindrücke bereichert.

Direkt am nächsten Morgen ruft sie im Bürgerbüro an.
Eine genervt klingende Stimme fragt nach dem Grund.
„Ich, ähm, ja, also, ich brauch ein polizeiliches Führungszeugnis."
Die Stimme teilt ihr Zimmernummer, Kontaktzeiten und fällige Gebühr mit. Personalausweis müsse Barbara vorlegen.
Mit dem Bus, gepaart mit Laufen, ist alles zu erreichen.
Noch vor dem Mittag ist es beantragt.

Barbara erreicht Kollmann telefonisch beim ersten Versuch. „In Ihrem aktuellen Führungszeugnis kann sich bezüglich des jüngst vor Gericht verhandelten Falls keine Eintragung befinden. Ein rechtskräftiges Urteil liegt noch nicht vor."
„Ich könnte Sie umarmen", muss Barbara ihrem Anwalt durch die drei kleinen Mikrophonlöcher des Handapparates zujubeln.
„Frau Schulz, meine Termine drängen. Schönen Tag noch."
Mit etwas Empathie hatte sie gerechnet. Und Achtung, weil sie sich bemüht, ihr Leben in den Griff zu bekommen. Stattdessen leises elektronisches Knacken in der Leitung.
Ihrem Wein erzählt sie, wie glücklich sie über die letzten Ereignisse ist. Er streichelt wieder brav Kehle und Seele.
Haustürklingeln.

Arne. Schon wieder?
„Hallo, kann ich reinkommen?"
Barbara öffnet die schabende Tür bis zum Anschlag.
Zu Arnes Füßen ein großer anthrazitfarbener Koffer.
„Verreist du?"
„Darf ich den mit reinbringen?"
„Ja, klar."
Er zieht den Koffer, bei dem ein Rädchen blockiert, hinter sich her ins Wohn-/Esszimmer.
Unübersehbar zieht er sein linkes Bein nach; man könnte sagen, er humpelt.
Latschen mit Riemchen umschnallen seine Füße, die in dicken weiten Wollsocken stecken.
Barbara schließt die Haustür.
Arne sitzt schon auf der Couch als sie das Zimmer betritt.
„Falls es dir nichts ausmacht, magst dich mit mir an den Esstisch setzen?", irritiert ihn Barbaras Frage.
„Seit ich wieder draußen bin ist das blaue Sofa mein Reich, dort schlaf ich auch", fügt sie an.
Arne folgt.
„Ich schaffe es nicht, in unserem ehemaligen Schlafzimmer länger als ein paar Minuten zu bleiben. Jörg und seine Neue hatten kein Problem damit. Für mich ist es derzeit eine Kleiderkammer. Zum Umziehen und Wäsche wechseln reicht's."
Arne wirkt sehr bedrückt.
„Barbara."
„Ich kann mich nicht entsinnen, wann du mich das letzte Mal so angesprochen hast."
„Barbara, ich weiß nicht, wie ich's sagen soll, die haben mich aus der Wohnung rausgeschmissen. Im Auto oder auf der Straße pennen will ich nicht. Willst du das?"

„Was?"
Intuitiv fasst sie Arnes Unterarm.
„Es wäre nur vorübergehend. Eine Stelle hab ich in Aussicht. Dann suche ich mir eine neue Bleibe."
Barbara fühlt sich geschmeichelt, dass ihr ehemals bester Jugendfreund sie um Hilfe bittet.
„Du könntest das Schlafzimmer oben so lange haben, mit eigenem Schrank."
Arnes Wangen werden von zwei, drei kullernden Tränen benetzt.
„Dass du das für mich tust."
„Ich freu mich, dass du zu mir gekommen bist. Freunde sind füreinander da, besonders in schlechten Zeiten."
Barbara holt die angetrunkene und eine neue Flasche Wein.
„Wenn wir uns die Flaschen teilen, hättest du ein Stück Vollkornbrot für mich?", fragt Arne.
„Wenn du Hunger hast ..."
„Nein, hatte ich dir gesagt, ich bin Diabetiker?"
„Oh, ja, sorry."
„Das braucht mein Stoffwechsel als Ausgleich, damit ich nicht unterzuckere."
Barbaras Gesichtsausdruck voller Fragezeichen.
„Der Wein hat zwar viele Kalorien, aber die Leber ist damit beschäftigt, den Alkohol abzubauen. Gleichzeitig kann sie dann keinen Zucker ins Blut abgeben."
Fasziniert hört Barbara zu. Biologie ist seit jeher ihr Steckenpferd.
Sie reden.
Sie trinken.
Voller Enthusiasmus beschreibt Arne die Stelle als Werkzeugbauer, auf die er sich unlängst beworben hatte.

„Ist mit ÖPNV erreichbar, nicht weit von hier. Da könnte ich endlich meine Talente entfalten. Der Chef ist begeistert."
Barbara kann ihn nur zu gut verstehen. Sie schildert ihr Vorstellungsgespräch. Arne ist erfreut.
„Für uns beide ein Neuanfang", prostet er ihr mit erhobenem Weinglas zu.
Sie schwelgen in Glückseligkeit.
Haustürgeräusche.
Unterschiedliche Stimmfarben.
Paul und Paula kehren redend gleichzeitig heim.
Barbara bewegt sich zum Hausflur.
„Kommt ihr mal kurz!?"
Paula schnaubt wie ein Walross, begibt sich dennoch mit ihrem Bruder ins Wohnzimmer.
Arne steht auf, hält sich mit jeweils einer Hand am oberen Ende zweier Stuhlrückenlehnen fest.
„Das ist Arne, ein Jugendfreund. Er hat mich im Gefängnis besucht."
Barbara wartet. Eine Reaktion ihrer Sprösslinge bleibt aus.
„Arne geht's zurzeit nicht so gut. Er wird ein paar Tage bei uns wohnen."
„Das meinst du nicht ernst!?", protestiert Paula.
„Schön, dass du überhaupt wieder mit mir sprichst, meine Tochter. Wie gesagt, es ist nur vorüberge..."
Paula stampft in den Flur und knallt von außen die Wohnzimmertür zu.
Schreckhaftes Muskelzucken bei den im Raum Verbliebenen.
„Arne kann oben schlafen. Ich schlafe sowieso hier auf der Couch", wendet Barbara sich ihrem Sohn zu. „So

stört er uns doch gar nicht."
Auch Paul wendet sich ab, öffnet die Tür. Leicht knarzende Laute, der seinem Gewicht nachgebenden Holzstufen auf dem Weg in die obere Etage sind zu vernehmen.
Schulterzuckend dreht Barbara sich wieder zu Arne.
„Ist schon gut. Deine Kinder haben viel mitgemacht."
„Ach ja – wirklich? Was ist mit mir?", mault Barbara.
Arne verharrt in seiner physischen Position.
In Barbara keimen Schuldgefühle wegen ihres Egoismusses.
„Dein ‚Gästezimmer' zeig ich dir", intoniert sie mit phonetisch deutlicher Gewichtung des zweiten Begriffs.
Im Schlafzimmer kommen beide wieder zum Stehen.
„Auf den nackten Lattenrosten kannst du nicht schlafen."
Beide starren aufs Bett.
„Bin gewohnt, auf dem Boden zu pennen. Lass uns die Lattenroste rausnehmen."
Gesagt, getan.
Gerechnet hatten sie nicht mit der metallenen Mittelstrebe, auf der die Lattenroste auflagen.
„Wir müssen wohl das Bett abbauen. Anders kann ich hier nicht auf dem Boden liegen."
Barbara schaut durch den Raum.
„Wenn wir hier links den Nachttisch auf die andere Seite rüber stellen, ist genug Platz an der Wand für ein Nachtlager hinter dem dreitürigen Schrank. Das Bett kann stehenbleiben."
Sie machen's so.
„Im Keller sind Isomatten. Holen wir sie!"

Vier besonders dicke mit Luft befüllbare Isomatten

hatte Familie Schulz sich einst zugelegt, um in lauen Nächten während der Sommerferien zeitweise auf der geräumigen heimischen Rasenfläche vorm Haus im XXXL-Igluzelt zu campieren.

Ein Gefühl von Abenteuer mit größtmöglicher Sicherheit und Geborgenheit wollte Barbara ihren Kindern vermitteln.

Auch Jörg schien das Kuscheln in den stoffgetrennten Schlafbereichen zu gefallen.

Barbara las ihren Kindern, beschienen von einer *Maglite*, stundenlang Geschichten vor, aus Büchern, die sie sich vorher ausgewählt hatten. Paula musste Pauls Erzählungen lauschen, meistens „Die drei Fragezeichen", Detektivgeschichten rund um die jugendlichen Ermittler *Justus Jonas, Peter Shaw, Bob Andrews*.

In ihrer letzten gemeinsamen Zeltnacht revanchierte Paula sich mit einer Mammutlesung von *Jay Ashers* Suizidroman „*Tote Mädchen lügen nicht*".

Das Buch war eine Leihgabe der älteren Schwester einer Klassenkameradin.

Paul und Barbara waren schockiert.

Vor allem fand Barbara, Paula sei noch viel zu jung für solch ernste Thematiken.

Wie alt ihre Tochter genau zu diesem Zeitpunkt war, bekommt sie nicht mehr auf den Schirm, um die elf, zwölf vielleicht.

Unauslöschlich war zudem die Erinnerung, dass Jörg bei jeder Lesung nach ein paar Minuten anfing zu schnarchen.

Wenn Barbara danach wohlig erfüllt von Gedanken, dass sie ihren Kindern etwas wirklich Gutes getan hatte, sich erschöpft in den Mumienschlafsack auf der Isomatte

neben Jörg verkroch, erwachte ihr Ehemann vom Tief- in einen Halbschlaf. Jedes Mal, echt jedes Mal war es das Gleiche. Leicht drehte er sich auf die Seite zu ihr gewandt, mit schlaffen Bewegungen einer seiner Hände ertastete er zunächst ihre Busen. Barbara wischte die Hand weg von ihrem Körper.
Das ließ Jörg weiter erwachen.
Ein wenig erhob sich sein Oberkörper.
Fest ergriff er mit fünf Fingern den Genitalbereich zwischen ihren Beinen.
An seine Moral appellierend: „Die Kinder liegen direkt neben uns", wusste sie sich letztendlich nur zu helfen, indem sie das Zelt verließ und ins Haus entkam.
Morgens war sie dann für ihre Kinder eine Memme, der es zu unheimlich ist, draußen zu nächtigen. Für Jörg war sie die unbequeme Fickvorlage, die es gewagt hatte, eine unangenehme Gegenreaktion zu zeigen.

Barbara legt die vier luftgefüllten Isomatten, zwei jeweils aufeinander, nebeneinander, auf den Schlafzimmerteppich und umhüllt sie straff mit einem Spannlaken.
„Sollte ausreichen für ein paar Tage."
Arne nickt und öffnet seinen Koffer.
Aneinandertreffendes Glas ist zu hören.
Barbaras Verwunderung entgeht Arne nicht.
„Ist Wodka", sagt er und holt demonstrativ eine riesige Flasche raus.
„Arne?"
Er setzt sich auf die Bettumrandung.
„Ich mach dir und mir nichts vor. Seit Jahren bin ich abhängig von dem Zeug. Du weißt, dass ich Frauen wie Trophäen gesammelt habe. Eines Tages hatte es mich

erwischt, ich begegnete der Frau, mit der ich mein Leben teilen und sogar Kinder haben wollte. Zusammen haben wir ein Haus bauen lassen, in Papenburg."
Nach der Drei-Liter-Flasche greift er, öffnet den Schraubverschluss und nimmt mehrere kleine Schlucke.
Barbaras Gewissen verurteilt automatisch sein Verhalten. Dann erfolgt eine Gegenreaktion aus einer anderen Ecke ihres Verstandes.
„Wartest du bitte kurz, ich hole mir meinen Wein."
Zurückgekehrt aus dem Erdgeschoss setzt sie sich zu Arnes Füßen im Schneidersitz auf den weichen Teppich, mit Glas, Weinflasche und einem Teller mit Brotscheiben, an denen Arne sich bedient.
„Ich wollte vieles anders haben, zum Beispiel keine Diele, sondern maximal einen kleinen Flur im Eingangsbereich, lieber noch nach amerikanischem Vorbild Haustür auf und ich bin mitten im Wohngeschehen."
Arne löst seine Blicke von der Wodkaflasche und sieht Barbara in die Augen.
„Ich höre dir zu."
„Ja", bestätigt dieser, „das konntest du von jeher gut", und genehmigt sich einen weiteren Schluck.
„Ich wollte sie heiraten, wollte sie fragen ..."
Er stockt.
„Neun Tage vor Heiligabend waren wir eingezogen. Mein Weihnachtsgeschenk hatte ich schon; eine extralange Goldkette mit Anhänger, herzförmiges Amulett mit kleinen eingefassten funkelnden Brillis. Darin meine Botschaft: ‚Mach mich zum glücklichsten Menschen ever, werde bitte meine Frau!'"
Arne und Barbara stieren auf ihre jeweiligen Füße.
„An Tag 10 war sie mir mit feuchten Augen um den Hals

gefallen. Drei Mal hatten wir Sex in der Heiligen Nacht. Für mich war alles klar."
Arne erhebt seine schwere Flasche und stößt damit an Barbaras Glas an, prostet ihr zu.
„Am zweiten Weihnachtstag ist sie ausgezogen."
„Aber?"
„Ohne Erklärung, hat nur ihre Sachen, Kram, Kosmetik und so weiter mitgenommen. Egal wo ich vor der Tür stand oder angerufen habe, bei ihr selbst, ihren Eltern, gemeinsamen Bekannten, niemand gab mir Antworten auf meine Fragen. Keiner hat's Maul aufgemacht."
Barbara ist ergriffen.
„Später erfuhr ich dann, dass sie ihr kleines Apartment nie gekündigt hatte."
„Und?"
„Ja, da ist sie quasi wieder wie nach einem kurzen Urlaub eingezogen."
„Es gibt kaum Schlimmeres als solche Ungewissheit."
„Damit komm ich bis heute nicht klar. Ich will nur wissen, warum sie so reagiert hat."
„Und euer Haus?"
„Ich bin da wohnen geblieben. Hab anfangs versucht, alles aufrechtzuerhalten. Hab geputzt, eingekauft, Rasen und Hecke geschnitten, die Rechnungen beglichen. Dachte, sie hat nur panisch reagiert, weil ihr unsere Zweisamkeit zu dicht wurde. War aber überzeugt, sie kommt zu mir, oder besser gesagt zu unserer Beziehung zurück."
Arne kramt in seinem Koffer, holt einen Stoffbeutel heraus, daraus ein kleines Messgerät, einer Stoppuhr ähnelnd, eine Packung mit Lanzetten und Teststreifen. Nachdem er sich gestochen, den Blutstropfen aus der Kuppe seines kleinen Fingers gepresst, diesen mit dem

Teststreifen abgewischt und ins Gerät geschoben hat, holt er Spritze und Ampulle raus, zieht die Spritze mit wenig Flüssigkeit auf.
„Mit den Pens komm ich nicht klar. Die Dosis muss ich sehr individuell selbst bestimmen und variieren können."
Barbara zieht ihre Schultern hoch.
„Mit einer Pumpe hab ich's auch probiert. Nachdem ich mir das Ding im Schlaf dreimal abgerissen hatte, hielten meine Doks die herkömmliche Methode für am sinnvollsten."
Barbara verleibt sich einen großen Schluck ihres Weins ein.
Arne legt den unteren Teil seines dicken Bauches frei, erkneift sich mithilfe von Daumen und Zeigefinger eine straffe Speckfalte, in die er ungerührt die Nadel sticht.
„Es ist aber Insulin, kein Heroin?", will Barbara wissen.
Mit geschlossenem Mund lacht Arne durch die Nase.
„Ich häng zwar auch an der Nadel, aber zum einen spritzt man Stoff intravenös. Zum anderen, wenn ich imstande wäre, mir mein Leben mit Fixen erträglich zu machen, wozu bräuchte ich dann Wodka?"
„Ich hab Reportagen gesehen, da überbrücken die Süchtigen ihre Entzugszeiten mit hochprozentigem Alk."
„Bist du süchtig?"
Nach Arnes linkem Unterarm greift Barbara mit ihrer rechten Hand. Tief atmet sie ein.
„Ich – ."
Sie stockt. Aus dem Schneidersitz erhebt sie sich auf ihre Knie und umarmt Arnes Unterleib.
In seinen Schoß spricht sie: „Ich hab mein Leben lang auf gesunde Ernährung, Bewegung, ausreichend Schlaf –

frische Luft ist hier in Bevergern sowieso gratis – geachtet, besonders wegen meiner Kinder."
Sie hebt ihren Kopf, Arnes Augen will sie erblicken.
„Was hat's mir gebracht?"
„Bist du süchtig?", wiederholt Arne seine Frage.
„Ja, süchtig nach Verständnis, Geborgenheit, Anerkennung, von mir aus nenn es Liebe, aber an die glaub ich schon längst nicht mehr."
Mit seinen Armen umschlingt Arne Barbaras Kopf, drückt ihn an seine Genitalien. Sie denken das Gleiche, ist Barbara sich sicher.
„Da ist seit langem tote Hose. Ich bin impotent."
Damit hatte Barbara nicht gerechnet.
„Diabetes, Alkohol – macht alles kaputt. Um Askese zu leben fehlt mir seit Jahren die Motivation. Aber so hab ich wenigstens eine Begierde getötet."
Er verzieht Mund und Augen zu einem sarkastisch-ironisch entrückten Lächeln.
Dabei kann Barbara nicht an den vielen kleinen roten couperoseähnlichen Äderchen im Nasen- und Wangenbereich vorbeiblicken.
Sie steht auf, öffnet eine Schranktür, holt zwei flauschige Polyesterdecken heraus und legt sie auf Arnes Schlafstätte.
Er reicht ihr seinen Schlüsselbund.
„Magst du ihn für mich in deine Garage fahren? Er steht noch auf dem Parkplatz vor dem Haus. Die neugierigen Nachbarn müssen ja nicht alles auf dem Präsentierteller serviert kriegen."
Er rülpst.

Draußen steht ein alter *Scirocco*. Grün. Baujahr kann

Barbara nur schätzen. Jedenfalls alt. Auf den ersten Eindruck relativ gut gepflegt. Ihr Jugendfreund hatte schon damals für ein solches Auto geschwärmt, erinnert sie sich.
Wenigstens raucht Arne nicht auch noch denkt sie, als sie gekonnter als sie es erwartet hätte den sportlichen Oldtimer sicher einstellt.

Eine Woche später hatte Barbara erfolgreich in der Spielothek hospitiert, zweimal für jeweils vier Stunden.
Frau Grabowski hatte höchstpersönlich mit ihr geübt, wie man am sinnvollsten einhändig ein rundes Tablett mit gefüllten Gläsern, Tassen und Tellern balanciert und zu den Kunden an die Spielgeräte bringt. Am sinnvollsten mit gespreizten Fingern die Tablettunterseite mittig greifend, dabei mit der anderen Hand die Glastüren öffnend, ohne etwas zu verschütten.
Als nächstes sollte sie den Umgang mit den Wechselkassen erlernen, zudem wie und wann die Geräte zu putzen, warten und von innen zu reinigen sind.
„Das heißt, ich kann hier anfangen?"
„Herzlich Willkommen im Team!", bestätigte die Filialleiterin.
Barbaras Freude war unermesslich.

Zuhause wird ihr jedoch bewusst, dass sie Schichtarbeit leisten muss. Wie soll das gehen? Sie hat kein Auto. Wenn sie um viertel vor sechs anfangen muss, fährt vorher noch kein Bus von Bevergern nach Rheine, genauso wenig bei spätestem Schichtende um 01:00 Uhr nachts.
Sie telefoniert mit Frau Grabowski.
Diese zeigt sich not amused. Sie habe Mobilität vorausge-

setzt.

Danach gefragt hatte sie allerdings nicht, ist Barbara sich sicher.

Als Kompromiss bekommt sie angeboten, zunächst in Tagschichten zu arbeiten. Als Dauerzustand sei es aber ungeeignet, da es zu Unmut unter den übrigen Kollegen führen würde.

Barbara verspricht, nach einer Lösung zu suchen. Bei offenem Wetter könne sie beispielsweise mit dem Fahrrad fahren.

Auch davon ist die Filialleiterin nicht begeistert: „Sie wollen doch nicht ernsthaft mitten in der Nacht allein ungeschützt durch die Gegend fahren, kilometerweit!?"

„Ich will und brauche den Job."

„Aber nicht um jeden Preis, da habe ich noch ein Wörtchen mitzureden. Rheine ist des Nachts nicht ungefährlich. Und außerdem, bei miesem Wetter erscheinen Sie dann nicht am Arbeitsplatz, oder wie?"

„Ich werde immer pünktlich meinen Dienst antreten, darauf können Sie sich verlassen."

Barbara kann es zwar nicht sehen, aber sie glaubt zu spüren, dass Frau Grabowski die Skepsis förmlich ins Gesicht geschrieben steht.

„Na gut, ich verlass mich zunächst mal auf Sie."

Barbaras Gedanken kreisen nur um dieses Thema. Sie geht nach oben, will mit Arne reden, vielleicht weiß er weiter.

Als sie nach dreimaligem Klopfen die Zimmertür öffnet schlägt ihr überwarme alkohol- und schweißgeschwängerte ranzige Raumluft entgegen. Ihre linke Hand umschließt reflexartig die Nase. Sie findet Arne rücklings

auf den Isomatten liegend. Durch geöffneten Mund und Nase schallen Schnarchgeräusche.
Zuerst dreht sie das Heizkörperventil von Stufe fünf zurück auf Schneekristall. Sie kippt das Fenster.
Neben Arne seine Utensilien.
Ampullen, Spritzen, Wodka.
Und Brot, das Barbara neben anderen Bedarfsartikeln für die Familie täglich zu Fuß aus dem einzigen dörflichen Supermarkt besorgt, seit sie wieder zurückgekehrt ist.
Sie klopft an Pauls Tür.
„Ja?"
„Hast du was zum Schreiben für mich, Stift und Zettel?"
Ihr Sohn reicht ihr einen Schreibblock nebst Kuli.
„Mama ..."
„Bitte nicht jetzt Paul, ich glaube, ich weiß, was du ansprechen willst. Du hast sicher Recht. Ich tu alles in meiner Macht stehende, dass wir hier in Frieden weiterleben können. Konzentriert ihr euch bitte auf die Schule. Für alles andere bin ich zuständig. Sag's auch deiner Schwester."
Sie lässt ihren Sohn mit heruntergeklappter Kinnlade zurück.
„Hallo Arne, ...", schreibt sie. „könnte ich deinen alten *Scirocco* haben, wenn meine Dienstzeiten sich nicht mit dem ÖPNV vereinbaren lassen? Hoffentlich nur vorübergehend. Wäre dir sehr dankbar."

Sie ist sich sicher, die Bank würde ihr keinen weiteren Kredit gewähren, damit sie mobil ist für ihren neuen Arbeitsplatz, genauer betrachtet im Grunde der erste richtige in ihrem Leben, den sie sich eigenmotiviert gesucht hat.

Autokauf scheidet demnach aus.
Hinzu käme, sie wüsste überhaupt nicht, wie sie alles bezahlen sollte. Die 130 Arbeitsstunden im Monat werden ihr mit Mindestlohn vergütet. Für Sonn-, Feiertags-, und Nachtarbeit gibt es zwar Zulagen, aber was davon netto am Ende übrigbleibt, kann sie nicht einschätzen.
Dafür sind Zeit und Erfahrungswerte von Nöten.

Das Bisschen freie Zeit, das ihr bis Arbeitsbeginn bleibt, plant sie strukturiert.
Zum Hausarzt muss sie. Die Medikamente, die ihr die Knastärztin zur Verfügung gestellt hatte, reichen nur noch für wenige Tage.
Ihr Spiegelbild rät ihr zum Konturenschneiden der Haare. Adrett will sie aussehen zu Beginn ihres neuen selbstbestimmten Lebens.

Der Hausarzt mahnt dringend eine Untersuchung der Blutwerte, Blutdruck und EKG an. Barbara schildert kurz ihre Situation und verspricht ihm, sobald sie Zeit habe, dürfe er diesbezüglich über ihren Körper verfügen.

Die Friseurin des Dorfsalons rät als erstes zum Färben.
Barbara denkt ernsthaft darüber nach, doch wie sollte sie Grabowski erklären, dass sie nicht mehr allergisch auf Haarfärbemittel reagiert?
Nach kurzem Zögern teilt sie mit: „Ich möchte zu meinem Körper stehen."
Unerwartet tuschelt ihr die Haarkünstlerin hinter vorgehaltener Hand ins Ohr, dass sie das total gut findet. Sie sei aber mündlich dazu angehalten worden, möglichst viele Produkte an den Mann beziehungsweise die Frau zu

bringen. Als Dankeschön erntet sie ein verständnisvolles Lächeln von Barbara.

Nach exaktem Waschen, Schneiden, Einarbeiten von Schaumfestiger und nachfolgendem Föhnen gefällt beiden, durch Zwinkern bestätigend, was sie im fixierten Frontspiegel und der von Friseurinnenhand hintenherum geführten reflektierenden runden silbrigen Glasfläche wahrnehmen.

Zu zahlen sind 32,59 €. Den Zahlbetrag rundet Barbara mit Münzen aus ihrem Portemonnaiefach um 2,41 € auf. Liebend gern hätte sie mehr Trinkgeld gespendet.

„Mehr kann ich leider nicht", entschuldigt sie sich.

„Wenn täglich jeder meiner Kunden so großzügig wäre, hätte ich ein gutes Zubrot", kommt ihr die Cutterin entgegen.

Aus der Frau hätte verdiensttechnisch ebenfalls mehr werden können, nimmt Barbara an. Gelandet ist sie indes als Mitarbeiterin in einem unmodernen unbeachteten Friseursalon in einer abgelegenen Seitenstraße.

Was zählt ist, Barbara hat bekommen, was sie wollte.

„Ich komme wieder, wenn's soweit ist", lässt sie wissen.

„Gerne, jederzeit".

Beim Öffnen der Haustür nimmt sie als Erstes Pizzageruch wahr.

Ist eins ihrer Kinder in der Schule nicht satt geworden?

Sie betritt das Wohnzimmer.

Arne sitzt auf ihrem Sofa.

In der einen hält er einen großen runden Teller, mit der anderen Hand schaufelt er sich die aufeinandergeklappte

Fertigpizza zwischen die Zähne.
Der Fernseher ist in Betrieb.
Bevor sie ihrem Unmut Luft verschaffen kann, löst Arne seine fettige Hand von der belegten Teigmasse und klopft neben sich auf die Sitzfläche der Ledercouch.
Sofort bilden sich dunkle Flecken.
Das krieg ich wieder mit flüssiger Gallseife weg, weiß Barbara.
„Setz dich bitte zu mir. Du bist so viel unterwegs, da wollte ich dich nicht verpassen."
Okay, denkt Barbara, so äußert er sich nur, weil er prinzipiell ihren Rückzugsort als solchen akzeptiert.
Mit zwei Körperbreiten Abstand nimmt sie neben ihm Platz.
Mit dem Handrücken wischt Arne sich die ausgetrockneten furchigen Lippen.
„Du kannst meinen *Scirocco* haben, wenn du mich zweimal die Woche zur Dialyse nach Rheine fährst."
Barbaras Mimik sendet Fragezeichen.
„Heute hat mir der Nephrologe, wohin mich mein Hausarzt überwiesen hatte, eine Niereninsuffizienz bescheinigt."
„Dann hör auf zu saufen und ernähr dich vernünftig, ich helf' dir dabei."
„Sagt wer zu wem? Die Alkoholikerin zum Alkoholiker?"
„Ich", Barbara ist schwer getroffen. Niemand sieht, was sie leistet. Ihre Kinder am wenigsten.
„Heute war ich den ganzen Tag nüchtern, hatte Termine. Ich kann mich beherrschen, wenn's drauf ankommt."
Arne scheint nachzudenken.
„Bei mir kommt's schon lange nicht mehr drauf an", sagt er resigniert.

„Was ist mit deiner neuen Stelle? Das muss dir doch Auftrieb geben!"
„In meinem gesundheitlich desolaten Zustand nicht machbar. Die haben abgesagt."
Barbara hält nichts mehr in Sitzposition.
„Ja toll, für deinen scheiß Zustand bist du selbst verantwortlich!", keift sie im Stehen. „Wie soll das hier weitergehen?"
Seinen Pizzateller stellt Arne auf dem kleinen quadratischen Couchglastisch ab.
„Ich such mir eine Wohnung", sagt er im Gehen.

Barbara zieht es in den Keller zu ihrem Wein. Die Vorräte schrumpfen sichtlich. Sie wird bald zukaufen müssen.
Zwei Gläser später weiß sie, es stimmt, was Arne sagt. Sie braucht sein Autodach, er ihr Hausdach über dem Kopf.
Besäuselt beschwingt richtet sie für ihre Kinder die Schulverpflegung für den kommenden Tag her. Die Fettflecken auf dem Leder tupft sie mit Gallseife und lauwarmem Wasser ab, drückt zum Trocknen ein sauberes Geschirrtuch auf die feuchten Stellen.
Dann isst sie Arnes kaltgewordene Pizza zu Ende.
Todmüde will sie drei identische Nachrichten schreiben. Damit sie nicht alles dreimal einzeln festhalten muss, holt sie Kohlepapier aus dem Abstellraum und legt es zwischen die Schreibblockblätter.

„Heute habe ich bei der Bank zwei Kalender mit jeweils vier vertikalen Spalten besorgt. Jeder von uns hat eine zur Verfügung.

Unsere betreffenden Namen schrieb ich obendrüber. Freundlicherweise hatten die Kundenberater mir noch einen für das auslaufende Jahr aus dem Archiv geholt. Der für das kommende Jahr hängt dahinter, beide am Stahlnagel in der Küche an der Wand neben der Tür.
Tragt bitte eure Termine ein, damit ich koordinieren kann. Mein Job ist für uns alle wichtig, nehmt bitte Rücksicht darauf!"

Mit Mini-Tesa-Roller bewaffnet klebt Barbara mit transparenten Streifen einen Zettel an Pauls, einen an Arnes und einen an Paulas Tür.
Ihre ihr bekannten Termine überträgt sie in die Kalender.
Geradeso kann sie noch ihr Glas abstellen und sich in die Decke einwickeln, bevor sie vor laufendem Fernseher in einen gewohnt unruhigen oberflächlichen Schlaf fällt.

Rien ne va plus

Weihnachten steht vor der Tür.
Barbaras erstes seit Freilassung.
Einen Frühdienst in der Spielothek hat sie heute bereits hinter sich gebracht.
Mit den LED-Lichterketten aus dem Pappkarton, der seinen Platz im Vorratskeller hat, umwickelt sie die beiden Zuckerhutfichten, die mit etwas Abstand an die abgeschrägten Ecken der gepflasterten Wohnzimmerterrasse grenzen.
Mimosen.
Weil im Boden eiszeitbedingt zu wenig Magnesium vorhanden ist brauchen sie zweimal pro Jahr Bittersalz. Magnesiumsulfat. So wie Hochleistungssportler ihren Magnesiumbedarf trotz optimaler Ernährung durch zusätzliche Gaben decken müssen, um Muskelkrämpfe zu umgehen.
  Liebevoll wie immer hatte Barbara die Nadelbäumchen im vergangenen Spätherbst damit überstreut und die braunen abgestorbenen Zweige herausgeschnitten, die während der Haft entstanden waren, weil Jörg garantiert nicht daran gedacht hatte, sie im Frühjahr mit dem lebenswichtigen Nährstoff zu berieseln.
Die kahlen Stellen werden im kommenden Jahr vom neu sprießenden Grün wieder überwachsen werden, weiß Barbara aus Erfahrung.
  Anfangs, als sie sie pflanzte, waren sie in etwa 40 cm hoch und maßen in Bodennähe einen etwas mehr als

hälftigen Durchmesser. Ihre Bedürfnisse kannte sie nicht. Nachdem sich die ersten braunen Stellen gebildet hatten, erkundigte sie sich im Gartencenter und fand schnell Abhilfe.
Heutzutage würde sie das Problem googeln.
Nach all den Jahren sind sie inzwischen so groß wie Barbara. Ihre Pflanzenbabys sind erwachsen geworden.
Sie ist ein wenig stolz.
Doch wie bei allen Heranwachsenden steigen Hunger und Durst stetig.
Fröstelnd holt sie den großen Weidenholzkorb, den sie beim Verlassen des Hauses vor der Terrassentür abgestellt hatte, damit sie nicht mit feucht-schmutzigen Schuhsohlen nach dem Bäume Schmücken aus dem Garten durchs Wohnzimmer laufen muss.
Im Holzschuppen kippt sie die angelehnte Schubkarre von der Wand und stellt den leeren Korb hinein.
Von außen nach innen füllt sie ihn mit grob vorgeschnittenen Holzstücken unterschiedlicher Länge und diversen Umfangs.
Das meiste ist abgelagertes Buchenholz.
Die Stücke, die für den Ofen zu lang oder breit sind, stellt sie neben dem wuchtigen Eichenholzhauklotz ab.
Mit einer kleinen Spaltaxt, die ihr Vater ihr geborgt hat, weil er selbst noch über zwei weitere größere verfügt, teilt sie geübt diese Stücke zu Anmachholz in schmale Spalten. Manchmal, wenn Barbaras Ausholschwung zu gering ist, bleibt die Axt im Holz stecken. Da hilft nur, Axt mitsamt Holzstück hochhieven und auf den Hauklotz krachen lassen. Oft bedarf es mehrerer Wiederholungen, bis die zähen Dinger auseinanderbrechen. Dann spürt Barbara ihren Rücken, der ihr sagen will, dass diese Ar-

beit ihre physischen Kräfte übersteigt.

Aber sie will es so, Sie wird nicht um Hilfe betteln und anderen zur Last fallen.

Nach acht Monaten Inhaftierung ist sie sich der Werte von selbstbestimmtem Leben bewusst wie nie zuvor.

Ein prüfender Rundumblick durch den Schuppen sagt ihr, im kommenden Jahr werden sie neues Brennholz benötigen.

Sie nimmt sich vor, ihren Vater bei Gelegenheit darauf anzusprechen. Um es nicht zu vergessen, wird sie eine Notiz im Kalender vermerken.

Bisher hatten sie immer über seinen Bekannten gemeinsam Holz bestellt. Besagter Bekannter war in der Forstwirtschaft tätig gewesen und kam über diese Beziehungen auch als jetziger Rentner sehr günstig, fast geschenkt, an den nachwachsenden Brennstoff.

Zu regulären Handelspreisen gekauftes Holz könnten weder ihre Eltern noch sie sich zum Heizen erlauben. Es wäre purer Luxus. So aber weiß sie, die Wärme des Kaminofens erreicht die selbstregulierenden Heizkörperventile, diese schließen entsprechend, woraus geringerer Ölverbrauch konkludiert. Demzufolge lässt Barbara die Fußbodenheizung, die sich zusätzlich zu zwei Heizkörpern im Wohn- und Esszimmerbereich befindet, außer Betrieb. Sie ist träge, reagiert nur auf Außentemperatur, egal wie warm es drinnen ist. Weil sie über einen Fühler gesteuert wird, der außen an der Garagenwand neben der Küche installiert ist.

Den gut gefüllten Holzkorb schiebt sie in der Karre über den feuchten Rasen zur Terrasse und stellt ihn vor der Wohnzimmertür ab.

Sie reckt und streckt sich, biegt ihren Rücken mit Unter-

stützung der Hände in den Hüften durch und gönnt sich mit zurückgelegtem Kopf einen ausschweifenden Blick zum Himmel.
Dunkel ist es geworden. Wie im Winter in diesen Breitengraden üblich schon spätnachmittags.
Tiefer Luftdruck sorgt dafür, dass nicht nur die zusammenhängenden Wolkenmassen eine Art Deckel über den Häuserdächern bilden, er führt ebenso dazu, dass der Rauch aus den Kaminen kaum aufsteigt. Ein Teil sinkt zu Boden. Man kann ihn riechen. Nach dem Lüften finden sich manchmal kleine schwarze Rußpartikelchen auf den Fensterbänken der Innenräume wieder.
Unlängst hörte Barbara in den Rundfunknachrichten, dass in ländlichen Regionen wie der ihrigen, wo fast jeder Haushalt zumindest zusätzlich mit Kaminöfen heizt, in den Herbst- und Wintermonaten die Feinstaubbelastung so enorm ansteigt, dass dies nicht folgenlos für die Gesundheit der Bewohner bleibt. Zu einer Verkürzung der Lebenszeit kommt es, ähnlich wie bei Rauchern. Sogar spontane Todesfälle seien keine Ausnahme, bedingt durch die Verunreinigung der Atemwege mit schädlichen Folgen für das Herz-Kreislauf-System.
Mit Romantik hat das nichts mehr gemein.
Sparen muss Barbara, wo immer möglich.
Also, entleerte Karre zurück in den Schuppen.
Erschöpft greift ihre Hand nach dem Lichtschalter. Da macht es klack.
Der Schalter war es nicht, das durch Drahtgestell geschützte superelliptische Deckenlicht leuchtet nach wie vor spärlich den Schuppen aus.
Sie schaut sich um.
An der Hinterwand huscht in Bodennähe etwas hin und

her.
Mit zaghaft vorsichtigen Schritten bewegt Barbara sich darauf zu.
Dann erkennt sie es.
Ausgewachsen. Fettes Exemplar. Eine Ratte.
Barbara geht weiter auf sie zu.
In die Falle gegangen ist ihr der Nager.

Vor einigen Jahren, die Zwillinge waren im Kindergarten, fielen Barbara im und um den Schuppen herum dunkle spindelförmige Köttel auf. Eine Recherche im Netz brachte schnell Klarheit. Bei der Losung konnte es sich nur um Rattenkot handeln. Prompt bestellte sie für knapp 30 Euro eine Lebendfalle aus stabilem Stahldrahtgestell mit zwei guillotineartigen Falltüren an den beiden Eingängen.
Inmitten des oberen Rechtecks des circa 80 cm langen Quaders befindet sich außen eine Stahlplatte mit Bügel zum Tragen der Falle. Innen gegenüberliegend eine weitere Stahlplatte mit Wipp-Funktion. Unter dieser Wippe ist ein Bügel befestigt. Der Bügel verläuft beidseitig nach außen durch jeweils eine Masche des Drahtgestells und passt sich in einem gewissen Abstand außen wieder der Form der Quaderwände an. Um die Beweglichkeit des Stahlbügels zu gewährleisten, wird dieser von einer unterhalb befindlichen gegabelten Führung gehalten, sodass er sich drehen kann.
Außen im oberen Bereich verbindet beide Falltüren ein langer Metallbügel; an den Enden gebogen greift er horizontal unter jeweils einen abstehenden Metallstift pro Tür. In der Mitte dieses Bügels befindet sich ein weiterer, aber längerer, im rechten Winkel fixierter Metallstift.

Dieser Stift, von oben kommend, wird locker hinter den von unten kommenden Bügel der wippbaren Bodenplatte gedrückt. In dem Status ist die Bodenplatte in Waage, die Türen sind geöffnet. Der Köder ist in der Mitte der Platte platziert.
Um an den vermeintlichen Leckerbissen zu gelangen, muss das Tier sich in die Fallenmitte vorwagen. Von welcher Seite aus spielt keine Rolle. Sobald die Bodenplatte einseitig berührt wird, kippt sie aus der Horizontalen; die Bügel verlieren ihren Halt aneinander, die Türen schnellen runter, die Falle ist geschlossen.

Barbara hatte die Platte mittig mit einem großen Klecks Nussnugatcreme versehen. Den Tipp hatte sie ebenfalls von einem Bekannten ihres Vaters, der sich nebenher als eine Art Kammerjäger betätigte. Er meinte: „Nutella ist was für Kinder und Ratten. Lockt beide gleichermaßen an."

Wie soll Barbara das Nagetier jetzt entsorgen?
Eine saubere Lösung muss her.
Ohne Blutvergießen.
Sie geht in die Garage, an einer Wand hängen Spanngummis. Davon nimmt sie sich eins.
Das zieht sie unter dem Metallbügelgriff der Falle durch.
Dabei kommt sie der Ratte sehr nahe.
Ein Angstschauer durchflutet sie innerlich.
Kalter Schweiß tritt aus.
Sie mag diese Viecher nicht.
In China kommt es immer noch zu Ansteckungen mit Pesterregern, übertragen durch Bisse von den scheiß Flöhen, die sich im Fell ihrer Wirte tummeln.
Soweit es ihre kurze Armlänge zulässt, hält Barbara sich

beim Transport das Vieh vom Leib.
Es läuft unruhig hin und her, was Schaukel- und Drehbewegungen der Falle zur Folge hat.
Zu den Nachbarn läuft Barbara und klingelt.
Weil niemand öffnet, drinnen aber Licht zu sehen ist, betätigt sie die Haustürklingel erneut.
Yekaterina erscheint.
Und erschrickt.
Barbara erklärt ihr den Sachverhalt.
Die Nachbarin gibt ihr in ihrem akzentlastigen Deutsch zu verstehen, dass sie solche Zustände sehr gut aus ihrer Heimat kennt.
„Du kannst maacchen. Maacch icch Liccht."
Barbara bedankt sich und geht in den Garten.
Auf dem Land hilft man sich unter Nachbarn.
Der große Koikarpfenteich wird beleuchtet, wie Yekaterina versprochen hatte.
Es ist kalt.
Aber nicht so kalt, dass sich eine Eisdecke hätte bilden können.
Noch einmal wirft Barbara ihre Blicke auf das Rattenvieh.
Beim Berühren der Wasseroberfläche beginnt es zu schwimmen.
Versucht sich an der Oberfläche zu halten.
Wird vom oberen Gitter der Falle untergetaucht.
Taucht innerhalb der Falle unter Wasser hin und her.
Öffnet das Maul und zeigt seine Nagezähne.

Aus ihrem Studium erinnert Barbara, dass Molekulargenetiker inzwischen davon ausgehen, dass sich die Primaten, zu denen auch das Tier Mensch gehört, evolutions-

technisch aus Vorfahren von sogenannten Hasenartigen und Nagetieren entwickelt haben.
Gemutmaßt wird, dass Nager die Menschheit überleben und deren Vorherrschaft auf unserem blauen Planeten übernehmen werden.

Dass diese Zeit noch nicht gekommen ist erkennt Barbara an der zunehmenden Schnappatmung des Tieres.
Wie bei einem Fisch, der auf dem Trockenen liegt und um sein Leben zappelt, weil er nicht in der Lage ist, den in der Umgebung vorhandenen Sauerstoff einzuatmen.

Die Rattenbeinchen hören allmählich auf zu rudern.

Friedvolle Ruhe kehrt ein.

Zuhause nimmt Barbara Zeitungspapier aus der Altpapiertonne, schichtet es übereinander auf einem Stück der Rasenfläche, wickelt die Tierleiche darin ein und versenkt sie in der Biotonne.

In der Garage wechselt Barbara die Schuhe, hängt Weste und Gartenjacke, die sie wegen der winterlichen Kühle übereinander getragen hatte, verschwitzt an den Haken neben dem Waschbecken und schrubbt sich mit einer Nagelbürste und Flüssigseife Hände und Fingernägel.
Auf ihrem Weg durch den Keller kommt sie an Paulas Tür vorbei.
Sie ergreift die Klinke.
Der Eingang ist wie erwartet verschlossen.
Aus dem Vorratskeller holt sie sich ein *Tetra Pak* Wein.
Sie hat sich angewöhnt, nach der Arbeit, wenn sie Arnes

Scirocco zur Verfügung hat und Supermärkte geöffnet sind, größere Mengen an Lebensmittelvorräten einzukaufen.

Tetra Paks haben den Vorteil, der Inhalt ist preiswert, die Packung wird über den Restmüll entsorgt, Sammeln von Altglas und Entsorgung im Glascontainer entfallen.

So häufen sich über einen längeren Zeitraum für alle sichtbar nur Arnes leergesoffene Wodkaflaschen, entleerte Nutella-, Zigeunersoßegläser …

Für ihre Kinder ist Barbara auf diese Weise hoffentlich scheinbar clean.

Überhaupt hat sie sich sowieso eine Grenze gesetzt.

Nach einem Liter ist Schluss.

Aber den braucht sie auch pro Tag.

Irgendwo hat sie es mal gelesen. Eine kontrollierte Trinkerin ist sie.

Folgenlos für ihre bisher tadellose Figur bleibt das alles leider nicht. Alkohol ist eine Kalorienbombe und macht zudem hungrig. Wenn Barbara ihr Tagesgeschäft erledigt hat, verleibt sie sich Essbares ein und hört erst damit auf, wenn sie auf ihrer Couch vorm Fernseher einschläft. Das Aufwachen wird meistens von Völlegefühl, schmerzhaften Blähungen und Sodbrennen begleitet.

Sport treiben müsste sie. Aber wann? Nach Erwerbstätigkeit, Haushalt und anderen Erledigungen bleibt keine Zeit, von der Erschöpfung ganz abgesehen. Auf ihren besten Freund, den Wein, kann und will sie nicht verzichten. Scheiß auf die Figur. Was bedeuten schon die Konfektionsgrößen S oder XL, 36 oder 44.

Morgen hat sie frei. Einen ganzen Tag. Meistens ist es nur einer in der siebentägigen Arbeitswoche. Gerne setzt

Frau Grabowski sie für vier oder sechs Stunden ein. Oft vier. Das ist nicht lang, aber planen muss Barbara diese Einsätze trotzdem. Und die Tage sind zerrissen.
Hat sie eine Wahl?
Arne muss morgen zur Dialyse.
Selbst will er nicht fahren.
Ja, sein Auto macht Barbara mobil zu den ÖPNV-technisch ungünstigsten Zeiten. Dafür muss sie ihm dankbar sein.
Für die Kinder noch Schulverpflegung zubereiten, Arnes verkrümelten Pizzateller, außer Brot und Pizza isst er nichts, Wassergläser, Besteck, Schüsseln ... in die Spülmaschine räumen.
Eigentlich noch ihre gewaschenen weißen Dienstblusen bügeln, selbst was essen.
Das Telefon klingelt. Festnetz.
„Schulz".
„Guten Abend Frau Schulz, Kollmann hier."
Barbaras Gedanken driften in alle möglichen Richtungen, außerstande etwas zu erwidern.
Der RA schließt an.
„Frau Schulz, ich denke, was ich Ihnen mitteilen werde, ist für Sie ebenso von Interesse wie für mich. Haben sie heute Nachrichten gelesen oder gehört?"
„Nein, sorry, mein Alltag ist vollge..."
„Spielt keine Rolle", unterbricht Kollmann. „Ihr Mann, Jörg Schulz, hat sich gestern das Leben genommen."
Barbara spürt ihre Beine nicht mehr. Zwischen Sideboard und Heizkörper sinkt sie zu Boden. Ihre rechte Hand, die den Schnurlosapparat hält, zittert.
„Sind Sie noch dran?"
„Ich – ich ..."

„Die vollständigen Details kenne ich noch nicht."
„Aber wie – und wieso?"
Fast wäre Barbara rausgerutscht, er ist doch unschuldig.
„Nach meinem bisherigen Kenntnisstand gelang es ihm, nach einer Mahlzeit einen Stahlteelöffel in die U-Haftzelle zu schmuggeln. Stundenlang rieb er dann wohl über einen Tage dauernden Zeitraum den Löffelstiel an der Wand unterhalb der Pritsche, sodass es den Kontrollen des Personals entging."
Weil Barbara unfähig ist etwas zu sagen fährt Kollmann fort.
„So erhielt der Stiel eine scharfkantige Spitze, einem Schälmesser vergleichbar. Frau Schulz ..."
„Ich will es wissen, alles."
„Gestern Abend nach Einschluss durchtrennte er sich mit einem tiefen Einschnitt in den Hals unterhalb des rechten Ohres am Kieferknochen entlang Richtung Kehlkopf die äußere Arteria carotis."
Aus Kollmann sprudeln die Worte.
„Das ist die Halsschlagader, die ..."
„Ich weiß", unterbricht Barbara ihn.
„Anhand der Spurensicherung konnte festgestellt werden, dass er sowohl Wandkrümel als auch Löffel inmitten der teils aufgeschlitzten Schaumstoffmatratze versteckt hielt.
Er lag auf dem Bauch, Decke über den Hinterkopf bis kurz über die Ohren hochgezogen.
Dementsprechend ist es bei den Überwachungskontrollgängen mit Blick durch die Klappe der Haftraumtür nicht aufgefallen. Das Blut wurde zum größten Teil von Kissen und Matratze aufgesaugt."
„Herr Kollmann ..."

„Frau Schulz, verarbeiten Sie erstmal diese Nachricht. Ich melde mich wieder zeitnah. Wiederhören."
Er legt einfach auf.
Das Telefon gleitet Barbara neben ihr Bein auf die kalten Fliesen.
Wenigstens hat er ihr nicht einen guten oder trotzdem schönen Abend gewünscht. Die meisten Menschen, die sie kennt, sind so takt-, gefühl- und empathielos.
Sie rafft sich auf, holt Wein, setzt sich wieder in dieselbe Ecke.

> Was ist Jörg widerfahren? Warum hat er das getan?
> Die Kinder, wie sagt sie es den Kindern?

Wenigstens hat er einmal in seinem Leben Mut bewiesen, sind die letzten Gedanken, an die sie sich Stunden später beim Aufwachen bäuchlings auf dem Wollteppich im Esszimmer erinnert.

Sie eilt nach oben, klopft an Arnes Tür, er antwortet nicht. Also geht Barbara hinein.
Zu ihrem Erstaunen sitzt er schon abfahrbereit auf einer Bettrahmenkante und schaut in seinen Laptop, für den Paul ein Gast-WLAN eingerichtet hatte.
Nachrichten sind zu hören.
Aus ihrem Schrank holt sie sich frische Kleidung.
„Ich geh duschen. Wie viel Zeit bleibt uns noch?"
„'ne gute Stunde, dann saugen die Hämodialytiker mir wieder das Blut aus dem Ballich."

Unterwegs im Auto durchbricht Barbara Arnes gedan-

kenversunkenes Schweigen: „Jörg ist tot."
„Ich weiß."
„Woher?"
„Großes Thema, nicht nur in den Lokalnachrichten. Meine kleine Stadtmeisterin wird noch berühmt."
„Nennen die etwa meinen Namen?"
„Barbara und Jörg S. Mir genügt das, um eins und eins zusammenzuzählen."
„Oh Gott, Paula und Paul. Hoffentlich erfahren sie es nicht irgendwie in der Schule."
„Oh Gott aus dem Munde einer Atheistin?"
„Ich bin Agnostikerin", hält Barbara dagegen.
„Ach ja, das können wir ja gleich ergiebig ausdiskutieren."
„Dafür habe ich keine Zeit. Ich denke, du hast Verständnis."
Barbara setzt Arne vor dem Dialysezentrum in Rheine ab. Sie vereinbaren, dass sie ihn in sechs Stunden wieder abholen wird.
Sieben Minuten später erreicht sie das Gymnasium ihrer Kinder. Sie hetzt ins Sekretariat. Der freundlichen Dame hinter dem Bürotresen schildert sie stramm umrissen, dass der Vater der Schulz-Zwillinge gestern verstorben ist. Sichtlich schockiert, rot anlaufend und schwitzig werdend greift diese zum Mikrophon. Barbara schlägt ihr die Hand weg.
„Sie wollen doch wohl keine Durchsage machen?"
„Entschuldigen Sie mal, ich wollte die beiden Schüler ins Sekretariat einbestellen."
„Aber doch nicht so auffällig und öffentlich. Wann ist Pause?"
„In fünf Minuten."

„In welchen Räumen finde ich meine Kinder?"
Die Sekretärin tippt etwas in den PC, scrollt mit der Maus.
„Zufällig haben sie einen Kurs zusammen. Physik. Hörsaal 21b."
„Ich danke Ihnen für die Info", ruft Barbara, während sie aus dem Raum die Treppen hinunterrennt.
Das Sekretariat befindet sich in einem mittleren Stockwerk, der benannte Hörsaal im Erdgeschoss.
Mit dem ersten Gong der Pausenglocke steht Barbara abgehetzt vor dessen Tür.
Beim zweiten Gong sprengt die Tür auf. Schülermassen stürmen heraus. Barbara schaut in viele Gesichter. Da ist Paul. Er kommt direkt auf sie zu.
„Wo ist deine Schwester?"
Beide sehen sich suchend um.
Neben einer Mitschülerin geht Paula. Sie unterhalten sich angeregt und intensiv. Als sie ihre Mutter entdeckt, bleibt ihre Kinnlade stehen.
Für Barbara unfassbar schmerzvoll tut sie so, als habe sie sie nicht gesehen.
Andererseits denkt sie, ihre Tochter ist stark, konsequent und bleibt sich selbst treu.
Mit Tränen in den Augen bittet sie Paul seiner Schwester zu sagen, dass sie zum Parkplatz kommen möge, sofort, ohne Widerrede.

Beide Kinder nehmen auf der Rücksitzbank Platz.
Durch den inneren Rückspiegel behält Barbara sie abwechselnd mit dem Verkehrsgeschehen im Auge. In nervenaufreibendem Schweigen kommen sie nach einer endlos anmutenden Fahrt, die nur knapp zehn Minuten

gedauert hat, zu Hause an.
„Verschwindet bitte nicht sofort in eure Zimmer. Ich habe euch etwas zu sagen ..."
Paulas arroganter Unmutsseufzer unterbricht Barbara.
„... das euch beide schwer treffen wird", fährt sie fort. „Hoffentlich wisst ihr es nicht schon. Ich wollte die erste sein, die es euch persönlich mitteilt."
Barbara schließt die Haustür auf.
Beide folgen ihr ins Wohnzimmer.
„Für das, was ich euch jetzt wirklich schweren Herzens sagen muss, gibt es keine passenden Worte. Daher mache ich es ohne Umschweife."
Bevor sie zum Punkt kommt mustert sie beide Kinder noch einmal.
„Euer Vater ist gestern gestorben."
Paula fällt die Schultasche aus der Hand. Der Knall lässt alle sichtbar zusammenzucken.
Fragen werden nicht gestellt.
„Die genauen Umstände stehen noch nicht fest. Herr Kollmann, der Rechtsanwalt, der mich verteidigt hat, wird mich auf dem Laufenden halten."
„Das ist alles deine Schuld. Jetzt sind wir Halbwaisen. Tolle Mutter. War's das wert, Papa zu opfern?"
In Strömen fließen Tränen über Paulas Gesicht und tropfen auf den gefliesten Boden.
Barbara geht auf ihre Tochter zu, möchte sie umarmen, ihr vorgaukeln, dass sie Unrecht hat; doch Paula dreht sich im selben Moment weg, rennt die gefliese Treppe hinunter, lässt ein heftiges „Autsch, shit" verlautbaren. Vermutlich ist sie auf ihren Tränen ausgerutscht und auf die Stufen gefallen.
Schließgeräusch. Türknallen. Schließgeräusch.

Verheult sucht Barbara Sichtkontakt zu Paul. Er steht wie angewurzelt da. Sie geht auf ihn zu. Er lässt sich in ihre Arme schließen, bleibt aber steif und unbeweglich wie eine zu Stein erstarrte Statue.
Minutenlang stehen sie so da.
Als Barbara ihre Umarmung lockert scheint sich das Blut in den Adern ihres Sohnes wieder altbekannte Wege zu bahnen, Farbe kehrt in sein Gesicht zurück.
Auch er dreht sich um und verkriecht sich in sein Zimmer.
Barbaras Kopf ist gedankenleer.
Nach einer Weile taucht ein Gedanke wieder auf.
Wein.
Ein fast voller Ein-Liter-Getränkekarton wartet auf sie in der Kühlschranktür.
Sie dreht den Schraubverschluss, führt die Packung zum Mund, setzt sie wieder ab.
Wie tief ist sie gefallen!
Sie will nicht mehr. Sie kann nicht mehr.

Ein schlichtes Wasserglas holt sie aus dem Hängeschrank schräg oberhalb der Edelstahlspüle.
Wenigstens das letzte bisschen Niveau, Wein aus einem Glas, wenn auch aus einem falschen, zu trinken, will sie sich erhalten.

Die letzten Tropfen des Packungsinhalts bedecken beim Nachgießen zentimeterhoch den Glasboden, da holt sie das Klingeln des Festnetzapparates in den Alltag zurück.
„Arne? Mist, wie spät ist es?"
Während des kurzen Monologs läuft sie ins Esszimmer, nimmt zwei Notizzettel, schreibt, dass ihre Kinder selbst

entscheiden sollen, ob sie morgen beziehungsweise den Rest der Woche zur Schule gehen möchten.
Pauls Zettel klemmt sie in den schmalen Spalt zwischen Tür und Rahmengummi.
Die Nachricht für ihre Tochter schiebt sie unter den Tragegriff der Schultasche, die sie im Keller vor Paulas Zimmertür abstellt.
Schluchzen ist zu hören.
Barbara hebt ihre rechte Hand, krümmt die Finger, bereit, mit dem mittleren Knöchel des Zeigefingers anzuklopfen.
Es wird nicht funktionieren sagt ihr Bauchgefühl. Paula bleibt für ihre Mutter weiterhin unnahbar.

Ohne auf die Uhr zu sehen, rast sie zum *Scirocco*. Rast in ihm weiter zu Arne.
Dieser steht mit Handy in der Hand vorm Eingang des Dialysezentrums.
Bevor er beim Einsteigen etwas sagen kann, entschuldigt Barbara sich, dass es mit ihren Kindern schwieriger war als sie es sich vorgestellt hatte.
„Eins stelle ich klar, ich stelle dir kostenlos mein Auto zur Verfügung. Dafür verlange ich lediglich hierhergebracht und pünktlich wieder abgeholt zu werden."
Barbaras Blut gerät in Wallung, aber sie hält sich zurück.
„Was hast du getrieben, seit einer dreiviertel Stunde warte ich draußen in der Kälte."
„Du hättest ja genauso gut drinnen warten können."
Obwohl Arne nach der Dialyse normalerweise erschöpft ist kann Barbara ohne hinzusehen erspüren, wie auch sein Blutdruck aufgrund ihrer Bemerkung steigt.
„Bist wieder besoffen oder was?"

Barbara tritt die Bremse, schwenkt nach rechts auf einen Bürgersteig.
„Fahr doch selbst", sagt sie beim Öffnen der Fahrertür.
„Hey, wir reden gleich zuhause über alles, okay? Fahr weiter, ich bin zu alle."

Kaum sind sie zur Haustür rein, sprudelt es attackierende Fontänen aus Barbaras Mund.
„Jaja", formuliert sie, wohlwissend, dass zweimal ja nacheinander gesagt umgangssprachlich zum Arschlecken auffordert.
„Du stellst mir deine alte Karre zur Verfügung. Ja und, für was denn? Dass ich Kohle ranschaffen kann, damit auch du hier unter meinem Dach wohnen kannst!"
Arnes Schweigen reizt Barbara zu weiteren Unmutsäußerungen.
„Wie wär's wenn du dich wenigstens finanziell beteiligst? Unser großzügiger Wohlfahrtsstaat zahlt den Hartzern Mietkosten. Außerdem ..."
Barbara unterbricht sich selbst.
Nach kurzem Blickkontakt mit Arne redet sie weiter.
„Außerdem finde ich, ich habe dich lang genug durchgefüttert. Aus deinen angekündigten Tagen sind schon Wochen und Monate geworden. Meine Gastfreundschaft war gnädig und großherzig. Es ist Zeit ..."
Arne geht auf Barbara zu. Mit seiner rechten Hand drückt er ihr den Mund zu, seine Augen bedrohlich weit geöffnet.
„Wir reden morgen darüber, heute bin ich zu k. o."

Barbara rennt in den Keller. Morgen hat sie eine vierstündige Nachmittagsschicht. Bis dahin haben sich einige

Wogen möglicherweise wieder geglättet denkt sie, als sie die neue Weinpackung aufschraubt und den runden Plastikverschluss an den Mund setzt. Ein Glas erübrigt sich.

Eine Woche später, einen Tag vor Heiligabend, ruft Kollmann an.
„Frau Schulz, die Leiche ihres Mannes ist nun freigegeben. Die Obduktion hat keine neuen Erkenntnisse zu Tage gefördert. Telefonisch hatte man mehrfach versucht, an Sie heranzutreten, wegen verschiedener Formalitäten."
„Ich hatte angezeigte Nummern in meiner Anruferliste. Hab manchmal versucht zurückzurufen, nach meiner Arbeit, aber ..."
Kollmann lässt sie wieder mal nicht ausreden. Immer geht er dazwischen. Immer weiß er alles besser.
„Sie sollten einen Bestatter beauftragen."
„Und was ist mit den Kosten, wie soll ich das alles bezahlen? Meine Bank gibt mir garantiert keinen weiteren Kredit, den ich dann sowieso nicht bedienen könnte."
„Sie könnten sich beispielsweise an das zuständige Sozialamt wenden und Sozialbestattung beantragen oder einen zinsfreien Kleinkredit."
„Scheiße, morgen ist Weihnachten, ich muss arbeiten, meine Tochter schneidet mich, ein Penner lässt sich von mir aushalten – trotzdem hab ich für alle ein kleines Geschenk besorgt – ich will einfach nur ein bisschen Ruhe in meinem scheiß verfickten Scheißleben."
„Frau Schulz ..."

„Nein, verdammt, kapieren Sie, ich steuere ein leckgeschlagenes Schiff, das zu kentern droht und nirgends ist Land in Sicht. Ich ..."
„Frau Schulz, momentan ist es sehr viel auf einmal. Es werden wieder bessere Zeiten kommen."
„Sagt Ihnen das Ihre Kristallkugel? Ich wusste nicht, dass Sie Hobby-Medium sind."
„Frau Schulz, bitte beruhigen Sie sich zunächst. Ich warte auf eine Reaktion der Staatsanwaltschaft. Jetzt, da Ihr Mann sich in Haft das Leben genommen hat, halte ich es für äußerst wahrscheinlich, dass die Staatsanwaltschaft ..."
Barbara legt einfach auf.
Morgen muss sie um viertel vor sechs uniformiert ihren Dienst antreten.
Elegante Dienstkleidung. Anthrazitfarbige Stoffhose, anthrazitfarbige Weste, jeweils mit haaresbreit pastellgelben Nadelstreifen durchwirkt, weiße siebenachtelärmelige Bluse, um deren Kragen ein langer sonnengelber Seidenschal krawattenähnlich gebunden ist, um im v-förmigen Westenausschnitt auf Brusthöhe unterzutauchen.
Die Filiale öffnet um sechs Uhr.
Erwartet wird, dass die Mitarbeiter spätestens eine viertel Stunde vorher vor Ort sind, weil vor Öffnung so viele Dinge zu erledigen sind. Alles selbstverständlich unentgeltlich.
Mit gekühlter fettarmer H-Milch muss die Multifunktionskaffeemaschine gefüllt, die von der Nachtschicht gereinigten Einsätze wieder eingebaut werden. Der Füllstand der Behälter mit den Kaffeebohnen für Espresso, Kaffee oder Kakao wird gecheckt. Sämtliche Spielgeräte

werden hochgefahren und auf korrekte Funktionalität überprüft. Bei Defekten, die von den Servicekräften nicht behoben werden können, werden direkt online Techniker angefordert, die möglichst noch am selben Tag erscheinen. Anders wär nämlich schlecht, ohne Gerät kein Gewinn, weder für die verärgerten Spieler noch die Geschäftsstelle.

Dann sind da noch die Haupt- und Nebenkassen. Mit den in den Tresoren eingetüteten Geldern der Nachtschichtkollegen müssen sie neu eingezählt und aufgefüllt werden.

Für den Fall, dass das Gesundheitsamt Kontrollen durchführen sollte, werden die Temperaturen sämtlicher in Betrieb befindlicher Kühl- und Gefriergeräte protokolliert und bei Abweichungen von den Vorgaben Gegenmaßnahmen in Form von Temperaturregulierung über die jeweiligen Schalter vorgenommen.

Die meisten Kollegen sind meistens nett, wenn auch asi. Barbara ist die einzige mit eigener Immobilie.

Eine Kollegin, alleinerziehend mit zwei Töchtern im Teenageralter, hat einen Kleinstwagen zur Verfügung. Dieses Firmenfahrzeug im Logo-Look der Spielstätte bekommt jeder, der sich bereit erklärt, sogenannte Nachbarschaftshilfe zu leisten.

Das bedeutet, sollte in einer anderen Filiale ein Mitarbeiter ausfallen, beispielsweise krankheitsbedingt, muss der Nachbarschaftshelfer seinen Dienst übernehmen, sofern dessen Ausfall in der eigenen Filiale überbrückt werden kann. Für diesen Mitarbeiter fallen demnach keinerlei Kosten für Fahrzeug und dessen Unterhaltung an und mobil ist er auch privat, da die private Nutzung in einem vorgegebenen Rahmen gestattet ist.

Barbara überlegt, ob sie sich auch als Nachbarschaftshelferin der Spielothek melden sollte, damit sie nicht mehr auf Arnes alten *Scirocco* angewiesen wäre.
An einem der kommenden Feiertage will sie Arne die Pistole auf die Brust setzen und ihn zum Auszug drängen. Für Schmarotzer hat sie einfach nicht genug übrig.

Mehrere Briefe im Kasten, als sie Heiligabend gegen 14:15 Uhr nach Dienstverrichtung und anschließendem kurzem Lebensmitteleinkauf zu Haus ankommt.
Schon wieder einer von Birger | Waltherscheidt.
Egal. Zuerst wird ausgepackt, eine Packung Weißwein aufgeschraubt, ein Wasserglas gefüllt, der Inhalt gierig und ungenüsslich runtergekippt; alles Weitere an seinen Platz gebracht.
Was will Kollmann denn schon wieder, kann er nicht wenigstens an den hochheiligen christlichen Feiertagen Ruhe geben?
Er schreibt, dass Barbara jetzt nach Jörgs Tod zunächst drei Monate lang, während des so bezeichneten Sterbevierteljahres, die vollen Bezüge aus der Witwenrente zustehen, zumal ja auch noch zwei minderjährige Kinder vorhanden sind, die grundsätzlich Anspruch auf Waisenrente haben, vor allem, sofern sie zur Schule gehen beziehungsweise sich in Ausbildung oder Studium befinden.
Demnach stünden Barbara 55 bis 60 % der erworbenen Ansprüche ihres verstorbenen Ehemannes zu, je nachdem, ob das alte oder neue Recht greift.
Im Anschluss bemisst sich die Höhe am Einkommen des Hinterbliebenen, was sich in Barbaras Fall ungefähr mit dem zugestandenen Freibetrag decken könnte, sodass sie

keine Abzüge zu befürchten hätte.
Er schlägt vor, einen Termin bei einem Versichertenältesten zu vereinbaren, der sie entsprechend beraten und alles Nötige für die Beantragung in die Wege leiten könnte.
Wieso macht Kollmann sich solche Mühe?
Barbara markert seine Tipps, um sie nach den Feiertagen schnellstmöglich umsetzen zu können.
Sie füllt sich das Glas erneut und schwingt ihren rund und prall gewordenen Hintern auf die Arbeitsplatte, was, im Gegensatz zu früher, nur noch mit Mühe und viel unterstützendem Abstützen beider Arme und Hände gelingt. Ihr Atem keucht.
Die Dienstkleidung fängt auch schon an zu kneifen. Wahrscheinlich muss sie demnächst Größe 46 bei Frau Grabowski beantragen.
Um über solche Nebensächlichkeiten vertieft nachzudenken mangelt es ihr an Zeit.
Funktionieren lautet die Parole.
In den Spiegel schaut sie nur noch, wenn sie die Spuren ihres ungesunden Lebensstils gepaart mit Alterserscheinungen im Gesicht mit reichlich Cover-Make-up zu kaschieren versucht.
Weh tut es jedes Mal. Was ist nur aus dir geworden, wird sie dann von ihrem Spiegelbild gefragt.
Der nächste Brief ist vom Jugendamt.
Jugendamt?
Was können die wollen?
Mit einer Zeigefingerspitze ertastet Barbara am oberen Briefrand eine ungeklebte Stelle, missbraucht den Finger als Öffner und reißt den Umschlag fetzenförmig auf.
Da heißt es:

„Sehr geehrte Frau Schulz,
vom Amtsgericht Ibbenbüren wurde uns mitgeteilt, dass Ihr Ehemann die Scheidung beantragt hat.
[...]
Weil minderjährige Kinder vorhanden sind, gehört es zu unseren Pflichten, deren zukünftigen Verbleib sicherzustellen. [...]"
Barbara braucht peinlindernden Nachschub aus der Weinpackung.
Jörg hatte also tatsächlich schon vor Monaten einen Scheidungsantrag gestellt.
Wieso erfährt sie davon erst jetzt, wieso auf diese Weise?
Sie schiebt sich runter von der Arbeitsplatte.
Im schnurlosen Festnetzapparat wählt sie Kollmanns Nummer.
Außerhalb der Geschäftszeiten meldet sich logischerweise der AB der Gemeinschaftskanzlei.
Barbara plappert drauflos, dass sie benachrichtigt wurde wegen der anstehenden Scheidung. Sie fragt, ob ihr trotzdem Witwenrente zustehe und ob das Jugendamt ihr die Kinder entziehen könne.
Signalton.
„Das Ende der zeitlichen Kapazität der Bandaufzeichnung wurde erreicht. Vielen Dank für Ihre Nachricht."
Barbara drückt die Taste für Wahlwiederholung.
„Herr Kollmann, jajaja, Sie haben mich schon oft gerettet."
Ein amüsiertes Kichern entweicht Barbaras Mund.
Im selben Moment weiß sie, dass es unangebracht und völlig fehl am Platz ist. Zurückhalten kann sie es dementgegen nicht.
„Neinneinnein, ich möchte nicht undankbar wirken. Sie

sind der einzige und erste scheiß Mensch in meinem scheiß Leben ..."
Unfähig, den Satz fortzuführen, kichert sie intensiver.
„Einziger macht erster mehr als flüssig, man könnte sagen überflüssig."
Das Kichern wächst sich zu einem Lachkrampf aus.
„Das Ende der zeitlichen Kapa..."
Sie drückt die Taste mit dem roten Hörersymbol und hält sich den Bauch, der in letzter Zeit sicht- und spürbar Fettreserven angelegt hat.
Erneut Wahlwiederholung.
Nach der Bandansage spricht sie: „Herr Kollmann, wollte Jörg das alleinige Sorgerecht beantragen? Warum schreibt mich sonst das Jugendamt an? Ich komm da nich' mehr mit. Helfen Sie mir bitte weiter. Krieg ich jetz' überhaupt noch Witwenrente, ich meine wegen der Scheidung? Bevor ich's vergess, Frohes Fest für alle, die dran glauben! Ich hab auch mal geglaubt, dass ich dran glauben müsste. Tschüss."

Den dritten Brief lässt Barbara außer Acht.
Ihre Couch ruft sie, sie schreit quasi nach ihr.
Morgen hat Barbara was? Früh, Spät, Nacht?
Heilige Nacht ist heut.
Ja, scheiß drauf, für wen denn?
In der Küche schaut sie auf den Gemeinschaftskalender.
Eine frühe Spätschicht, von 14 bis 20 Uhr wurde ihr von Grabowski für den ersten Weihnachtstag zugewiesen.
Sie schleppt sich nach oben vor Pauls Tür und klopft laut mit der Außenkante der korrekt geballten Faust dagegen. Der Daumen umschließt die eingerollten Finger, nicht umgekehrt. Er würde ansonsten unter Umständen

bei einem kräftigen frontalen Faustschlag mit den Fingerknöcheln brechen.
Gelernt ist gelernt. Ist wie Fahrradfahren, musste sie sich so oft von Taekwondo-Zuschauern anhören.
Nein, das ist es eben nicht.
Außer Schwimmen und Fahrradfahren verlernt man das meiste wieder, sofern es lange Zeit nicht abgerufen und angewendet wurde.

Mathe hatte Barbara als drittes Abi-Fach. Analytische Geometrie hatte sie geliebt.
Heute bekäme sie unmittelbar nicht einmal mehr einen simplen Dreisatz auf die Reihe.

Pauls Tür geht auf.
Einen Sekundenbruchteil treffen sich Blicke von Mutter und Kind. Barbara muss ihre abwenden. Sie fühlt sich so unaussprechlich schuldig.
„Mein lieber Sohn, es passiert immer noch so viel Unvorhergesehenes, was mich zeitweise überfordert. Wenn du Hunger hast, mach dir was aus dem Gefrierschrank im Backofen warm, Pizza, Pommes, Panini ... Nächstes Jahr wird alles besser. Fest versprochen! Ich hab dich ganz doll lieb! Gib es bitte auch an deine Schwester weiter, mich hört sie nicht."

Es klang, als hätte sie den Text zuvor eingeübt, ungelenk, steif und unnatürlich. Das dachte sie bereits nach den ersten drei Worten.

Pauls Geschenk, eingepackt in Papier mit glitzernden asymmetrischen Motiven auf dunkelblauem Hinter-

grund, das sie wie alle anderen im geräumigen Topfschrank in der Küche verborgen hatte, drückt Barbara ihm kommentarlos in die Hände.
Es ist eine Sammelbox mit Blue-Rays aller Star-Wars-Episoden, die Paul leidenschaftlich vergöttert.
Als Clou hat sie ihm mit der Heißklebepistole drei kleine Lego-Figuren aufgeklebt, die sie extra in einem Spielzeugfachgeschäft in Rheine besorgt hatte.
Yoda, ihre Lieblingsfigur, Luke Skywalker und R2D2.
Klebstoff und Papier lassen sich anschließend von den Figuren entfernen.
Paulas Geschenk, ein Bildband mit den Werken der bedeutendsten Künstler seit Beginn des achtzehnten Jahrhunderts bis zur Jetztzeit, mit ausführlichen Hintergrundinformationen, stellt sie zu Pauls Füßen neben der Türzarge ab. Den Gutschein für eine Wellnessbehandlung im Kosmetikstudio legt sie obenauf, unfähig, ihren Sohn erneut anzuschauen.

An Arnes Tür klopft sie nicht, sie öffnet sie und tritt ins Zimmer.
Ihr unförmiger Jugendfreund liegt rücklings auf seinen Isomatten und schnarcht.
Kein Alkoholgestank.
„Liegt am Wodka, der verursacht keine Fahne", hatte Arne sich erst kürzlich geäußert.
Mit dem rechten Fuß berührt Barbara seine Brust und wackelt seinen speckigen Oberkörper von rechts nach links.
„Arne, wir müssen reden. Hey, es ist wichtig!"
Seine gleichmäßigen Schnarchgeräusche münden bei Barbaras Berührung in kurzzeitiges Schweinegrunzen,

damit darauffolgend wieder ruhig und regelmäßig lautstark knatternd sein Atem die Nasenhöhlen passieren kann.

Mit dem ist heute nichts mehr zu machen, ist Barbara sich sicher.

Ihr Geschenk für ihn, eine wiederaufladbare Plastik-Kinokarte mit gespeichertem Guthaben von 20,- €, legt sie neben ihm auf dem Teppich ab. Auf der Schutzhülle hatte sie notiert: „Vielleicht schauen wir uns mal gemeinsam einen Film an? Früher hast du Kino vergöttert. LG Barbara"

Bevor sie zu ihren Eltern rübergeht – wenn sie darüber nachdenkt ein Wunder, dass die wegen der unmittelbar bevorstehenden Feiertage noch nicht aufdringlich geworden sind – muss sie Wein nachtanken.

Ein bis obenhin gefülltes ehemaliges *Thomy*-Senfglas später klingelt sie an deren Haustür.

„Hichen", lächelt sie, als die Tür sich öffnet. „Kann ich kurz reinkommen?", fragt sie ohne zunächst zu registrieren, wer die Tür aufgemacht hat.

Schnurstracks spaziert sie hinter ihrem sogenannten Vater in die Küche, weil sie dort ihre aus ihrer Sicht ebenso fälschlich bezeichnete Mutter vermutet.

Bingo.

„Eltern seid ihr für mich nie gewesen", lässt Barbara ihrem alkoholgepepptem Unmut Lauf. Dabei ist es ihr scheißegal, ja, echt voll Banane, wie ihre Eltern reagieren oder sich fühlen könnten.

„Ich wollte euch trotzdem ein Weihnachtsgeschenk schenken." Barbara unterbricht selbst ihren weiteren Redefluss mit Gekicher.

Ein Geschenk schenken. Ist das auch schon wieder so 'n

Pleonasmus? Scheißegal.
„Heute und an allen anderen Feiertagen muss ich arbeiten. Hier habt ihr was zum Auspacken."
Für die Mutter ein in Cellophan verpacktes Duschgel mit passender Bodylotion, für den Vater ein für Barbaras Nase gut riechendes Aftershave.
„Lasst uns bitte in Ruhe. Nächstes Jahr wird alles besser, versprochen", wendet Barbara sich zum Gehen.
„Aber die Kinder?"
„Soll ich eure Geschenke schnell mitnehmen? Stellt sie sonst doch einfach vor die Tür. Bitte ohne Klingeln."
Schwankenden Gangs schon wieder an der Elternhaustür angelangt, hört sie ihre Mutter noch einmal intervenieren: „Aber ich wollte für uns alle Essen machen."
„Ein anderes Mal."
Beim Hinausgehen schätzt Barbara die Stufenbreite der Außentreppe falsch ein, stolpert, fängt sich wieder.
„Scheißtreppe, hab ich schon immer gehasst. Noch dazu das fehlplatzierte Geländer, an dem man sich nicht mal festhalten kann, weil ... ach, scheiß drauf, auf alles! Es kotzt mich an!"
„Barbi, wer ist denn der junge Mann, der bei euch wohnt?", ruft die Mutter ihr hinterher. „Der kann mit zum Essen kommen."
Barbara dreht sich um.
„Haha, den bezeichnest du so? Typisch für dich. Früher habe ich dich dafür gehasst, mittlerweile beneide ich dich um deine geistige Umnachtung."
Sie geht nicht nennenswert hinkend mehrere Schritte zurück zum Elternhaus.
„Dass Jörg, euer einstiger einziger Schwiegersohn tot ist, wollte ich auch noch gesagt gehabt haben."

Wie ein Pferd nach dem Wiehern prustet sie Luft abwechselnd durch Nase und Mund.
Laut Gesichtsausdruck ihrer Mutter scheint diese die Welt nicht mehr zu verstehen.
Barbara versucht ihr zu erklären, dass sie gerade über sich selbst lacht.
„Das ist doppeltes Plusquamperfekt, kapierst du, Super-, Hyper-, Megaplusquamperfekt."
Sie beugt leicht die Knie, presst sie aneinander und drückt sich eine Hand vor den Schritt, damit sie nicht auf der Stelle lospinkelt.
„Das ist eine Zeitform, die ich schon immer gehasst habe wie die Schwulen das HI-Virus. Und – dass ich das jetzt benutze, was sagt das über mein Verhältnis zu euch …"
„Da steht ein gelber Transporter vor eurer Tür", gibt Barbaras Vater seinen geistigen Erguss in ihre vom Thema abgeschweiften akustisch artikulierten Gedanken.
„Ihr klebt hier garantiert den ganzen Tag an den Fenstern und glotzt euch die Augen aus den Schädeln, damit ihr wisst, zu wissen glaubt, was bei uns vor sich geht."
Leicht, wirklich nur ganz dezent schwankend macht Barbara kehrt und geht zu ihrer Hauseinfahrt, wo der DHL-Wagen parkt.
„Hallo?"
„Ich habe eine Lieferung für diese Adresse. Bin ich da hier richtig?"
Barbara schaut auf die Anschrift.
Es ist für Arne.
„Ja, eigentlich schon."
„Eine Nachnahmegebühr von 249,37 € bekomme ich dann."
„Nachnahme, gibt's das noch?"

„Wir bieten den Service noch an."
„Moment, bitte."
Barbara schließt das Haus auf und geht in die Küche, nimmt ihr Portemonnaie vom Regal.
An der Haustür reicht sie dem Lieferanten ihre Debitkarte.
„Tut mir leid, nur Barzahlung."
„Geht nicht, so viel hab ich nicht zuhaus."
Der Liefermuckel zückt eine postkartengroße Pappkarte und Stift, kreuzt an, füllt aus.
„Sie können's dann nach den Feiertagen in der Filiale abholen, da geht auch Kartenzahlung", reicht er Barbara das dicke Papier.
Kaum ist die Haustür geschlossen, hört sie Schritte in kurzer Folge auf der Holztreppe.
Arne.
„War das für mich?"
Barbara kommt kaum zum Nicken, Arne zieht sie weg von der Tür, reißt die Tür auf, rennt raus. Sie schaut ihm nach, wie er verzweifelt versucht mit Winken und Rufen den Fahrer zu stoppen.
Doch der gelbe Wagen biegt für Arne unerreichbar um die Ecke der Zufahrt.
Ganz und gar ist er aus der Puste als er Barbara in einer Mischung aus Wut und Verzweiflung noch vor der Haustür zu erklären versucht, wie wichtig die Lieferung für ihn ist und vor allem, dass er ohne diese die kommenden Tage wie ein Fisch auf dem Trocknen schwimmt, was für ihn ein Ding der Unmöglichkeit ist.
„Warum hast du mich nicht gerufen?"
„Hast du schon mal versucht, einen Toten zum Leben zu erwecken? Sorry, ich war kurz zuvor bei dir. Komm erst

mal wieder rein, ich hab noch genug Wein."
Als Barbara mit *Tetra Pak* und zwei Gläsern das Wohnzimmer betritt, sitzt Arne auf der Ledercouch – ihrer Couch. Unwohlsein in sämtlichen ihrer Eingeweide wird ausgelöst.
„Ich hatte es schon mehrfach gesagt. Mein Sofa ist mir zurzeit heilig, lass uns zum Esszimmer rübergehen."
Am Esstisch füllt Barbara beide Gläser. Arne leert seins in einem Zug und hält es ihr zum direkten Nachtanken hin. Eklig und armselig ist das, denkt sie.
„Du als Ungläubige solltest sakrale Begrifflichkeiten meiden", beginnt Arne das Gespräch. „Es gibt genügend profane Variationen auszudrücken, was du meinst."
„Ah-so, was meine ich denn deiner Meinung nach?", schließt Barbara an.

Beim Betrachten seiner nachdenklichen Gesichtszüge assoziiert sie, wie sie einst, als beide noch jung und voller Lust aufs Leben waren, ihn bewundert und zu ihm aufgeschaut hatte. Er war ihr immer voraus, auf allen Gebieten, obwohl ein Jahr jünger als sie. Und er durfte zum Gymnasium gehen, wenn auch nur bis zur zehnten Klasse durchgehalten, aber immerhin besser als ihre ihr elterlicherseits aufgepfropfte Schule.

„Den Unterschied zwischen Agnostizismus und Atheismus mögen Viele als eher gering betrachten, er ist aber gravierend", skandiert Arne weiter ohne auf die vorangestellte Frage einzugehen und leert das zweite Glas zur Hälfte. Seine Gesichtszüge entspannen sich. Er greift jetzt selbst zur Weinpackung und füllt sein halbvolles Glas erneut bis obenhin.

Erwartungsvoll schaut Barbara in seine schönen leuchtend braunen Augen. Die weißen Augäpfel sehen mitgenommen aus, überanstrengt, mit vielen sichtbaren roten winzigen Kapillaren von Iris bis Lidregion durchzogen.
Sie gönnt sich selbst mehrere Schlucke des Billigweins, den sie trotz allem halbwegs akzeptabel findet. Er erfüllt seinen Zweck.
„Agnostiker sind feige Opportunisten. Möchtest du dir die Möglichkeit offenhalten, dass es eventuell doch sowas wie einen Gott oder höhere Mächte geben könnte, die unser Verstand nur nicht fassen kann?"
Einen Moment braucht Barbara, um sich und ihre Gedanken bezüglich Arnes Frage zu sammeln.
„Also, du überraschst mich immer wieder. Eigentlich – nein, ganz bestimmt bin ich überzeugt, alles, was für uns erfahrbar und auch nicht erfahrbar ist, unterliegt Naturgesetzen."
„Es gibt demnach kein Schicksal?"
„Natürlich nicht. Dass unser wunderschöner und, soweit wir dank des technischen Fortschritts ungezählte Lichtjahre ins Universum blicken können, einzigartiger Planet entstanden ist, mit all den vielfältigen Lebensformen, ist reiner glücklicher Zufall. Wie ein Sechser mit Zusatzzahl und sonstigem Schnickschnack im Lotto. Unwahrscheinlich, aber passiert trotzdem."
„Was ist mit Reinkarnation?"
„Meine Antwort erübrigt sich. Völliger Schwachsinn. Ein Leben, hier und jetzt. Nichts davor, nichts danach."
„Mit deiner nihilistischen Einstellung bist du eindeutig Atheistin, nicht Agnostikerin."
Barbara nimmt erneut mehrere Schlucke aus ihrem Glas.
„Dann hab ich wohl jemanden doof sterben lassen", lacht

sie, denkt dabei an Frank und findet ihre Worte wirklich lustig.

Arnes Blicke, die gebannt auf ihr ruhen, erschrecken sie. Kühl und abgeklärt. Ein Triumph, den Barbara nicht deuten kann, wohnt ihnen inne.

„Du darfst auch nicht mehr fahren", steht er unerwartet auf. „Ich lauf zur Tanke. Die haben noch geöffnet."

Seinen Körper muss er mit höherprozentigem Treibstoff versorgen, vermutet Barbara. Ihr Wein kann da nicht mithalten.

„Ach so", wendet er sich im Gehen um, „wäre dir dankbar, wenn du im Anschluss an die Feiertage nach deinem Job mein ‚Weihnachtsgeschenk' (dabei hebt er eine Hand und symbolisiert mit Zeige- und Mittelfinger Anführungszeichen) abholen könntest, mein Auto hast du ja."

„Und das Geld dafür?"

„Kriegst du wieder."

Am ersten Weihnachtstag wacht Barbara auf ihrem wertgeschätzten Sofa auf.

12 Minuten vor neun zeigt die funkgesteuerte Wanduhr im Esszimmer an.

Was ist heute? Erster Weihnachtstag. Ein ganz gewöhnlicher Arbeitstag.

Okay, ja, stimmt, 14 Uhr antreten.

Genügend Zeit also, um wieder auf die Beine zu kommen.

Barbara rollt sich in die Seitenlage, um seitwärts ihren über die Wochen von zu viel Alkohol gequollenen Oberkörper aufrichten zu können.

Vor Jahren, nachdem sie mal den Rücken verknackst hatte, mit tagelang folgenden extremen Schmerzen, hatte sie gelernt, wie ungut es der Wirbelsäule tut, sich nach einem Schlaf aus der Rückenlage wie in einem Situp nach oben in eine aufrechte Sitzposition zu bewegen.

Nach Wasser schreien ihre Körperzellen.
Restalkohol- und schlaftrunken hält sie in der Küche ein ehemaliges Senfglas unter den Wasserhahn.
Sie hat es nie übers Herz gebracht, die schönen von *Nestlés Thomy* nach Inhaltsentleerung wegzuschmeißen. Deshalb reinigt und sammelt sie sie zur weiteren Verwendung.
Die kühle, fast geschmacksneutrale transparente Flüssigkeit dringt in ihre Eingeweide vor.
Sie schleppt sich zurück auf ihre Couch.
Erster Weihnachtstag ist, welche Schande.
Ihr fast ausgetrunkenes Glas stellt sie auf dem Couchtisch ab, mit dem Gedanken, sie bräuchte noch ein wenig „Füße hochlegen", bevor ihr Feiertagsalltag mit unerbittlicher Härte erneut zuschlagen wird.
Dazu kommt sie nicht.
Auf dem niedrigen Tisch steht ein professionell verpacktes Päckchen.
Kaum traut sie sich es anzufassen, ein kleines Klappkärtchen ist mit einem goldenen Bändchen an der Paketschleife befestigt.
„Frohe Weihnachten" steht zu lesen, innen signiert mit den Namen ihrer Kinder.
Ganz genau schaut sie hin.
Ja, Paula hat selbst unterschrieben. Schönschrift, im Gegensatz zu den bis zur Unleserlichkeit vermaledeiten

Buchstaben ihres Bruders.
Schade findet sie, dass ihre Kinder in diesem Punkt so sehr den gängigen Klischees entsprechen.
Mit null Geduld reißt sie die Verpackung auf.
Ein Buch ist es.
Von *Stephen Hawking*.
„*Eine kurze Geschichte der Zeit.*"

Dieses Buch wollte Barbara seit ihrer schulischen Laufbahn am Gymnasium gelesen haben. Aber immer waren andere Sachen wichtiger. Alles, nur nicht ihre Belange.
Ihr Physiklehrer hatte ihr erklärt, dass *Professor Hawking* selbst zum Atheismus tendiert, aufgrund seiner gesammelten Erfahrungen und seines reichlich angehäuften Wissens als Kosmologe. Trotz der mutmaßlichen Unendlichkeit des Universums sei nach naturwissenschaftlichen Erkenntnissen nirgends Platz für einen Gott, so *Hawking*. Alles basiere auf Zufallsprinzipien.
Barbara bewundert ihn. Ein genialer Geist, gefangen in einem Körperkäfig, bedingt durch ALS, einer Motoneuronenerkrankung, welche die Nerven degeneriert, die für die Impulsweiterleitung an die Muskeln zuständig sind, damit diese kontrahieren.
Sie ist überzeugt, ohne seine immense geistige Kraft und Überlegenheit hätte er die Prognosen der Ärzte, die ihm eine Lebenserwartung unweit jenseits der Zwanzig vorausgesagt hatten, nicht um viele Jahrzehnte getoppt.
Stolze 76 ist er geworden.
Ein Geschmäckle hat sich allerdings in ihre Verehrung gemischt, als sie während ihrer Knastzeit eine Reportage über *Jane*, seine erste Frau und Mutter der gemeinsamen drei Kinder, im Fernsehen verfolgt hatte.

Nach *Janes* Aussagen hat er ausschließlich seine eigenen personenbezogenen Interessen in den Vordergrund gestellt. Was sie Enormes geleistet hat, für ein unter schwierigsten Bedingungen funktionierendes Familienleben, hat kaum jemand erkannt oder gewürdigt.
Nach der Reportage hatte Barbara sich gefragt, wie diese Frau in der Lage war Sex mit jemandem zu haben, der sie weder streicheln noch sonst wie liebkosen konnte.
Durch die Nervenkrankheit scheint die Reizübertragung zu den Schwellkörpern nicht blockiert zu werden. Ja, gut, sind ja auch keine Muskeln, sondern Blutgefäßgeflechte.
Die Initiative konnte doch aber nur von *Jane* ausgegangen sein, oder?
Musste sie ihren Mann überreden – hat sie ihn vielleicht sogar gegen seinen Willen …? Physisch wehren konnte er sich nicht.
Wahrscheinlich hat sie ihn aufrichtig geliebt und gehofft, dass sich seine mentale Genialität über sein Sperma in ihren Eizellen fortpflanzt.

„Wir wünschen uns, dass es dir gefällt."
Auch das hat wieder Paula geschrieben.
Sämtliche Körperflüssigkeiten möchten Barbara über den Weg durch die Augen verlassen.
Alles, was sie innerlich aufbieten kann, stemmt sie dagegen.
Paula.
Ihre Tochter.
Ist das ein erster zaghafter Annäherungsversuch?
Hat Paul mit ihr geredet?
Wer sonst.

Am Siebenundzwanzigsten kontaktiert Barbara telefonisch ein nachbarörtliches Bestattungsinstitut. Weil sie den Tag erwerbstätigkeitsfrei hat, bestellt sie den Bestatter zu sich nach Hause.

„So billig wie möglich", sind ihre ersten Worte als er am frühen Nachmittag eintrifft.

Ja, selbstverständlich versucht er ihr ein schlechtes Gewissen zu machen, dass Angehörige immer eine Stätte des Gedenkens bräuchten, dass schon viele anschließend bereut hätten, wenn sie sich anders entschieden hatten.

Barbara schüttelt beständig den Kopf.

„Aber denken Sie doch bitte an ihre Kinder, für sie wird es enorm wichtig sein, sich an einem bestimmten Ort an ihren Vater erinnern zu können."

„Sie können sich überall und zu jeder Zeit an ihren sogenannten Vater erinnern, wenn sie denn wollen, mit Fotos, im Traum, im Geiste."

Barbara setzt sich durch.

Anonyme Seebestattung beauftragt sie. Alles in allem 1200 €.

Schließlich muss sie an sich und vor allem an die Zukunft ihrer Kinder denken.

Kommt sie allein und aus eigener Kraft über die Runden?
Kann sie das Haus halten?

Paul und Paula werden nach dem Abi hoffentlich studieren wollen. Ist das alles finanzierbar?

> Ihre Entscheidungsfindung wird sie den Kindern so erklären, dass sie den Gedanken tröstlich fand, dass sie, wann und wo immer es regnet, auf der ganzen Welt, in Gedanken bei ihrem Vater sein könnten, sofern sie wollten.

Meer – Sonne – Verdunstung – Wolkenkondensat – Regen – Meer – Sonne ...

Um Erbschein, die Rente beziehungsweise Renten für sie und die Kinder will sich gerne der Bestatter kümmern.
In dem Punkt gibt Barbara nach. Im Vergleich zu üblichen aufgeschwollenen Bestattungskosten gleicht ihr Auftrag eher Peanuts.

Festnetzgeklingel.
Barbara entschuldigt sich mit Gesten ihrer Hände beim Bestatter.

„Frau Schulz, um kurz ihre Frage zu beantworten, da kein rechtskräftiges Scheidungsurteil vorliegt haben Sie vollen Anspruch auf Witwenrente", klingt Kollmanns Stimme aus dem Schnurlosapparat.
„Das ist das beste nachträgliche Weihnachtsgeschenk, das mir jemals gemacht wurde."
Barbara erläutert, dass sich der anwesende Bestatter diesbezüglich kümmern wird.
Kollmann gibt ihr den Tipp, einen Festpreis für diese Zusatzleistungen zu vereinbaren, der sollte maximal bei round about 200 € liegen. Seinen Hinweis, dass es auch ehrenamtlich tätige Rentenälteste gibt, konterkariert sie, dafür mangele es ihr an Zeit und Geduld. Zudem sei die Bestattung so billig wie nur möglich.
Barbara bedankt sich vor Beendigung des Gesprächs erneut für so viel Beistand des Anwalts.
Er muss seinen Job wohl lieben.

„Um Sterbeurkunde vom Standesamt und weitere not-

wendige Formalitäten kümmere ich mich auch", kommt ihr der Bestatter entgegen, nachdem Barbara ihn von 299 auf 229 € runtergehandelt hat.
„Ich benötige Geburts- und Eheurkunde", sagt er. „Personalausweis liegt in der JVA vor", bestätigt er sich selbst. „Gibt es eine Lebensversicherung?"
Daran hatte Barbara bisher überhaupt noch nicht gedacht.
„Ja, Moment, Jörg hatte eine Risikolebensversicherung abgeschlossen."
„Wer ist als Begünstigter eingetragen?"
„Ich, falls ihm etwas zustößt, weil er alleiniger Verdiener war, damit die Kinder und ich ..."
„Haben Sie die Police?"
Barbara holt den Ordner „Versicherungen" aus dem Jalousieschrank in der Abstellkammer.
Nach ein wenig blättern erscheint der gesuchte Versicherungsschein.
Der Bestatter macht ein paar Fotos mit seinem iPhone.
„Hier ist auch noch eine Unfallversicherung", fällt Barbara beim weiteren Durchblättern auf.
„Die zahlt nur bei unfreiwillig erlittenen Gesundheitsschäden. Suizid fällt nicht darunter", erläutert der Beisetzer.
„Wie sieht es aus mit Verwandten Ihres Mannes, den Eltern, Geschwistern und so weiter?", schließt er eine Frage an.
Barbara fällt es schwer, ihre Gedanken in eine Richtung zu fokussieren, die sie bisher komplett ausgeblendet hatte.
„Jörg ist wie ich Einzelkind", antwortet sie nach einiger Zeit der innerlichen Sammlung. „Es gab so viele Gemein-

samkeiten, wegen derer ich dachte, wir seien seelenverwandt. Diesbezüglich habe ich mich nicht nur in ihm getäuscht."
An Frank denkt sie.
„Es ist gut möglich, dass es noch lebende Onkel, Tanten, Cousinen oder Cousins geben könnte. Jörgs Eltern waren kurz nach unserer Hochzeit bei einem Verkehrsunfall tödlich verunglückt."
Dem Bestatter genügt das. Er verabschiedet sich.
Beim Händeschütteln fragt er Barbara, in welcher JVA Jörg einsaß.
Erst in diesem Moment fällt ihr auf, dass sie zuvor nie darüber nachgedacht hatte.
„Kein Problem", meinte er bezüglich ihrer Unwissenheit, „ich find schon raus, wo Leiche und Totenschein auf Abholung warten."
Barbara begleitet ihn hinaus. Er steigt in einen nachtblauen Porsche Cayenne.
Mit dem Tod ist gutes Geld zu machen, denkt sie.

Am nächsten Tag – sie hatte eine ultrakurze Frühschicht von viertel vor sechs bis acht Uhr gearbeitet, danach Arne zur Dialyse gefahren, Haushaltskram erledigt – bittet sie Paul gegen Mittag, auf seinem Desktop-PC ihre Mails checken zu dürfen.
Er ist vertieft in *WOT*, *World of Tanks*, und daher gereizt unbegeistert ob ihrer Bitte.
„,Deine' Panzer kannst du gleich weiter abknallen. Sobald ich einen finanziellen Überblick habe, kaufe ich mir ein eigenes Notebook, versprochen. Und – ich reiße mir den Arsch auf für uns, damit – ach, denk mal bitte selbst darüber nach."

Kollmann, schon wieder er, übermittelt elektronisch, dass der Fundort im Wald nach dem Prozess nochmals gründlichst durchforstet wurde und Grabungen wurden vorgenommen, um eventuell Handy und Navi zu finden.
Eine wie üblich postalische Nachricht war ihm diese Mitteilung mutmaßlich nicht wert.
Franks Haus und sein Wohnbereich wurden zwischenzeitlich genauso erneut von der SpuSi gefilzt, um vielleicht vorhandene Spuren von Jörg zu entdecken und zu sichern.
Leider wurde die Wohnung im Auftrag der Erben zwischenzeitlich renoviert, vermietet und neu bezogen.
Mit einer derartigen Wendung im Fall konnte im Vorhinein schließlich niemand rechnen.
Die Staatsanwaltschaft wertet Jörgs Freitod dahingegen als Tateingeständnis und hat aufgrund der neuen, nicht vorhersehbaren Faktenlage, die Revision zurückgezogen.
Zudem hätte eine Überprüfung des Urteils unter allen rechtlichen Gesichtspunkten ohnedies nur geringe Erfolgsaussichten für die eingelegte Revision ergeben.

Juhu, juhu, juhu, damit müsste das Urteil rechtskräftig sein, juchzt Barbara innerlich.
Das Festnetz ertönt.
„Danke", sagt sie zu Paul, „schließ mal bitte alles", und eilt hinunter.
„Guten Tag Frau Schulz", meldet sich der Bestatter. „Zuerst die guten Fakten oder die schlechte Nachricht?"
Barbara ist nicht zu Scherzen aufgelegt. Sie schweigt.
„Also gut, hinsichtlich der Lebensversicherung kann ich Ihnen nichts Positives mitteilen. Ihr Mann hatte, nach-

dem Sie in U-haft verbracht waren, Sie als Begünstigte ersetzen lassen."
„Woher wissen Sie das?"
„Ich hatte mich wie abgesprochen mit der Versicherung in Verbindung gesetzt."
„Nein – ich meine ja – woher wissen Sie von meiner Untersuchungshaft?"
„Ihr Fall ist nicht ganz unbekannt, wenn ich das so ..."
Barbara fällt ihm ins Wort.
„Mein Mann hatte mich ersetzen lassen, durch wen? Doch wohl unsere Kinder!"
„Ja."
„Dann ist doch alles gut."
„Bedaure, nein. Durch die Vertragsänderung tritt erneut die Klausel in Kraft, welche besagt, dass die Versicherung nicht leisten muss, wenn der Versicherungsnehmer innerhalb von drei Jahren durch Suizid aus dem Leben scheidet."
Der Schnurlosapparat rutscht in Barbaras feucht gewordenen schlaffen Fingern nach unten. Im letzten Moment kann sie noch so eben das obere Drittel des Telefons festhalten. Beim Aufprall auf den Fliesenboden wäre es wahrscheinlich zerborsten.
Sie nimmt es in die linke Hand.
„Und da kann man nichts machen? Wie viel wäre es denn gewesen?"
„Nein. Siebzigtausend."

> Mit dem Geld hätte Barbara den restlichen Kredit, der noch auf dem Haus lastet, begleichen können. Und sogar noch etwas übrigbehalten.
> So ein hohles Arschloch, ihr Jörg.

> War das sein Selbstmordmotiv?
> Denkbar. Alle sollten wohl wie er zugrunde gehen.

„Aber nun zu den guten Nachrichten. Nach telefonischer Rücksprache mit der Rentenversicherung Westfalen steht Ihnen die große Witwenrente nach alter Rechtslage zu. Das heißt, Sie haben Anspruch auf 60 % der erworbenen Anwartschaften des Verstorbenen."

> Des Verstorbenen. Wie kühl, sachlich und unnahbar. Es ist der Mensch, dem sie sich hingegeben hat, mit dem sie alles geteilt hat.
> Verlassen hätte sie ihn niemals.
> Oder doch?
> Wenn Frank ehrlich zu ihr gewesen wäre?

„Wie viel?"
„Um die 840 Euro monatlich. Hinzukommen noch ungefähr 140 Euro pro Kind an Halbwaisenrente, die gezahlt wird, solang sich Ihre Kinder in Schule, Ausbildung und so weiter befinden."
In Barbaras Hirn tickert es.
Der Bestatter lässt ihr keinen Raum zum Nachdenken.
„Dazukommend dürfen Sie das 26,4-fache des aktuellen Rentenwertes erwerben."
Es schwindelt Barbara. So viel Input. So viele Fachbegriffe, von denen sie erstmalig hört, jedenfalls bewusst.
„Wie viel ist das?"
„Müsste sich in Ihrem Fall noch einmal so ungefähr um die Summe der Witwenrente handeln."
„Brutto oder netto?"

„Letzteres."
Barbaras Kopf läuft warm.
Zusammen mit dem Kindergeld kommt sie inklusive Nettolohn und Witwenrente auf etwas mehr als 2300 Euro.
„Wooh".
Dann könnte sie Paul und Paula die Waisenrente von insgesamt 280 Euro halbiert jeweils als Taschengeld überlassen. Bekleidung und andere persönliche Konsumgüter müssten sie dann selbstständig davon bestreiten.
Aber halt, so viel wie bisher darf sie ja gar nicht zur Witwenrente dazuverdienen. Mit Grabowski muss sie reden, dass sie ihre Stunden kürzen muss, ungefähr um 20 auf 110 pro Monat. Die wird nicht begeistert sein ...
„Frau Schulz?", unterbricht der Bestatter ihre Gedankengänge.
„Ja – also – ja, das muss ich jetzt erst einmal verdauen."
„Selbstverständlich erfolgen schriftliche Mitteilungen."
Die Stimme des Bestatters klingt irritiert.
„Ja, vielen Dank, hätte schlechter laufen können."
Im Moment der Aussprache ist Barbara unzufrieden mit ihren Worten. Wirklich gute Arbeit hat der Beisetzer geleistet. Sie findet nicht den Dreh, ihn das aus ihrem Mund wissen zu lassen.
„Noch zu der anonymen Seebestattung. Termin ist in drei Wochen ab Norddeich. Zwar ist es unüblich, aber ich könnte es arrangieren, dass Sie und die beiden Kinder in aller Stille auf dem Schiff anwesend sein dürften."
Impulsartig will Barbara verneinen.
Ihre Zwillinge. Sie haben ein Recht darauf, wenigstens in diesem Punkt selbst zu entscheiden.
„Das ist sehr nett. Ich werde sie fragen."

In der Küche wendet sie sich der Post zu, die sie wie immer routinemäßig aus dem an der Hauswand befestigten Briefkasten genommen hatte, vorm Betreten ihres Hauses.
Werbung; Prospekte; eine Broschüre; ein Wickelleporello der ortsansässigen Pizzeria mit Speisekarte, die unter anderem besagt, Lieferung frei Haus innerhalb Bevergerns; und ein Flyer des Frisiersalons.
Angesichts dieses Wusts an Papierverschwendung hatte Barbara schon häufiger darüber nachgedacht, auf ihren Briefkastendeckel ein Schild „KEINE WERBUNG" zu kleben. Jedoch bekäme sie dann ebenso nicht mehr solche Zeitungen wie die „*Wir in ...*", die, um sich zu finanzieren, leider vollgestopft sind mit Reklame. Aber über ein solches Blatt hatte sie schließlich ihren Job gefunden.
Zwei Briefe.
Einer handschriftlich an Barbara adressiert, der andere von Birger | Waltherscheidt.
Was Kollmann mitzuteilen hat, hat Priorität.
Sie reißt auf und liest hastig. Eingangs das übliche Kanzlei–Blabla: „Sehr geehrte ..."
Doch dann bleibt eine Vokabel haften: „Haftentschädigung".
Es klingelt an der Haustür.
Mit dem Schreiben in der rechten Hand öffnet Barbara.
„Warum hast du mich nicht abgeholt?", schreit Arne sie an. „Dafür stell ich dir mein Auto zur Verfügung! Hast du meine SMSen nicht gelesen?"
Er schiebt Barbara mit einer Hand zurück in den Flur und knallt die wuchtige Alu-Tür zu.
„Ich musste zurück den Bus nehmen", motzt er weiter.

Zwei Zimmertüren öffnen sich.

Von oben kommt Paul die Treppe herunter, von unten Paula herauf.

Wie Schutzengel stehen sie hinter ihrer Mutter.

Arne hält eine stabile Plastiktüte fest unterhalb der Tragegriffe, knüllt sie dort zusammen. Ersichtlich stammt sie von der Tankstelle.

Glas klimpert dumpf.

Ohne ein weiteres Wort zwängt er sich auf der knarzenden Holztreppe an Paul vorbei.

„Entschuldige, ich war arbeiten. Und überhaupt was ist mit dem Geld, so um die 250 Euro, die ich für dich ausgelegt hatte, um dein sogenanntes Weihnachtsgeschenk bei der Post abzuholen?"

Oben knallt die Tür.

„Ich kann dir deinen physischen Spritkonsum nicht auch noch finanzieren", schreit Barbara demungeachtet.

Die Tür öffnet sich erneut.

„Du meinst, weil dein eigener Konsum schon teuer genug ist?"

„Ich meine, weil ich schon den Sprit für deine alte Kiste alleine zahle."

Wieder wird die Zimmertür heftig zugeworfen.

Mit dem Brief in der Hand steht Barbara regungslos da.

Sie schaut ihren Kindern in die Gesichter, zuerst Paula, dann Paul.

Um das zu verstehen was sie ausdrücken bedarf es keiner Worte.

Arne muss weg!

Auch ihre Kinder ziehen sich in deren jeweilige Schutzräume zurück.
Eine geraume Weile steht Barbara noch bewegungsunfähig im Flur.
Das Gedankenkarussell in ihrem Kopf lässt sich nur mit Wein anhalten.
Zwei billige mit Billigwein gefüllte Wassergläser später, in ex geleert, stützt sie sich mit Unterarmen und Ellenbogen auf die Arbeitsplatte in der Küche und kommt zurück zu dem Punkt Haftentschädigung.
In etwa 25 Euro pro Tag stehen ihr laut Kollmann zu.
Barbara nimmt einen solarbetriebenen Taschenrechner aus einer Küchenschublade und tippt ein.
Das müssten ungefähr 6000 Euro sein, ±X.

6000 Euro für acht Monate?
Das ist ja nicht einmal so viel wie sie derzeit erwirbt, weit unter Mindestlohn. Dabei ist sie an ihrem jetzigen Arbeitsplatz nur stundenweise anwesend. Im Knast hingegen waren es 24/7.
Pro verbrachter Stunde in der Haftanstalt wird sie mit circa einem Euro entschädigt.
Ein Ein-Euro-Job, obwohl doch offiziell davon ausgegangen wird, dass sie unschuldig inhaftiert war.
Ist das Gerechtigkeit?

Etwas piepst.

Die Waschmaschine hat ihr Programm beendet.
Im Wäschekeller lädt Barbara deren Inhalt in einen Plastikkorb und hängt die auf 60 °C gewaschenen Doboks der Zwillinge auf die Leinen, nebst Frottierhandtüchern und anderer heller Kleidungsstücke. Von ihr, sogar von Arne finden sich einige darunter.
Beim Aufhängen denkt sie an den zweiten Brief.

Zurück in der Küche schlitzt sie den oberen Falz des Umschlags mit ihrem leicht lädierten Lieblingsschälmesser auf.

Über alle Maßen überstrapaziert, weil sie dieses Messer schon oft gegen seinen ursprünglichen Sinn und Zweck missbraucht hatte. Beispielsweise zum Drehen einer Kreuzschraube, um das Batteriefach ihres Funkweckers zu öffnen, wenn die Stromquelle aufgrund von langer Beanspruchung schwächelte. Dabei war ihr die einst wirklich spitze Messerspitze abgebrochen.

Statt der Spitze hat es seitdem eine schmale Kante. Diese Behinderung macht es für Barbara umso liebenswerter und nicht minder funktionstüchtig.
Fernerhin skalpiert es zuverlässig nach wie vor Kartoffeln, Zwiebeln ...

Barbara greift auf den Briefinhalt zu.
Ein weißes Blatt Papier, an zwei Stellen gefaltet.
Sie legt es auf die Küchenarbeitsplatte und streicht es glatt.
Die drei Drittel sind handschriftlich beschrieben.

Hallo Barbara,

ich weiß nicht, wie ich anfangen soll. Ich will mich auch kurzfassen.
Ich weiß nicht mehr, was ich denken soll.
Jörg hat sich das Leben genommen.
Warum?
Ich habe ihm geglaubt und vertraut. Für mich warst du die alleinige Schuldige, alle anderen die Opfer.
Jetzt bin ich mir nicht mehr sicher.

Sein/euer Auto steht hier bei mir am Haus.
Kannst/willst du es abholen?

Ich möchte gerne bei der Bestattung dabei sein dürfen. Ich würde mich ganz im Hintergrund halten. Ihr wart so viele Jahre beisammen, aber auch ich muss das Kapitel Jörg, das so vielversprechend begonnen hatte, abschließen können.

Ich habe keine eigenen, deshalb liebe ich eure Kinder.

Sie lieben dich.

Gruß Berbel Behring

Rückseitig teilt sie ihre Adresse und Telefonnummern mit.

Barbara knüllt das Papierblatt zu einer Kugel und wirft es mit aller Kraft gegen eins der bodentiefen Fenster, als sei es ein gegnerischer Schlagmann beim Baseball, den es daran zu hindern gilt, den Ball zu treffen und mit aller Wucht ins Feld zu katapultieren, um danach für seine Mannschaft einen Punkt erlaufen zu können.

> Wie kann diese Tusse es wagen ernsthaft zu behaupten, dass sie Barbaras Kinder liebt? Sie kennt sie doch überhaupt nicht richtig. Und was will sie noch? Eventuell Freundschaft schließen? Erwartet sie Familienanschluss nach Jörgs Tod?

Barbara weiß nicht wohin mit ihrer Wut. Mitteilen muss sie sie, irgendwie loswerden.
Da bleibt nur Arne.
Sie stürmt sein Zimmer.
Überraschenderweise pennt er keinen Rausch aus. Aufrecht im angedeuteten Schneidersitz sitzt er am Rand der Isomatten und hantiert mit seinem Laptop.
„Laut Knigge gehört Anklopfen zum guten Ton", mustert er sie leicht betreten.
„Das ist mein Zimmer", platzt es aus Barbara heraus, „da kann ich reinkommen, wann immer ich will!"
Arne zieht die Augenbrauen hoch, was die Stirn in seinem gedunsenen Gesicht in wulstige Falten legt.
Die Wodkaflasche, die neben ihm auf dem Teppich steht, nimmt er und reibt mit einem seiner Pulliärmel über die kreisrunde Öffnung. Er reicht sie Barbara mit einem

auffordernden Kopfnicken.

Leicht gebückt nimmt sie den Glasbehälter widerspruchslos entgegen.

Die glasklare Flüssigkeit kleidet brennend die Speiseröhre aus, bis sie nach etlichen Zentimetern im Magen erlischt.

„Stell dir mal vor", reicht sie die Flasche zurück, „Jörgs Schlampe will zur Beisetzung mitkommen."

Arne scheint zumindest Barbaras aufgeregter Schilderung der Sachverhalte aufmerksam zuzuhören.

Geknickt ist sie, weil er nicht eine einzige Frage stellt.

„Interessiert dich das alles gar nicht?"

„Das ist allein deine Sache. Damit habe ich nichts zu tun. Will ich auch nicht."

Barbaras Wutpegel steigt weiter.

„Aber dich hier weiter einnisten, auf meine Kosten, das willst du, oder was?", schreit sie Arne an.

Er reicht ihr erneut die Flasche.

Schäbig fühlt Barbara sich. Am liebsten würde sie Arne die Flasche über den Schädel ziehen.

Kurz zögert sie.

Mit beiden Händen fasst sie die riesige Flasche – um letztendlich ihrem unbezwingbaren Verlangen nach Linderung der Seelenpein nachzugeben.

Die konzentrierte ätzende organische chemische Verbindung spült erneut das muköse Drüsensekret hinfort.

Wie ihre Kehlenschleimhaut fühlt Barbara sich entblößt und ungeschützt.

Nach weiteren Schlucken durchmischt sich das Brennen mit Wohlgefühl.

„Jörgs Auto steht in Nordkirchen. Kannst du es mit mir abholen?"

Arne schaut auf.
„Nein."
Barbara traut ihren Ohren nicht.
„Aber ich hab dich bis auf heute auch immer zur Dialyse gefahren und abgeholt. Warum ..."
„Ich darf schon lange nicht mehr fahren. Wurde mehrfach erwischt, wegen Alk und ohne Fahrerlaubnis. MPU schafft meine Leber nicht. Das nächste Mal würde Knast bedeuten."
„Aber du warst doch auch hierher mit deinem *Scirocco* gefahren!? Ich hätte endlich eine eigene Karre."
„Und ich hätte keinen Chauffeur mehr."
Weil sie das Geschehende nicht fassen kann, setzt sie erneut die Flasche an.
„Die nehm ich mit. Betrachte es als Anzahlung für den Betrag, den du mir noch schuldest."
Sie wendet sich zum Gehen.
„Ach so, ich sage es jetzt zum letzten Mal, ich will, dass du deinen Krempel packst und verschwindest. Besorg dir einen WBS. Wir leben hier in keinem Ballungsraum. Es gibt Wohnungen für sozial Schwache."
Zur Seite neigt Arne seinen grobschlächtigen Oberkörper; mit seiner linken Faust stützt er sich auf den Isomatten ab, holt Schwung, stellt sich halb auf die Beine, um direkt wieder hinabzusacken.
Die Szenerie gleicht plumper Situationskomik.
Der wiederholte Versuch gelingt.
Arne steht.
Mit ruhigem festem Blick wendet er sich Barbara zu.
„Du gibst mir jetzt meine Flasche zurück."
Er streckt seine Hand aus.
„Ich werde sie verschließen. Sobald ich das Geld von dir

habe, bekommst du sie zurück, versprochen."
„Von leeren Versprechungen kann ich mir nichts kaufen. Du weißt, wie dringend ich das Zeug brauche."
Barbara zögert, unschlüssig, doch sie reicht ihm die Flasche.
„Wenn ich auf das harte Zeug umsteige bin ich genauso verloren wie du. Nimm es."
Die Flasche setzt Arne direkt an, nimmt einen großen Schluck.
Barbara hatte den Eindruck, als wollte er danach noch etwas sagen.
Nach kurzem Blickkontakt wendet sie sich ab und verlässt ihr von Arne okkupiertes Zimmer.
Noch einmal klopft sie bei Paul an.
„Was?"
Sie öffnet.
„Gib mal bitte bei Maps ein, Bevergern – Nordkirchen, mit öffentlichen Verkehrsmitteln.
Paul murrt und stöhnt, tippt aber.
„Ist nicht machbar", kommt nach wenigen Sekunden.
Ungläubig nähert Barbara sich seinem Schreibtisch.
„Die Route konnte nicht berechnet werden", liest sie auf seinem großen Monitor.
„Okay, danke dir nochmals."
Ohne Erwiderung schwenkt Paul zu WOT zurück.
Solang er seine schulische Leistung bringt, und die bringen beide ihrer Kinder nach wie vor, trotz der widrigen Umstände, darf er sich mit ihrem Einverständnis auf diese Weise vergnügen und den Kopf leerballern.

Direkt geht sie zum Haus ihrer Eltern. Ihren Vater will sie fragen, ob er sie zu Berbel fährt.

Mit sichtlichem Wohlgefallen ihres Erzeugers vereinbaren sie den 31sten, da hat sie um 13 Uhr Feierabend, muss aber Neujahr um 05:45 Uhr wieder antreten.
Sie wundert sich, welche armen Sperma- oder Eizellenträger glauben zu dieser nachtschlafenden Zeit an einem solchen Feiertag, das ihnen vorgeblich innewohnende spielerische Glück befruchten zu können?

In ihrem Wohnzimmer sucht sie Berbels Brief.
Auf dem flauschigen Nepal findet sie das Knäuel.
Sie entfaltet es, streicht das Papier glatt so gut es geht und wählt die zerknüllte Nummer.
Nach mehreren Anwahltönen schaltet sich ein AB ein.
Barbara spricht aufs Band: „Hi, danke für deine Nachricht. Den Wagen hole ich Silvester ab, circa 14:45 Uhr. Ich will dich weder sehen noch kennenlernen. Leg Brief und Schein ins Handschuhfach, den Fahrzeugschlüssel bitte auf ein Vorderrad. Falls das klappt, melde ich mich wegen der Bestattung."

Kurz nachdem sie von der Arbeit heimgekehrt war und am letzten Tag des Jahres Arnes *Scirocco* auf dem Parkplatz am Haus abgestellt hatte, vernimmt sie in der Küche von außen eindringende Fahrzeugmotorgeräusche.
Mit dem Wein in der Hand sagt ihr der Blick aus dem Fenster, ihr Vater ist schon vorgefahren.
„Boah, nee", lässt sie ihren Unmut laut werden.
Im nächsten Moment klingelt es auch schon.
„Wir hatten doch vereinbart, dass ich rüberkomme, sobald ich fertig bin", blafft sie ihren Vater an.
„Ich hab nur den Wagen gesehen, da dachte ich, ich fahr schon mal los. So musst du nicht laufen."
„Entschuldige mal, die paar Meter ... Egal, wie du siehst muss ich mich noch kurz umziehen. Möchtest in der Zeit was trinken?"
Ihr Vater schaut auf ihr Glas.
„Was trinkst du da?"
„W..., ich meine Traubenschorle", rettet sich Barbara.

Ihren Job übersteht sie ohne alkoholischen Beistand, wie auch immer, dafür findet sie selbst keine Erklärung, aber sobald sie zu Hause ist verlangt es sie unwidersprechlich danach. Erst recht heute. Ein weiterer aufregender Schritt auf ihrer Route in die Unabhängigkeit.

Im Abstellraum finden sich noch drei Halbe-Liter-Flaschen Apfel- und fünf Traubenschorle, jeweils aus einem PET-Sixpack. Ihre Kinder nehmen das gerne zum Training mit, weil ihnen nach dem massiven Verbrennen von Kohlenhydraten Wasser nicht ausreicht, um Durst zu löschen und gleichzeitig Energiereserven zu füllen.
„Hat Zimmertemperatur", bedeutet sie ihrem Vater beim

Abstellen von Glas und Flasche auf entsprechenden Korkuntersetzern auf dem Esstisch.

Zwar hatte ihr Vater auf ihrer Couch Platz genommen, was ihren Verdruss weiter steigerte, jedoch erhebt er sich prompt und bewegt sich ohne zusätzliche Aufforderung ins Esszimmer.

„Im Winter verträcht mein Mag'n dat kalte Zeuchs sowieso nich", gibt er Barbara sein Gefallen zu verstehen, in seiner ihm eigenen Umgangssprache, der er bei einsetzender Entspannung immer wieder verfällt.

Barbara hasst das. Voll proll ist ihre Herkunft.

Zurück in der Küche gießt sie die Traubenschorle aus der Flasche, die sie zusätzlich mitgenommen hatte, in den Spülbeckenabfluss. Bis zum vorherigen Pegelstand füllt sie sie mit ihrem Weißwein aus dem beschichteten Getränkekarton.

Geniale Tarnung, die ihr wirklich von selbst in der Abstellkammer in den Sinn gekommen war, ist sie sich bewusst.

Mit dem Rettungsring für unterwegs eilt sie nach oben.

Leicht, kaum der Rede wert, staucht sie sich das rechte Handgelenk beim Versuch ihre Zimmertür zu öffnen.

Wiederholt drückt sie den Türgriff nach unten.

Sie klopft.

„Arne, hast du abgeschlossen?"

Sie klopft weiter.

„Ich brauch ein paar Sachen zum Umziehen. Mach bitte auf!"

Aus Pauls Zimmer nebenan hört sie Stimmen. Er telefoniert mit jemandem.

„Arne, du weißt, dass ich Jörgs Auto abhole. Mach die Tür auf!"

Nichts rührt sich.
Paul redet angeregt weiter.
Vor Wut könnte Barbara platzen.
Das wirkt sich auf ihre Atmung aus, die zunehmend asthmatischer gerät.
Erstes dezentes Krampfen im Hals.
Sie zieht sich zurück.
Weg von der Tür ins Bad.
Toilettendeckel hoch, Hose runter.
Sitzen und gleichmäßig atmen. Dabei pinkeln.
Ein paar Schlucke nimmt sie aus der Plastikflasche.

Wenige Minuten später erscheint sie in Arbeitskluft vor ihrem Vater.
„Können wir los?", fragt sie, Unbekümmertheit zur Schau stellend.
Sichtlich überrascht beäugt sie ihr Vater.
„Wir fahren, wie ich bin."

Während der Fahrt redet Barbara kein Wort. Höchst angespannt und aufgeregt ist sie.

> Wird alles glattgehen?
> Hat Jörgs Liebschaft den Schlüssel auf dem Reifen platziert?
> Kommt es ungewollt zu einer Begegnung zwischen ihr und Berbel?

Barbaras Vater fährt in seinem Stil. Stets etwas zu schnell, und vor allem zu dicht auf. Wie er seine Verkehrsteilnehmerjahre unfallfrei bewältigen konnte erschließt sich ihr nicht.

Bei jedem vorausfahrenden Fahrzeug, dem er zu dicht auf den Lack rückt, tastet ihr rechter Fuß nach dem Bremspedal. Bis sie aufs Neue bemerkt, dass sie gegen das teppichbelegte Metall tritt, das den Motor- vom Beifahrerraum trennt.
Dann gönnt sie sich einen erneuten kleinen Schluck ihres 11,5-prozentigen Seelentrösters aus der Plastikflasche mit der lügenden Aufschrift Traubenschorle.

„Im Handschuhfach ist die Karte vom ADAC", vernimmt sie verdattert die Aufforderung ihres Vaters.
„Kuck schon mal, wie wir im Ort fahr'n müss'n."

> Jaja, ihr Vater, der ADAC und sein Kartenmaterial.
> Wie antiquiert ist das denn alles?

Barbara versucht sich durchzuwurschteln.
„Könntest du dir nicht ein Navi zulegen?", fragt sie nach einigen unlustigen Versuchen die Karte zu verstehen.
„So 'n neumodisches Zeug kommt mir nicht ins Auto. Durch die Navis sind schon viele Unfälle passiert, weil man auf der Autobahn wenden sollte."
„Puh, seinen Verstand sollte man ...". Die Zwecklosigkeit ihres Einwands erkennend bricht Barbara ihre Aussage selbst ab.
Widerwillig und mühsam gelingt es ihr auf der Karte Autobahnabfahrt und Zielort ausfindig zu machen. Weil sie währenddessen nicht gleichzeitig aus der Windschutzscheibe auf die Straße schauen kann wird ihr übel. Ihr Gleichgewichtsorgan schafft es nun mal nicht, den gesehenen Stillsand auf der Karte mit den gefühlten

Bewegungen im Fahrzeug in Einklang zu bringen.
Damit sie sich nicht übergeben muss legt sie mehrfach mehrminütige Pausen ein, um hinauszuschauen.

Verkehrs- und Straßenschilder beachtend lotst sie ihren Vater zu Berbels angegebener Adresse.

In Berbels Straße sind nur sporadisch Hausnummern zu erkennen. Auf einer Seite die geraden, auf der anderen die ungeraden. Berbels taucht nicht auf. Doch Barbara erspäht den roten *Mazda*, zwischen diversen anderen Fahrzeugen ordentlich an der Kante des Gehsteigs abgestellt.

Berbel hat Wort gehalten. Barbara findet tastend Jörgs Schlüsselbund im Radkasten auf dem Vorderreifen der Beifahrerseite.
Hatten die Bullen die Sammlung von Schlüsseln bei Jörgs Verhaftung nicht beschlagnahmt, fragt sie sich.
Sie schaut sich um.
Welches der naheliegenden Haus an Haus gereihten Häuser mit den kleinen Vorgärten mag Berbels sein? Das gegenüber?
Lugt sie eventuell aus einem der Fenster?
Scheißegal.
Weg hier.
Ihrem hintergründig wartenden Vater ruft Barbara zu: „Alles in Ordnung, fahr du bitte vor, ich folge dir."
Sie weiß, ihm hat sich der Weg unauslöschlich ins Hirn gebrannt; kein Problem, ihn umgekehrt nach Hause zu fahren.
Er nickt ohne Widerspruch und widerliche Gegenfragen.

Ohne Navi wäre sie aufgeschmissen. In dem Bereich lassen ihre kognitiven Fähigkeiten zu wünschen übrig. Nicht mal den Weg zurück zur Auffahrt auf die A1 würde sie finden.

Eine Stunde später hält sie wohlgefühlig auf dem Hof der Eltern an. Ihr Vater stellt sein Auto direkt in die Garage ein. Sie schaltet in den Leerlauf, zieht die Handbremse, lässt den Motor laufen und steigt aus ihrem Kombi aus.
Im selben Moment öffnet ihre Mutter die Haustür, als hätte sie gelauert, wann Mann und Tochter heimkehren.
„Hallo Barbi, hat der Papa ja mit dir das Auto abgeholt!"
Augenblicklich mitleidig angewidert wendet Barbara ihre Blicke von der Mutter ab ihrem Vater zu, ohne die Mutter auch nur eines einzigen Wortes zu würdigen.
„Ich wollte mich nur kurz bedanken, dass du mich begleitet hast. Ich mach's wieder gut, sobald ich alles im Griff habe."
Mit etwas geöffnetem Mund durch die Nase schnaubend steuert ihr übergewichtiger Vater sie an.
„Dat is schon alles gut so. Seh du nur zu, dat ihr gut über die Runden kommt."
Beim Aussprechen seiner Worte hebt er zugleich seinen rechten Arm, um seine Hand auf Barbaras linke Schulter zu legen. Reflexartig zieht sie ihren Oberkörper zurück.
Nun, da es den Anschein hat, dass sie in der Lage sein könnte, ihr Haus und Grund und Boden aus eigener Kraft halten und bewirtschaften zu können, steigt ihr Ansehen in der Gunst ihres Erzeugers.
Diesen späten Triumph gönnt sie ihm nicht.
„Ich muss nach Hause. Morgen muss ich wieder früh los zur Arbeit."

Ungeachtet ihres unhöflichen Rückziehers nickt ihr Vater anerkennend.

Ein Gefühl schlichter Freude bemächtigt sich ihres Körpers, als sie mit dem Kombi in ihre Garage einfährt.
Sie schaltet den Motor aus, verharrt auf dem Fahrersitz. Wenigstens einen winzigen Moment lang muss sie genießen, was sie alles schon erreicht hat.
Ein weitgehend autonomes Leben für ihre Kinder und sie selbst ist jetzt machbar. Das hätte sie am wenigsten für möglich gehalten.
In der Woge des Glücks umarmt sie sich selbst.
Morgen früh, am Neujahrstag, wird sie mit ihrem eigenen Auto zur Arbeit fahren.

Enthusiastisch aufgeputscht betritt sie ihr Haus.
Zunächst legt sie die Schlüssel auf dem Küchenregal ab.
Sie schnappt sich den Notizblock.
„Liebe Kinder", nein, das streicht sie durch und reißt den Zettel ab. Das finden sie bestimmt blöd, so angesprochen zu werden.
Auf ein Neues.
„Paula, Paul, morgen nach der Arbeit koche ich für uns. Bis dahin verpflegt euch bitte selbst. Alt genug seid ihr, euch wenigstens ein paar Brote zu schmieren. Ihr wisst, wo sich alles findet ..." Barbara zögert, doch dann fügt sie hinzu *„... in unserem Haushalt."*
Weil er kein *Post-it* ist, klebt sie den Zettel mit Hilfe eines

kurzen Streifens Tesafilm an die Kühlschranktür.
Ihr Glücksgefühl, seit unendlich langer Zeit einmal wieder so etwas spürend, will sie auf gar keinen Fall trüben.
Deshalb füllt sie sich ein 0,3 l Glas mit Leitungswasser.
Jetzt nur noch Fernsehen und auf der Couch wegschlummern, nimmt sie sich vor. Denn morgen ist wieder zeitig Arbeitstag angesagt.
Ihr Glas will sie auf dem Couchtisch abstellen, um anschließend Katzenwäsche oben im Bad zu machen und ihren Pyjama anzuziehen, den sie aus ihrem Zimmer holen muss, das Arne hoffentlich wieder aufgeschlossen hat.
In sich gekehrt betritt sie ihr Wohnzimmer, steuert auf den Tisch zu –, um heftigst zu erschrecken.
Ein Teil des Wassers schwappt aus dem Glas auf den Boden, weil ihr Arm durch den Schreckimpuls hochgezuckt war.
Das ist unglaublich.
Arne sitzt versunken schlafend auf ihrem Sofa. Ihrem Allerheiligsten. Ihrem Rückzugsort, an dem sie sich für Momente aus dem Leben stehlen kann, um danach mit teilaufgeladener Power weiterkämpfen zu können.
Ohne weiteres Zögern schüttet sie Arne das verbliebene Wasser auf den Oberkörper.
Dieser reagiert prompt mit schlagartigem Aufrichten.
„Raus, verschwinde!", schreit Barbara mit demonstrativ auf die Wohnzimmertür zeigendem Finger.
Ihre Muskeln sind auf Hochspannung, der Kopf glüht, das Adrenalin in ihren Blutbahnen puscht spürbar.
Arne schüttelt sich.
Er greift nach einem verschlissenen mittelgrünen Schnellhefter, der auf dem quadratischen Glastisch liegt.

„Setz dich bitte zu mir", antwortet er ruhig. Sichtlich ist er bemüht, sich in der gegebenen Situation zu orientieren.

„Du verschwindest von meinem Sofa, kapierst du das?", fragt Barbara energisch rhetorisch. „Bis Ende Januar gebe ich dir noch, dann bist du hier weg – und wenn du in deiner Schrottkarre haustest, ist mir scheißegal, hier ist auf Dauer kein Platz für dich!"

„Setz dich bitte", wiederholt Arne mit stoischer Ruhe.

Er rückt ein Stückchen zur Seite.

„Ich sitze hier nur, weil ich auf dich gewartet habe. Auf keinen Fall wollte ich dich verpassen. Was ich dir sagen will, ist – na ja, es ist extrem wichtig für dich."

„Was könntest du mir noch Wichtiges mitzuteilen haben? Such dir eine eigene Bleibe, ich helf dir auch gerne dabei. Hier passt du auf längere Sicht nicht rein, das müsstest du doch auch selbst merken."

Arne klopft mit einer Hand auf die freie Sitzfläche neben ihm. Die erste Seite seines Schnellhefters legt er offen.

Der Neugier ist Barbara verfallen, schutzlos ausgeliefert, wie sie spätestens seit dem FREUNDEFÜHRER-Abenteuer weiß.

Entsprechend setzt sie sich zu ihrem Jugendfreund. Innerlich widerstrebend, ja, weil sie im Grunde nichts verwerflicher findet als inkonsequentes Handeln.

Sie ist tatsächlich gespannt.

Arne hält ihr Fotos hin.

Wohl ihrer Aufregung geschuldet erkennt sie zunächst nichts. Sie hatte erwartet, Personen aus Arnes vergangenem Leben präsentiert zu bekommen.

Gesichter sind nirgends auszumachen.

Bei genauerer Fokussierung erblickt sie etwas golden

Metallisches, zum Teil mit angerautem Kunststoff abgesetzt.

Der *Derringer*.

Arnes Geschenk an Barbara, bevor sich damals ihre Wege trennten.

„Was soll das?", fragt sie, Ahnungslosigkeit heuchelnd.
„Das ist meine Altersvorsorge", grinst Arne ihr fett ins Gesicht.
Barbara zieht Brauen und Schultern hoch, weiterhin zur Schau stellend, dass sie nicht weiß, worauf Arne hinauswill.
„Du kannst mich nicht rausschmeißen, ich habe dich in der Hand. Sieh dich vor! Meine Fotos zeigen deine Mordwaffe, die ich dir gebaut hatte, natürlich nichtahnend, dass du sie eines Tages verwenden würdest."
Auf weiteren Fotos sind Detailabschnitte zu sehen, wie Arne den neuen Aufsatz gefertigt hatte, in den seine ebenfalls selbst gebastelte scharfe Munition passt.
„Damit belastest du dich nur selbst, weil man sowas nicht bauen darf. Ich bin freigesprochen."
„Was glaubst du, was die Staatsanwaltschaft davon hält? Mit meinen Beweisen könnten die ein Wiederaufnahmeverfahren anstrengen."
„Deine Fotos, was beweisen die denn schon? Die könntest genauso gut aus dem Netz haben."
Arne lacht hämisch.
„Ja, vielleicht, aber nicht mit meiner Gravur: *AM*".
Triumphierend mustert er Barbara nach wie vor, die Buschstaben in die Luft malend.

„Die habe ich dem Aufsatz einverleibt, an einer Stelle, die nur ich kenne. Nicht mal die Bullen haben das entdeckt und gecheckt. Damit könnte ich beweisen, dass nur ich die Waffe gebaut haben kann, die ich dir schenkte, mit der nur du diesen Drecksack in Nordhorn erschossen haben kannst."
Barbara möchte etwas, irgendetwas erwidern. Arne redet schonungslos weiter.
Ihre Gedanken schweifen ab.

Arne Mutter.

Wie viel verletzendes Gelächter musste er infolge seines Nachnamens während der Schulzeit über sich ergehen lassen.
Selbst Herr Mohr gab entsprechende Bemerkungen zum Besten. „Schon als Mutter zur Welt gekommen. Das nenne ich eine biologische Leistung. Noch dazu eine männliche Mutter, das übersteigt jedes Wunder."
Die meisten lachten.
Auch Barbara hatte anfangs laut mitgelacht.
Bis sie einmal nach der Schule ihrer Mutter davon erzählte, in Erwartung, dass diese die Gegebenheit ebenfalls lustig finden würde.
Doch ihrer Mutter kamen Tränen in die Augen.
„Keiner sucht sich seinen Namen aus", sagte sie, „Arne kriegt Bauchschmerzen davon, lasst ihn in Ruhe!"
Seither dachte Barbara darüber nach, welche Wirkung ihr Verhalten auf andere hat.
Eine Initialzündung.
So ziemlich das einzige Fitzelchen Erziehung und Anleitung, wofür sie ihrer Mutter jemals danken können wird.

„Raus, verpiss dich!", schreit sie Arne an, so heftig, dass ihr Speichelfäden aus dem Mund spritzen.
„Ich muss gleich wieder arbeiten. Ich verdiene unseren Lebensunterhalt. Hau ab!"
Arne nimmt seinen Schnellhefter vom Tisch.
„Von Allem gibt's Kopien, an verschiedenen Orten, bei unterschiedlichen Personen sicher aufbewahrt; darin ist auch festgehalten, dass weder vor Gericht noch sonst wo erwähnt wurde, dass du ehemalige Stadt- und Vereinsmeisterin im Luftgewehrschießen bist inklusive siebenjähriger Vereinsmitgliedschaft", verabschiedet er sich nach oben.
Die Holzstufen knarzen wie üblich unter seinem Gewicht.

„Der blufft nur", versucht Barbara sich selbst zu beruhigen.
Der Versuch scheitert.
Wein muss sein.
Gäbe es doch einen gottverdammten Schalter, mit dem sie ihr Hirn ausschalten könnte.
Als das Silvesterknallerspektakel losbricht, fragt sie sich, wo ihre Kinder sind.
Keine Sekunde Schlaf findet sie in kommender Nacht.

In ihrer Arbeitskluft, die sie weder abgelegt noch gewechselt hatte, fährt sie verknittert und müffelnd unfrisch zur Spielothek.
Zu allem Unglück hat sie mit Frau Grabowski Dienst, namensschildlich „FL", vorangestellt für Filialleitung.
Nach dem flüchtigen „Guten Morgen" vor der Tür mit laschem Blickkontakt dreht ihre Chefin den Schlüssel

um, beide betreten die Spielstätte durch einen Seiteneingang.
Barbara spult ihr Programm ab.
Alkohol- und schlaftrunken.
Aus dem Tresorraum holt sie den Schlüssel, mit dem sie die breite automatische Eingangsglasschiebetür von innen entriegelt.
Unterdessen schließt ihre Vorgesetzte sich im Tresorraum ein. Sie gibt, so wurde es Barbara erklärt, einen vielstelligen Code, den Barbara nicht kennt, an den Wachschutz weiter und beginnt, die von der Nachtschicht gelagerten Gelder zu zählen. Alles wird vielfach gegengeprüft, damit bloß kein Beschäftigter auf krumme Gedanken kommt.
Diese Tätigkeiten sind Barbara noch vorenthalten.
Der Kaffeeautomat wartet auf Befüllung mit frischer fettreduzierter H-Milch aus einem der Kühlschränke.
Kaffeebohnenstände und Kakaopegel prüfen und gegebenenfalls aufstocken.
In Betrieb nehmen.
Die frühesten Gäste zeigten, aus Barbaras eigener Erfahrung, null Geduld, falls sie auf ihren Espresso, Cappu, Latte oder stinknormalen Kaffee warten müssten.
In Konzession eins beginnt Barbara mit der Inaugenscheinnahme der Geräte. Sofern Schalter oder Displays nicht ordnungsgemäß beleuchtet sind, erfolgt eine handschriftliche Notiz. Sobald der Tresorraum wieder begehbar ist, werden die Fehlermeldungen im betriebsinternen Netzwerk an die Technikabteilung weitergeleitet, sodass der täglich erscheinende Techniker möglichst gut vorbereitet ist und passende Ersatzteile bei sich hat.
Die vier Kühlschränke, einer fürs Personal, einer in der

kleinen Küche, ein weiterer in der runden Bar für sämtliche in Flaschenform angebotene Arten von Getränken, und ein letzter ebenfalls für Flaschengetränke, aber auch beispielsweise Sprühsahne für heiße Schokolade, müssen auf korrekte Temperatur überprüft werden.
Als fünftes kommt eine Kühlung hinzu, ähnlich eines großen tiefen Spülbeckens mitten in der Theke, für die laufend benötigten und auch angebrochenen Getränke- und Sprühsahneflaschen.
Alle Bestände werden sukzessive aufgefüllt, vom Lager in die entsprechenden Kühlschränke.
Die Temperatur sollte im Optimum sieben Grad Celsius betragen; bei acht Grad muss schon gegengesteuert werden.
Nachschub wird regelmäßig bei diversen Lieferanten bestellt.
Jetzt Kasse einzählen.
Wie aufs stumme Stichwort kehrt Grabowski aus dem Tresorraum zurück und reicht Barbara den Geldbeutel.
Mürrisch weist sie mit einer knappgehaltenen Kopfbewegung auf zwei vor der Bar wartende Gäste hin.
Es ist zwei vor sechs. Öffnung ist offiziell um sechs.
„Guten Morgen, was darf ich für Sie tun?", wendet Barbara sich ihnen zu.
„Ich war zuerst", gibt der kleine Asiate zu verstehen, der zu den aus Barbaras Sicht spielsüchtigen Stammgästen zählt.
Von kurz vor sechs bis zwanzig vor acht spielt er, danach ist er erwerbstätig bis 17 Uhr, wie er Barbara schon mal anvertraut hatte, um anschließend von ungefähr 19:30 Uhr bis Spielothekenschließung sein Geld zu verzocken.
„Einen Milchkaffee", bestellt er.

Der junge Weiße neben dem Asiaten ordert einen Espresso mit zwei Tütchen Zucker.
„Ich bringe es an den Platz", verkündet Barbara devot.
Als sie zurückkehrt lässt Grabowski sie strammstehen.
„Kennen Sie den jungen Mann in Konzession drei?"
Direkt schwant Barbara der Fehler, der ihr unterlaufen ist.
„Nein, sorry, ich war davon ausgegangen, dass Volljährigkeit gegeben ist."
Grabowski tritt ganz nah an sie heran.
„Frau Schulz, solche Fehler können uns die Betriebserlaubnis kosten", echauffiert sie sich.
„Stellen Sie sich jetzt eine Polizeikontrolle vor", schreit sie Barbara ins Gesicht.
„Ich hole direkt die Ausweiskontrolle nach", will Barbara sich ihrem Zorn entziehen.
Grabowskis Systeme sind aber offensichtlich überreaktiv hochgefahren, deshalb blökt sie weiter.
„Und überhaupt, wie sehen Sie heute, noch dazu am Neujahrstag, eigentlich aus? Sowas Ungepflegtes hatte ich nicht von Ihnen erwartet!"
Einen Moment braucht Barbara, um sich gedanklich zu sammeln.
„Mein Mann ist gestorben."
Grabowski mustert sie überrascht.
„Warum haben Sie das denn nicht gesagt? Sie hätten frei bekommen."
„Ich dachte, weil er sich ja von mir getrennt hatte und so – und die Probezeit ..."
„Schwachsinn, sie waren wie lange verheiratet? Über zwanzig Jahre?"
Barbara kommt nicht zum Antworten.

„Sie fahren jetzt sofort nach Hause. Ich organisiere kurzfristig Ersatz."
„Aber ..."
„Für solche Fälle steht jedem Mitarbeiter Sonderurlaub zu. Wir benötigen anschließend nur eine Kopie der Sterbeurkunde."
„Aber während der Probezeit ..."
„Ich werde es lobend gegenüber der Geschäftsleitung erwähnen, dass Sie wie üblich Ihren Dienst angetreten haben. Diese Art von Sonderurlaub steht bei uns jedem auch innerhalb der Probezeit zu. Zwei Tage für Behördengänge, ein Tag für die Beisetzung. Der Tag heute zählt allerdings mit dazu."
Grabowski will nicht wissen wann, wieso, weshalb, warum, woran Jörg gestorben ist.
Ihr geht es nur darum, ihren Job vorschriftsmäßig abzuwickeln.
Beim Verlassen der Spielothek kommen Barbara zwei Mitarbeiter des Kurierdienstes entgegen, die täglich die überschüssigen Beträge aus den Tresoren absammeln und ebenso, bis auf ein gewisses Maß, die Geldfächer der Spielautomaten leeren.

Zuhause findet sich unter anderem ein Brief von Kollmann im Kasten. Den hatte sie am Vortag, Silvester, wahrscheinlich übersehen.
Barbara kann die beschlagnahmten Gegenstände abholen. Sie hat einen Herausgabeanspruch auf ihr Handy. Schriftlich soll sie alles bei der Staatsanwaltschaft beantragen.
„Echt ey, welche Staatsan ... und welche Adresse?", redet sie mit sich.

Selbst will sie es nicht, aber etwas in ihr verlangt gnadenlos nach Betäubung der Sinne. Daher der übliche Griff zum Kartonwein.
Berauscht erledigt sie geistesabwesend die üblichen Haushaltstätigkeiten.

Am nächsten Tag, dem zweiten des neuen Jahres, ruft sie Kollmann an.
Nach einem kurzen Gespräch mit einer der Vorzimmerdamen, die floskelhaft ein frohes neues Jahr wünscht, wird sie direkt durchgestellt.
„Rechtsanwalt Kollmann."
„Wooh, hab ich schon so was wie Sonderrechte oder Kultstatus?"
„Frau Schulz", antwortet er advokatengerecht gelassen, „ich erledige das noch für Sie. Sie müssen Ihre Sachen dann nur persönlich in Osnabrück abholen. Sobald die Freigabe erfolgt ist, lasse ich Ihnen die genaue Anschrift zuteilwerden."
„Aber woher kannten Sie denn den Grund meines Anr..."
„Sie sind emotional angespannt und aufgewühlt. Ich verstehe, dass Sie sehr viel zu bewältigen haben. Einige Mandanten unserer Kanzlei suchen sich in vergleichbarer Situation psychologische Hilfe. Darüber könnten Sie ebenfalls einmal nachdenken."
Sprach- und fassungslos steht Barbara da.
„Ich muss mich jetzt wieder meiner Alltagsroutine widmen. Sie hören von mir."
Klack, aufgelegt.
Betroffen beeindruckt legt auch Barbara den Schnurlosapparat beiseite.
Geht's Kollmann ums Prestige?

Wahrscheinlich.
Eineinhalb Wassergläser Weins später sichtet Barbara gedankenverwirrt eine der kostenlosen Zeitungen, die wöchentlich mittwochs und samstags im Briefkasten landen.
Sie beginnt von hinten mit den Stellenanzeigen.
Nichts darunter, was für sie passen, womit sie sich verbessern könnte.
Vorne angekommen erkennt sie jemanden auf einer großen Ablichtung wieder.
Jeans, Hosenträger, Hut, Gitarre.
Michael Jürgens.
Maika.
Der Veranstaltungshinweis besagt, dass er gemeinsam mit *Martin Semmelrogge* einen Abend im *Hypothalamus* in Rheine gestaltet. Sie bezeichnen es als Rock-Literatur-Lesung zum Jahresauftakt. Die Erlöse gehen wieder hundertprozentig zugunsten des Kinderschutzbundes.
Heute Abend am zweiten Neujahrstag Einlass ab 19:30 Uhr. Beginn circa 20:30 Uhr.
Die Tickets an der Abendkasse sind zwei Euro teurer als im Vorverkauf.
„Da muss ich hin", weiß Barbara, ohne zu überlegen.

Mit Unterstützung des Alkohols erledigt sie ihren häuslichen Alltag euphorisiert.
Sie gönnt sich, während sie wieder Snacks und Brote für ihre Kinder zubereitet, selbst eine Scheibe, weil sie der Hunger schier überwältigt.
Eine vorgeschnittene Scheibe aus einer Plastiktüte mit kunststoffummanteltem Drahtverschluss. Billigbrot aus dem Regal vom Discounter. Auf die Schnitte eine Scheibe

billigen Goudas aus der wiederverklebbaren Plastikverpackung eines Supermarktes. Käse der Länge nach nackt aufs Brot, die Schnitte einfach zusammengeklappt, beißt Barbara gierig ab und stopft Mund und Magen.
Kaum aufgegessen, signalisiert ihr Körper Bedarf nach mehr Futter.
Das liegt am Alkohol, hat sie gelernt.
Wenn du dir stark alkoholbeeinflusst Nahrung einverleibst, setzt das Sättigungsgefühl wesentlich später ein.
Die physischen Systeme sind betäubt und vergiftet.
Der Drang, essen zu müssen, ist langanhaltend quälend schlimm.
Barbara will wieder schlank werden, will wieder in ihre Lieblingssachen passen.
Auf ihren letzten Rettungsanker, den vergorenen Traubensaft mit seiner immensen Kalorienflut, kann und will sie wiederum nicht verzichten.
Sie kämpft mit ihrem inneren Schweinehund. Tauscht wiewohl Wein gegen Wasser.
Minuten später, wie viele es gewesen sein mögen kann sie nicht benennen, übermannt sie Müdigkeit.
Diese ist der Mischung aus den Promille verstärkt durch zu wenig Schlaf geschuldet.
Ihren kleinen Reisewecker stellt sie auf 17:00 Uhr, weil sie sich anschließend duschen und ansehnlich herrichten möchte, soweit ihre aus den Fugen geratenen Proportionen das zulassen.
Eingewickelt in eine flauschige Polyesterdecke findet sie Zuflucht in einem Schlaf, dessen Träume ohne Erinnerung bleiben werden.

Weil Barbara schon eine halbe Stunde vor Einlass vor Ort

ist, ist sie bei Türöffnung ganz weit vorne. Sie sichert sich so bühnennah wie möglich einen Platz vor Kopf an einem der raren vorderen Tische.

Inmitten der Fläche, die bei entsprechender Stimmung zum Tanzen genutzt wird, einem Areal aus Parkettboden zwischen Bühne und Zuschauerraum, befindet sich ein einzelner Barhocker mit einem runden Tisch. Darauf ein Mikrophon, eine Flasche Wasser und ein umgestülptes Glas.

Von ihrem Barhocker aus am Kopfende ihres rechteckigen Tisches ordert Barbara inzwischen den dritten Chardonnay.

Zwei geschlechtlich gemischte Pärchen gesellen sich zu ihr.

Ein männlicher Part lächelt Barbara freundlich zu, hebt sein Pilsglas in ihre Richtung, will mit ihr anstoßen.

„Prost, auf einen schönen Abend", durchbricht seine Stimme, gemischt mit den Klängen aufeinanderstoßenden Glases, die turbulente Geräuschkulisse.

Barbara freut sich.

Beim Umherblicken durchbohren sie jedoch feindliche Blicke der anderen drei Tischbesatzer.

Extrem eifersüchtig wirken besonders die beiden Frauen.

Um 20:47 Uhr betritt *Maika* mit seinen Jungs, einer nach dem anderen, Erstgenannter zuletzt, die Bühne im Hypo.

Ohne Umschweife beginnt er die Saiten seiner Gitarre zu streicheln und zu zupfen.

Unwillentlich schließt Barbara ihre Augen. Für einen Moment sitzt sie wieder im Knast neben Manu.

An *Maikas* Songs entsinnt sie sich.

Er singt hier dieselben.

Freiheraus glotzt Barbara ihn nun ohne Scham an.
Jemand, der sich auf eine Bühne vor Publikum begibt, muss damit umgehen können, rechtfertigt sie ihren Voyeurismus.
Während des dritten Songs lässt *Maika* seine Blicke durchs Publikum schweifen.
Barbara hängt sich dran.
Mit vielen scheint er vertraut zu sein, so, als kennten sie sich lange, aus Schulzeit, Nachbarschaft ...
Sie winken ihm begeistert zu.
Den Kopf zurück zur Bühne gedreht erschrickt sie über den nackten Augenkontakt.
Maika zwinkert ihr zu.
Sie dreht ihren Kopf nach hinten; Reaktionen anderer erspähend.
Hat er wahrhaftig sie, Barbara, gemeint?
Nach Song fünf kündigt *Maika* eine circa zehnminütige Pause an. Fürs Pinkeln und sonstige kleinere oder größere Geschäfte.
Ihr zu einem Drittel gefülltes Weinglas nimmt Barbara mit in den Sanitärbereich. Zu groß ist die Angst, ihre Lage könnte ausgenutzt werden, indem jemand so etwas wie Flunitrazepam in ihr Getränk mischt. Allein agierende Frauen fallen nun mal auf und sind gerngesehene Opfer.
Nach dem Schlangestehen vor den Klos, bis endlich ein WC frei war, kehrt sie zurück an ihren Platz.
Da sitzt jemand auf ihrem Hocker.
Er plaudert mit den anderen Tischgästen. Gauchoboots, Jeans, Hemd, Hosenträger tragend.
Barbara geht auf seinen Rücken zu.
Nach zwischenzeitlichem Zögern tippt sie ihm auf die

rechte Schulter. Als er sich umdreht sagt sie: „Entschuldigung, das ist mein Platz."
Das gleichzeitige gegenseitige Lächeln lässt Barbara wissen, *Maika* erkennt sie wieder.
„Hi, auf der Bühne habe ich überlegt, woher wir uns kennen. Du bist doch ..."
Reizüberflutet mit explosionsartig heißgelaufenem hochrotem Kopf, der in dem Dämmerlicht kaum auffallen dürfte, drückt Barbara ihm den Mund zu.
Nicht einmal ein klein wenig weicht er zurück.
Sie sagt nichts, bohrt ihre Blicke in seine. Gibt seine Lippen indigniert wieder frei.
„Ich wollte nur sagen", scheint er verstanden zu haben, „wir kennen uns aus einem anderen Lebensabschnitt."
„Jau, da wog ich etliche Kilo weniger."
„Na ja, zu den leichten Mädchen hätte ich dich auch dort nicht gezählt."
Beide lachen.
Sauwohl fühlt Barbara sich in *Maikas* Nähe.
Er lädt sie auf einen Drink und ein wenig Geplauder, zusammen mit den anderen Bandmitgliedern, ein.
Während *Martin Semmelrogge* unter großem Applaus inmitten der Tanzfläche am runden Tisch Platz nimmt, um mit seiner unverwechselbar markanten Stimme aus seinen Memoiren vorzulesen, nimmt Barbara ihre Jacke und folgt *Maika* hinter die Bühne nach draußen.
Als seien sie langjährige Freunde wird Barbara von einem nach dem anderen Bandmitglied umarmt.
Jeder stellt sich kurz vor.
Maika erzählt aus seinem Leben. Verheiratet ist er, liebt seine Frau abgöttisch, hat Kinder, die er genauso liebt. Seit langem ist er selbstständig mit eigenem Betrieb und

Beschäftigten.
Das Gitarrespielen hat er sich autodidaktisch beigebracht, da war er schon 45.
Wieso er dazu gekommen ist kann er selbst nicht mehr genau sagen. Eine innere Leere spürte er. Die musste irgendwie gefüllt werden.

> *Maika* ist ein Rheiner Urgestein. Kein begnadeter Sänger, was er selbst betont, aber als Typ hat er was.
> Mitgefühl, großes Herz für Schwache, Ehrgeiz.
> Auch er rollt intensiv das R, wie es für waschechte Rheinenser typisch ist.

Weinbeseelt gibt Barbara zum Besten: „Ich mag euch. Werd' eure Mucke kaufen. Mich werdet ihr nich' mehr los. Beim nächsten Act bin ich wieder mit am Start – unter den Zuschauern, versteht sich."
Nochmaliges Geknuddel und Gedrücke.

Sie geht nicht mehr ins *Hypothalamus* zurück. Macht einen Bogen außenrum.
Toll findet sie, was aus dem ehemals kleinsten Kino von Rheine, dem ehemaligen *Tholi*, geworden ist.
  Es wurde nicht dem Verfall preisgegeben, nachdem sich der Lichtspielbetrieb als unrentabel erwies.
Die alternative Nutzung ist gelungen.

Auf ihrem Weg zum *Mazda*, den sie ein paar Seitenstraßen entfernt abstellen konnte, schweifen Blicke und Gedanken zwischen Häusern und Straßen hin und her, wohl auch, um sich von der winterlichen Kälte und Tris-

tesse abzulenken.
Keine gezielte Gentrifizierung der Innenstadt, um sozial Schwache in Randbezirke oder gleich ganz aus dem Stadtgebiet zu drängen.
Dafür mag sie Rheine.
Auch „Normalos" können sich die Mieten leisten.
Das Mischungsverhältnis ist gut. Häuser mit Eigentums- und Mietwohnungen für Gut- bis Besserverdienende neben Häusern für Leute mit Wohnberechtigungsschein. Einer möglichen Ghettoisierung wird so vorgebeugt.
  Theoretisch hatte sie das in Erfahrung gebracht, als sie lange vor ihrer Verhaftung nach etwaigen Wohnungen für sie und die Kinder geschaut hatte.
Praktisch begegnet es ihr jetzt.

Die schönen Wohlfühlerlebnisse geleiten sie nach Hause.

Arne liegt schlafend schweratmig auf den Isomatten.
Sein ominöses Bauchvolumen drückt im Liegen gegen Lunge und Herz, pfercht die Organe zusammen.
Er schnarcht.
Auf Barbaras Eintreten ins Zimmer zeigt er keine Reaktion.
Sie entkleidet sich, schlüpft in ihren warmen weiten Männer-Frottierpyjama, den sie sich neben ein paar anderen Anziehsachen kürzlich nach der Arbeit gekauft hatte, weil die alten Sachen einfach nicht mehr passen; sie sind breitentechnisch zu schmal geworden.
Wieder schaut sie Arne an.
Wie soll sie es den Kindern gegenüber rechtfertigen, dass er auf Dauer hierbleiben wird?
Um seinen Quabbelkörper verteilt auf dem Teppich das

gewohnte Bild: Wodka, Spritzen, Pappschachteln mit Ampullen, Essensreste auf Porzellantellern.

Barbara steht da und betrachtet.

Sie wird wieder Handschuhe benötigen, die sie nachfolgend spurlos beseitigen muss.
Leise, auf leicht rutschigen Polyacrylsocken ohne Stoppernoppen, steigt sie die transparent seidenmatt lackierte Holztreppe hinab.
Leises Knarzen lässt sich nicht ganz vermeiden.
Zum Glück sind alle daran gewöhnt, davon wacht niemand auf.
Im Arzneischrank in der Abstellkammer befindet sich eine Pappbox mit Einweghandschuhen. Mit zweien davon versiegelt Barbara ihre Hände. Einer zweiten Haut gleich, nur unangenehmer riechend, passen sie sich Fingern und Handflächen an.

Lange steht sie vor Arne.
Unter seiner altbackenen Jeans lugen die Füße hervor.
Der linke ist unbesockt.
Grau-rot-schwarze Derma. An Ferse und Zehen ekelerregend rissige dicke Hornhaut.
Derartiges sieht Barbara zum ersten Mal.
Muss wehtun, denkt sie.
Deshalb trägt er wohl nur variable Birkis und lahmt.
Sie kniet sich rechts neben ihn.
Ultravorsichtig lupft sie seinen Pulli und das darunter befindliche Shirt, das beides locker auf dem Hosenbund auflag.

Auf der Epidermis über dem Hosenbund unregelmäßig verteilt rote Pünktchen, manche verkrustet oder mit gelbgrünbraunen Flecken umgeben.
Ein gefundenes Fressen, denkt Barbara.
Ihr eigener Bauch knurrt vor Hunger.
Eine der gebrauchten dreiteiligen Spritzen nimmt sie sich, so eine mit latexfreiem Dichtungsring.

„Ohne Latex kann man auf die nicht allergisch reagieren", hatte Arne ihr vormals erklärt. „Ja gut, man gönnt sich ja sonst nichts", antwortete Barbara lakonisch.

Den Kolben presst sie mit ihrem rechten Daumen ganz nach unten, dass eventuell vorhandene Luft entweichen kann.
Eine Ampulle aus einem der beiden angebrochenen Pappkästchen, in dem sich noch etliche weitere befinden, holt sie heraus.
Die Kanüle sticht sie durch den Deckel in die Insulinphiole, fasst mit zwei Fingern und dem Daumen der linken Hand die Spritze, umschließt mit den übrigen zwei Fingern die Phiole, zieht mit rechts den Kolben hoch und den Wirkstoff hinein.
Das teilentleerte Behältnis stellt sie ab.
Mit zittrigem Daumen und Zeigefinger drückt sie Arnes Bauchfleisch zu einer Wulst.
Ohne wesentlich spürbaren Widerstand dringt die Kanülenspitze ins Fettgewebe.
Sie sticht die Nadel tief ein.
Mit ordentlichem Druck presst sie das Insulin in den Speck.
Arne grunzt. Sein linker Arm zuckt.

Dann ist wieder alles ruhig.
Barbara hat keine Ahnung, welche Menge ausreicht, um ihn für immer zum Schweigen zu bringen.
Sicherheitshalber wiederholt sie den Vorgang noch drei Mal, direkt hintereinander.
Verwundert schaut sie in eine weitere Schachtel mit aufgeklapptem Deckel.
Auch hierin befindet sich Insulin.
Hätte sie doch bloß intensiver mit Arne über seine Therapie gesprochen.

Sie hatte ihn zwischendurch mal gefragt, ob er die angebrochenen Ampullen nicht lieber in den Kühlschrank stellen wolle, damit sie nicht verdürben.
Ausgelacht hatte er sie daraufhin. Nur Laien wüssten nicht, dass stark gekühltes Insulin ausflockt und zudem subkutan gespritzt wie Feuer brennt.

Okay, auf dem zweiten Kästchen findet sich in der Medikamentenbezeichnung der Zusatz „Basal".
Weiter aufkeimende Nervosität spürend vergleicht Barbara es mit der Aufschrift der Schachtel, aus der sie Arne schon vier volle Spritzen einverleibt hatte.
Da steht „Rapid".
Hätte sie doch nur schon wieder eigenen Zugang zum Internet, dann könnte sie Google fragen.
Doch halt, gut so, dass ihr Smartphone noch sicher verwahrt ist in der Asservatenkammer, ihr Notebook wegen der Verurteilung bezüglich der üblen Nachrede gegen Frank sowieso dauerhaft. Ein besseres Alibi für ihre Ahnungslosigkeit könnte sie nicht konstruieren. Denn hätte sie es gegoogelt, könnten Ermittler es wahrscheinlich

herausfinden.
Bleibt allerdings die Tatsache, dass sie de facto keine Ahnung hat, inwiefern sich die Medikamente unterscheiden. Um Beipackzettel zu lesen sind weder Zeit noch Ort gegeben.
Unter der Kunststoffhaut werden ihre Hände heiß. Erste Pfützchen aus Schweiß sammeln sich in den winzigen Räumen zwischen Fingerkuppen und umschließendem Weichplastik.
Was tun?
Jetzt entscheiden!
Noch vier Spritzen Basal-Insulins zieht sie auf und sticht es über die Bauchdecke verteilt in unterschiedlich positionierte Stellen ein.
Arne wird nicht wach, er atmet flach und schwach.

So, wo könnte Arne den Schnellhefter mit den Beweisfotos versteckt haben?
Barbara fällt nur eine Möglichkeit ein.
Sie rollt Arne von den Isomatten auf den Teppich, hebt Spannbezug und obere Matte an und fährt mit den Fingern alles ab.
Nichts.
Sie lupft die untere.
Bingo.
Gefaltetes Plastik erspüren ihre schweißnassen Kuppen durch die Gummihandschuhe.
Sie zieht es heraus.
Es sind die Aufnahmen vom *Derringer*.
Sie legt sie zur Seite.
Arne zurück auf die Matten zu wälzen gestaltet sich schwierig. Kaum hat sie ihn zu zwei Dritteln zurückge-

rollt, wird sein Körper so schwer, dass sie ihn das letzte Stückchen nicht hochhieven kann – und die Isomatten rutschen weg.

Bevor blaue Flecken entstehen, die bei der Todesursachenbestimmung sicherlich Fragen aufwürfen, lässt sie ihn seitlich liegen.

Die von ihr benutzten Ampullen nimmt sie und drückt jeweils Arnes Daumen-, Zeige- und Mttelfingerkuppen seiner linken Hand in entsprechender Position aufs Gehäuse.

Ungeordnet gibt sie sie zu den anderen, einige stehen, andere liegen. Sie mischt sie locker durch und verteilt sie auf dem Teppich neben den angebrochenen Packungen mit den restlichen vollen Ampullen.

Einen letzten prüfenden Blick lässt sie über die Szenerie schweifen.

Arnes Schnellhefter, Laptop und Kabel schnappt sie sich. Moment, hatte er nicht noch ein Handy?

Sie legt die Gegenstände auf den Teppichboden, tastet Arnes Hosentaschen ab. Die hinteren sind gefühlt leer. Rechts vorne ist etwas. Den aufgedunsenen Körper muss sie abermalig zurückdrücken, damit sie in die Tasche fassen kann. Unfreiwillig erspürt sie dabei Arnes Genitalien. Sehr groß und schlaff. Vermehrungs- und lusttechnisch nach seinen Angaben funktionslos. Barbara hat, seit sie sich erinnern kann, eine Phobie gegen Männer, deren Geschlechtsteile mit wachsendem Alter an Länge, Gewicht und Umfang vehement zunehmen.

Den Anblick ihres Vaters hat sie vor ihrem geistigen Auge, wie er oft aus dem Bad kam, in seinen seltsamen weißen Feinripp-Unterhosen, mit dick umsäumtem einseitigem Eingriff.

Ekel und Gänsehaut schütteln sie.
Das flache harte, an den Ecken abgerundete Ding zieht sie aus Arnes Hosentasche heraus.
Ein nacktes Mobile Phone.
Check, es ist ausgeschaltet.
Barbara fährt es hoch.
Ein S4 Mini. Wie billig, museumsreif. Leider PIN-gesichert, sonst hätte sie es nach kompromittierenden Fotos oder etwaigen Kontakten durchsuchen können.
Direkt fährt sie es wieder runter.
Das dazugehörige Ladekabel lässt sich nirgends ausmachen. Weder in den beiden Kleiderschränken noch den Schubladen der Nachttischchen.
Als letzte Option durchwühlt sie Arnes Koffer.
In einer äußeren Klettverschlusstasche wird sie endlich fündig.
Nichts wie raus hier.

Am Morgen des dritten Neujahrstages, nach einer erneut fast schlaflosen Nacht, macht Barbara sich auf den Weg zum Rathaus.
Hinter der Kanalbrücke zwischen Bevergern und Hörstel, der Dreierwalder Brücke der Torfmoorstraße, fährt sie rechts in einen kleinen Seitenweg.
Zu Fuß gelangt sie, mit einer textilen Einkaufstasche in der Hand, zurück in die Mitte der Brücke.
Ihren Rumpf presst sie gegen das schmucklose, mit senkrechten Streben versehene Geländer.

Sie schaut zunächst nach oben unter den hohen vierkantigen Rundbogen, der die Brücke auf beiden Seiten überspannt. Höhe von der Wasseroberfläche aus zwischen sieben und zehn Metern, schätzt Barbara.

Zu ihrer Teenagerzeit galt es als sportlicher Spaß, vom Brückengeländer auf den Bogen zu klettern, um von dort aus todesmutig in die Mitte des Kanals zu springen.
Besonderen Heldenstatus erlangten die Jungs – ja, es waren ausschließlich Jungs –, die es wagten, bei regem Schiffsverkehr zu springen, um lange tief tauchend Schiffsrümpfen und -schrauben auszuweichen.
Seltsamerweise passierte nie Schlimmes.
Später wurden zu Beginn beziehungsweise Ende jedes Bogens auf beiden Brückenseiten ausgedehnte rechteckige Platten mit hohen metallenen Spitzen angebracht, die selbst geübte Fakire kaum überwinden könnten.
Seither war das sommerliche Abkühlabenteuer verleidet und zum Erliegen gekommen.

Barbara versucht sich auf das Hier und Jetzt zu konzentrieren.
Ihren Bauch drückt sie vom Geländer weg, um den Textilbeutel, der dazwischen eingeklemmt war, freizugeben.
Ihre Hände zittern.
Das spürt sie überdeutlich, als sie nach den Einweghandschuhen im Beutel fingert.
Sie nimmt sie raus, knüllt sie und steckt sie in ihre rechte Hosentasche.
Im Beutel ertastet sie nachfolgend Arnes Laptop, das sie mit dazugehörigem Netzkabel und dem Handykabel umwickelt und verknotet hatte. Das lose im Stoffbeutel

befindliche Handy schiebt sie mit Nachdruck unter die elektrischen Schnüre.

Zwischen Laptopdeckel und Tastatur klemmt der Schnellhefter mit den *Derringer*-Fotos.

Das Kanalwasser wird sie vernichten.

Dass auch sicher alles gemeinsam untergeht, verknotet Barbara die Stofftaschenhenkel mehrfach.

Doppelt hält besser.

Auf ihrer Seite des Kanals ist alles frei. In sehr weiter Ferne lässt sich ein sich näherndes Frachtschiff ausmachen.

Sie muss die Straßenseite wechseln, um sicherzugehen, dass von der anderen Seite kein Schiff ihre Pläne kreuzt.

Der Bug eines Binnentankers fährt dort soeben in den schwach erkennbaren Brückenschatten ein.

Puh, Glück gehabt. Hätte sie unkontrolliert auf der gegenüberliegenden Seite die Beweismittel fallen lassen, wären sie unter Umständen auf dem Schiff gelandet.

Schaudernde Ganzkörpergänsehaut umfängt Barbara.

Erneut checkt sie die Lage.

Kein weiteres Schiff in unmittelbarer Sicht.

Noch einmal wechselt sie die Kraftfahrstraßenseite und lehnt sich übers Brückengeländer. Die Wasserstraße ist frei.

Vorsichtig andächtig hebt sie den Baumwollbeutel mit dem kompromittierenden Inhalt übers Geländer.

Kurz vergewissert sie sich, dass sie die einzige Fußgängerin auf der Brücke ist. Nicht so einfach im Dämmerlicht um kurz vor acht an einem klaren Januarmorgen.

Die Scheinwerfer der Kraftfahrzeuge leuchten den Asphalt aus; leider nur stark gestreut die säumenden erhöhten Gehwege. Aufkeimendes Tageslicht mischt sich

im Übrigen diffus unter alle anderen Lichtquellen.
Barbara lässt los.
Dumpfes, kaum hörbares Klatschen begleitet den Durchbruch der textilumhüllten Technik durch die Wasseroberfläche.
Zum zweiten Mal nach Franks Tod bestattet sie auf diese Weise einen Teil ihres Lebens.

Die Beamtin im Hörsteler Rathaus macht Barbara freundlich darauf aufmerksam, dass sie bezüglich ihres Anliegens hier falsch sei, weil sie wegen der angestrebten Namensänderung zum Standesamt in Riesenbeck fahren müsse.
Auf ihrem Weg vom Rathaus zurück zum Auto bleiben ihre Augen an einem öffentlichen Abfallbehälter kleben.
Die Plastikhandschuhe.
Sie holt sie geknubbelt aus ihrer Hosentasche heraus.
Begleitet von einem mentalen, nicht sichtbaren Kopfnicken entledigt sie sich einer weiteren Last.

Im Riesenbecker Standesamt füllt, nach langer Wartezeit, eine andere Beamtin die entsprechenden Anträge für die Namensänderung aus. „Die Sterbeurkunde hätten sie vorher ganz bequem online bestellen und zahlen können."
Barbara ist nicht einmal zur Hälfte geistig anwesend.
„Äh – was? – Ach so, ja, ich meine nein, ich habe zurzeit keinen eigenen Zugang zum Internet. Außerdem hat das

plötzliche Ableben meines Mannes ..."
Ungeplant, vor allem unbeabsichtigt brechen sich undefinierbare Emotionen Bahn. Von Tränen überströmt versucht Barbara wieder Fassung zu erlangen.
Die Beamtin reicht ihr eine Box mit Kosmetiktüchern.
Viele geschluchzte Minuten vergehen.
„Wissen Sie – ", Barbaras Zwerchfell krampft und zwängt ihr Sprechpausen auf, „mein Mann hatte sich von mir getrennt –, da beschloss ich, mir meinen Geburtsnamen nach der Scheidung wieder zurückzuholen."
„Und jetzt ist er vorher verstorben?"
„Ja."
Die Beamtin setzt zu neuem Sprechen an. Barbara hebt einwendend ihre rechte Hand.
„Hab's mir grad anders überlegt. Ich möchte nicht, dass meine Kinder anders heißen als ich. Wir drei sind eine Familie und müssen zusammenhalten. In mir drin bin und bleibe ich eine geborene Strauchkuppe, für meine Kinder möchte ich weiter deren Nachnamen tragen und ertragen."
Mit glasigem Blick sucht Barbara Augenkontakt zu ihrem Gegenüber.
„Können Sie meine Anträge stornieren?"
Überlegend wandern die Beamtinnenblicke über Papiere und Rechnermonitor.
„Ich denke, Frau Schulz, das dürfte kein Problem sein."
Mitfühlend nickt sie Barbara zu.

Zuhause angekommen führt Barbaras Weg aus der Garage durch den Keller.
Wein.
Sie verleibt ihn sich direkt aus der Literpackung ein.

Ein Drittel in Ex.

Aus dem Vorratskeller kommend drückt sie routinemäßig den Griff von Paulas Zimmertür.

Verschlossen.

Im Zimmer klingt leise Musik. Irgendwas technomäßiges. Letzte Ferientage klingen aus, die Schule startet kurz bevorstehend wieder.

Barbara steigt ins Erdgeschoss.

Sie weiß, selbst wenn sie an Paulas Tür geklopft und ihre Tochter beim Namen gerufen hätte, eine Antwort wäre ausgeblieben.

Aber die Nachrichten ihrer Mutter hat sie zumindest immer an sich genommen.

Drucker- und Kohlepapier legt Barbara sich in der Küche auf der Arbeitsplatte zurecht und schreibt im Stehen mit Durchschlag. Die erste Zeile lässt sie frei.

Ihren Kindern teilt sie knappgefasst mit, was sich heute auf dem Standesamt zugetragen hat:

„[...] wurde mir klar, dass wir nur gemeinsam stark sein können und wie wichtig es ist, das auch nach außen über unseren Nachnamen zu transportieren. Wir sind eine Einheit. Ich leiste meinen Beitrag, so gut ich kann, dass wir wieder zueinanderfinden.

Ich liebe euch, ihr seid das Wichtigste in meinem Leben."

Das mit ein paar frischen Tränen benetzte Kohlepapier

legt Barbara zurück in die Packung.

In die erste Zeile des einen Briefs schreibt sie „*Lieber Paul*", beim anderen „*Liebe Paula*".

Gefaltet wird das Papier jeweils mittig, mit der Schrift nach innen.

Sie läuft noch einmal in den Keller; die Nachricht kann sie unter Paulas Tür durchschieben, zwischen Bodenfliesen und Türblatt ist genügend Spielraum.

Das Festnetz klingelt.

Mit Pauls Brief in der Hand sprintet Barbara ins Wohnzimmer.

Es ist der Bestatter.

Er teilt mit, dass Jörgs anonyme Seebestattung unerwartet auf den 09.01. vorverlegt wurde.

Nur noch sechs Tage.

Barbara bittet ihn, obwohl sie ihre Kinder noch gar nicht darauf angesprochen hat, wenn möglich drei Plätze auf dem Schiff zu reservieren.

Der Bestatter teilt ihr alles Wissensnötige mit, Anleger, Uhrzeit ...

Barbara notiert alles. Sie bedankt sich ausdrücklich. Im Überschwang der sie überwältigenden Gefühle – wohl unter anderem dem Schlafmangel geschuldet – verspricht sie, sich gesondert erkenntlich zu zeigen, sobald sich ihre Situation gefestigt haben wird. Zumindest will sie das Institut, wo immer möglich, weiterempfehlen.

Dabei denkt sie an ihre alten Eltern.

Das behält sie aber für sich.

Die Gesamtrechnung will der Bestatter zukommen lassen, sobald alles erledigt ist.

Barbara begibt sich ins Menü des Schnurlosapparates. Die Einstellung, auf die es ihr ankommt, zeigt: „Nummer nicht anzeigen".
Sie wählt Berbels Nummer.
„Berbel Behring", hört sie die Stimme ihrer Nebenbuhlerin.
„Hör zu, ich will nicht mit dir reden, ich ..."
„Bitte sprechen Sie Ihre Nachricht nach dem Tonsignal", wird sie von einer elektronischen Stimme aufgefordert.
Es piept.
Barbara legt auf.
So schnell konnte sie den Umschwenk nicht schaffen, sie glaubte, Berbel persönlich am anderen Ende zu haben.
Umso besser.
Sie drückt Wahlwiederholung und wartet nach der Namensnennung den Signalton ab.
Sie spricht die Daten so, wie sie der Bestatter mitgeteilt hatte, aufs Band.
„... auch ich habe dir gegenüber Wort gehalten. Es soll allerdings das letzte Mal sein, dass du meine Kinder siehst. Halte dich daran, andernfalls werde ich dafür sorgen, dass du sie nicht wiedersiehst, das darfst du mir glauben."
Mit diesen Worten beendet Barbara die Bandaufzeichnung.

Arne.
Bevor sie sich – immer noch Pauls Brief in der Hand haltend, der an den Stellen, an denen Barbaras schweißabsondernde Finger ihn berühren, kräuselnde Falten geworfen hat –, also, bevor sie sich in die oberen Hausgefilde traut, braucht sie wenigstens ein bisschen ihrer haus-

fraulichen Routine.
Das erdet.
Ist Arne ...?
Sie wagt es nicht, den Gedanken zu Ende zu denken.
Sie öffnet die Spülmaschine, Pauls Brief weiter in der linken Hand haltend.
Den unteren Geschirrkorb zieht sie heraus.
Mit rechts räumt sie Teller, Gläser, alles, was geht, ein.
Die Spülmaschinentür lässt sie aufgeklappt.
Mit einem eingetrockneten Tropfen Spülmittel, den sie neben der Plastikflaschenöffnung abgerieben hatte, wäscht sie sich über der Edelstahlspüle ihre rechte Hand mit fuchtelnden Fingern unter fließendem Wasser fettfrei. Sie hasst Spuren von Fettflecken. Sie greift ins Geschirrtuch und reibt Finger und Tuch gegen die Innenhandfläche.
Ja, das ist selbst ihr bewusst, sie versucht den Moment der ultimativen Wahrheitskonfrontation hinauszuzögern.
Andererseits soll alles so normal wie möglich wirken.

Sie geht zu Pauls Zimmertür.
Der Teppich lässt wegen seiner bauschigen Schlingen keinen Freiraum zwischen Tür und Boden. Den Brief kann sie nicht drunter herschieben.
Sie klopft an.
Er reagiert nicht.
Sie klopft heftiger, öffnet seine Tür einen Spalt breit und steckt ihren Kopf hindurch.
Paul sitzt am Schreibtisch und trägt sein Headset. Er spielt *Minecraft* und redet mit irgendwelchen Mitspielern. Teamspeak, hatte er Barbara schon mal erklärt.

Er erschrickt nicht als sie ihren Brief auf seinen Schreibtisch legt. Schaut sie nur kurz an. Sie nickt. Gerne würde sie in dieser Situation verweilen.
Ihre Beine werden schwer wie Blei beim Gang zur Tür.
Sie tritt hinaus in den kleinen Flur und schließt sie.
An der Türklinke hält sie sich fest.
Am liebsten wäre ihr für immer.
Nur nicht loslassen.

Arne liegt so auf dem Boden, wie sie ihn gestern verlassen hatte.
Vorsichtig, gespannt, physisch zitternd nähert sie sich seinem Körper.

> Die Protagonistin ihres Lieblingsfilms, *Erica Bain*, fragt sich nach Tötungsdelikten: *„Warum zittern meine Hände nicht?"*
> Barbara wäre gern wie sie.

Es ist früher Nachmittag. Morgen muss sie wieder ihren Dienst antreten. Fünf Stunden inklusive Pause, von 20:00 bis 01:15 Uhr.
Je näher sie Arne kommt, umso euphorischer wird sie. Keine Spur mehr von Übermüdung wegen der schlaflosen Nächte.
Mit ihrem linken, in zwei Socken gehüllten Fuß, stupst sie seine linke Schulter an.
Nichts.
Sie rüttelt fester.
Steif wie gefroren.

Es bleibt ihr nichts anderes übrig, sie muss Arne mit ihren Händen berühren.
Seine Wangenhaut, die obere Epidermis, schlaff aufliegend. Darunter alles hart und unbeweglich.
Rigor mortis, Leichenstarre, erinnert sie eine Sequenz ihres Biologiestudiums.
Bei einem Menschen fühlt sie es zum ersten Mal.
Wie Haut auf Knochen.
Keine Knochen, erstarrte Muskeln.
Die sich zwangsläufig anschließende Sauerei, diese autolytische Zersetzung, Verwesung genannt, muss sie umgehen. Ihr Zimmer könnte sie sonst nie mehr benutzen; Sinne und Gefühle würden es nicht erlauben.
Auf dem Weg nach unten versucht sie sich Worte zurechtzulegen. Was soll, darf, kann, will sie sagen? Und überhaupt wem?

Im Erdgeschossflur hört sie dröhnendes Rauschen mit Schabegeräuschen vermischt.
Sie kombiniert, Paula saugt ihren Wohnbereich.
Eine angedeutete Woge Glückseligkeit erfasst Barbara.
Ihre Tochter hält den Teil ihres gemeinsamen Zuhauses selbstständig und ohne Aufforderung in Ordnung.

Barbara geht weiter zum Telefon. Sie nimmt den Schnurlosapparat in die rechte Hand. Hat den Daumen auf der Eins; drückt die Taste.
Sie stoppt. Drückt das rote Hörersymbol und legt den Festnetzapparat neben die Basisstation.
Sie muss sich erst noch wieder innerlich sammeln.
Sie muss putzen.
Bei ihrer Tochter klopft sie an die Tür.

„Paula?". Keine Antwort. Sie klopft intensiver. Klack. Der Staubsauger fährt runter.
„Paula?". Keine Antwort.
„Falls du mich hörst, wenn du fertig bist mit deiner Arbeit" – ja, Barbara hat bewusst dieses Wort gewählt, um ihre Wertschätzung für die Vorgehensweise ihrer Tochter zu verdeutlichen – „stell mir bitte den Sauger in den Flur!"
Sie horcht. Nichts.
„Danke", fügt sie noch rasch an.

Aus dem Abstellraum schnappt sie sich einen großen Scheuerschwamm, ein Mikrofasertuch, gelbe Haushaltshandschuhe und Essigreiniger. Im Bad oben beginnt sie mit der Toilette. WC-Reiniger und Frischesiegel befinden sich immer griffbereit daneben. Die Klobürste ebenso in einer sie umschließenden Wandhalterung, manhattangrau.
Die leuchtend blaue zähe Flüssigkeit wird über die abgewinkelte Flaschenöffnung unter den Kloschüsselrand gedrückt und so lange verteilt, bis sich die Runde schließt. Die Bürste steckt sie zum Einweichen schon ins blau gefärbte Wasser des Tiefspülerabflusses.
Die Eckbadewanne.
Aus Acryl ist sie, daher dürfen bei der äußerst kratzempfindlichen glatten glänzenden Oberfläche keine scheuernden Reinigungsmittel verwendet werden.
Mit dem durch den Brausekopf sprühenden Wasser befeuchtet sie die Wanne, verteilt Essigreiniger.
Halt. Stopp.
In ihrem Kopf rumort etwas.
Es fleht um Linderung.

Unten in der Küche schnappt sie sich die Weinpackung, nimmt mehrere Schlucke und läuft samt Packung wieder nach oben.
Kurz hält sie inne, genießt die Wirkung der betäubenden Wohltat, putzt dann weiter.
In den Handschuhen werden die Finger unangenehm von Schweiß umhüllt.
WC, Wanne. Jetzt ist die Dusche dran.
Barbara streift ihre Socken ab. Öffnet die Glastür. Stoppt. Wenn sie schon die Socken ausziehen muss, damit sie nicht nass werden beim Säubern der Nasszelle, dann – ja dann kann sie doch alles ablegen, nackt die Umgebung fleckfrei scheuern und anschließend Angst- und Anstrengungsschweiß von ihrem Körper waschen.
Ab jetzt, nimmt sie sich vor, wird sie nur noch auf diese Weise die Dusche putzen.
Alles in einem Abwasch.

Erfrischt geföhnt wählt sie im Wohnzimmer die 112.
Der freundlichen Stimme am anderen Ende erklärt sie, dass sich ihr Freund nicht mehr rührt.
Diese fragt sie nach Alter der Person, ob Krankheiten oder Medikamenteneinnahmen bekannt seien ...
„Der Rettungsdienst ist unterwegs, circa sieben bis zehn Minuten bis zum Eintreffen."
Hier kommt jeder RTW zu spät, ist Barbara sich sicher.

Der Notarzt sichtet die Lage; bittet Barbara um Angaben zu Arnes Person.
Paul hat was spitzgekriegt.

Er steht plötzlich neben Barbara oben im kleinen Flur.
„Ich weiß nicht, was mit Arne ist", sagt sie zu ihm.
Paul läuft die Treppen hinunter.

„Im Totenschein kann ich aufgrund meiner Leichenschau unter den gegebenen Umständen nur Todesart ungeklärt ankreuzen", sagt der Mediziner nach etlichem Herumgefuchtel an Arnes Körper. „Für mich ist die Todesursache nicht eindeutig auszumachen."

Eineinviertel Stunden später klingelt es erneut an der Haustür.
Wieder Kripo, das kennt Barbara ja schon.
Extremer Schlafentzug, Alkoholisierung, alles dreht sich in ihrem Kopf.
Dennoch beantwortet sie brav die auf sie einprasselnden Fragen.
Erklärt, dass sie mit Hausputz beschäftigt war; dass sie Geschirr in den Spüler räumte und in diesem Zuge auch bei Arne reingeschaut hatte, weil dieser permanent sein benutztes Geschirr und Besteck oben im Zimmer stehen lässt; dass sie sich von früher her kennen; dass Arne in finanziellen Schwierigkeiten steckte und sie ihm helfen wollte, sich wieder auf eigene Beine zu stellen.

Ihre Kinder stehen beide wie herbeigebeamt schräg hinter ihr.
„Moment bitte", hört Barbara ihre eigene Stimme.

Noch nicht ist es aller Tage Abend; sie ruft Kollmann an.
Auf den AB der Kanzlei spricht sie.
„Herr Kollmann, ich hab den nächsten Scheiß an der

Backe, mein Jugendfreund, der sich nach meinem Freispruch bei mir einquartiert hatte, ist tot. Brauche ich Sie?"

Den Kriminalern teilt sie mit, dass sie aufgrund der Situation durcheinander ist.
Fotos werden gemacht. Spuren gesichert. Arnes Utensilien eingesammelt und eingetütet.
„Der Leichnam des Herrn Mutter ist beschlagnahmt und wird der Rechtsmedizin überstellt", sagt einer.
Sie beginnen, den toten Körper zu entkleiden.
Die Haustürklingel.
Wie aufs Stichwort erscheinen drei schwarz gekleidete Herren.
Aus Platzmangel können sie die Überführungstrage nicht neben Arne platzieren. Sie ziehen das Bettgestell weg.
Barbara bedeutet ihren Kindern, dass sie sich gemeinsam in Pauls Zimmer zurückziehen.
Sie stehen zu dritt und starren gebannt durch die geöffnete Zimmertür in den kleinen Flur hinein.
Die Aluminiumtrage erscheint irgendwann, gehalten von zwei Männern. Der dritte war vorausgegangen und gibt nun Anweisungen, wie sie Arnes fettfleischig umhüllte Gebeine, die sich mutmaßlich in der dunkelblauen, auf der Trage befestigten Transporthülle befinden, möglichst geschickt und ohne viel baulichen Schaden anzurichten über die Wendeltreppe nach unten bekommen.
„Das wär's erst mal", verabschiedet sich einer der Polizisten.
Sie ziehen ab.
Ziehen die Haustür zu.
Barbara umarmt ihre Sprösslinge. Sogar Paula lässt es

kurz geschehen, windet sich dann aber als Erste aus der Verflochtenheit.
Alle ziehen sich in ihre Zimmer zurück.

Auf ihrer Couch angekommen dreht sich Barbaras Gedankenkarussell in wilder Fahrt.
Sie muss es anhalten, wenigstens verlangsamen.

Nachdem sie ein ehemaliges Senfglas geleert hat, gefüllt mit weißem Tetrapakwein, holt sie sich Papier und Kohlepapier.
Es ist spät.
Trotzdem bedient jemand die Haustürklingel.
Barbara möchte nicht öffnen.
Der/die/das Klingelnde gibt nicht auf.
Barbara legt den Stift weg.
Sie quält sich zur Tür.
Oh no, ihr Vater.
Mit verdrehten Augen öffnet sie dann doch.
Auf den zweiten Blick erspäht sie ihre Mutter. Sie steht hinter ihm, beide vor der Treppenstufe.
„Barbi", reißt sie trotz ihrer unter- und nachgeordneten Position zuerst das Maul auf. „Wir haben den Leichenwagen gesehen, da wollten wir doch mal ..."
„Arne", hindert Barbara sie am Weiterreden. „Geht bitte wieder."
„Aber wir machen uns doch Sorgen, was hatte er denn, er war doch noch gar nicht so alt, wie kann d..."
„Ihr seid so abstoßend dumm, ich ..."
Barbara bremst sich selbst aus und gestikuliert mit ihrer rechten Hand Beschwichtigung.
„Tut mir leid, es ist alles viel zu viel für mich. Ich melde

mich, wenn es was Neues gibt. Ich muss noch so vieles erledigen. Ich melde mich."
Sie schiebt die Alutür langsam zu.
Zu langsam.
„Wenn wir helfen können", sagt ihr Vater ohne den Satz zu beenden.
Den ganzen angesammelten Frust ihrer Kindheit und Jugend möchte Barbara ihm entgegenschleudern. Dass er ihre Existenz, wegen ihres aus seiner Sicht falschen Geschlechts, nicht gewürdigt hat. Dass sie bei ihrer Mutter auch keinen Halt fand, weil diese wie ein domestiziertes Schleifenhündchen widerspruchslos ihm als ihrem Herrchen gefolgt ist ...
„Ich melde mich."
Tür zu.

Auf ihr Sofa zurückgekehrt füllt Barbara ihr Glas, leert den mittelprozentigen Inhalt und schreibt eine Entschuldigung.
Für ihre Kinder.
Die Weihnachtsferien sind morgen zu Ende.
Die Schule muss wissen, dass sie in fünf Tagen unterrichtsfrei brauchen, um der Bestattung der pulverförmigen Überreste ihres biologischen Erzeugers beiwohnen zu können.
Die Kinder wissen noch gar nichts davon.
Mit Durchschlag unterrichtet sie beide.
Eine Nachricht mit Tesa an Pauls Tür geklebt, die andere unter Paulas Tür durchgeschoben.
Zwei Sandwichdosen füllt Barbara in der Küche mit den üblichen Inhalten.
Beide stellt sie übereinander in den Kühlschrank; das

Schulentschuldigungsschreiben legt sie obenauf.
Für das Frühstück zu Hause, bevor sich die beiden auf den Weg zur Schule machen, schmiert Barbara zwei Brote mit Pflanzenmargarine, belegt eins mit Käse, das andere mit Geflügelsalami, teilt sie jeweils, legt die Hälften gemischt auf je einen flachen Teller und stülpt zur Abdeckung einen tiefen Teller darüber.
Sie nimmt sich eine weitere Schnitte, klatscht eine Scheibe Käse und zwei Scheiben Salami drauf, klappt das Brot zusammen, geht ins Wohnzimmer, setzt sich aufs Sofa, bedient den Fernseher fern, verschlingt ihr Abendmahl.
Alles will durchgekaut und verdaut werden.
Beim letzten Bissen greift sie sich Kuscheldecke und Sofakissen, kippt ergeben in die Horizontale und denkt als Letztes vorm stumpfen Einschlafen, dass sie vergessen hat, ihren Sprossen für morgen Tomaten und Äpfel einzupacken.

Das Festnetz läutet.
Barbara lässt ihren Oberkörper hochschnellen. Das nimmt er ihr übel. Sie fällt wieder zurück.
Das Telefon verstummt.

Der Fernseher hatte sich automatisch ausgeschaltet, wie er es immer tut, wenn der Receiver zu lange nicht bedient wurde.

Einige Jalousien sind nur geschlitzt heruntergelassen, deshalb kann schwaches Tageslicht in den Raum dringen.

09:06 Uhr zeigt die funkgesteuerte Wanduhr.

Der Schwindel in Barbaras Kopf verlangt nach Wasser.

Hypervorsichtig rollt sie sich von der Couch, auf allen Vieren landend.

Geschlafen hat sie. Wie eine Tote. Nicht mal das Frühstücken ihrer Kinder registriert.

Trotzdem keine Erholung. Glieder wie Blei. Durst hat sie. Küche hat Wasserhahn.

Eine halbe Stunde später wählt sie die jüngste Nummer der Anruferliste.

„Kanzlei Birger Waltherscheidt", meldet sich eine weiblich säuselnde Stimme.

„Schulz, guten Morgen. Sie hatten versucht, mich zu erreichen?"

„Moment bitte!"

Beethovens Neunte erklingt, *Ode an die Freude*.

Barbaras Körper braucht mehr Wasser.

In der Küche wird sie erneut fündig.

Den Lautsprecher des Handapparates aktiviert sie und legt das Gerät auf die Arbeitsplatte.

„Hören Sie? – Hallo, Frau Schulz?"

„Ja?"

„Der Herr Rechtsanwalt Kollmann ist gerade im Gespräch. Wenn sie noch zwei Minuten in der Leitung bleiben, stelle ich Sie durch."

„Ja, danke!"

Von vorn die Neunte. Sogar Schillers Worte werden gesungen. Das findet Barbara außergewöhnlich. Meistens werden in Warteschleifen nur Melodien eingespielt, elektronisch verballhornt.

Matt wie sie ist, kann sie sich nicht entziehen. Sie lauscht den wohlklingenden Äußerungen.

> *„[...]*
> *Rettung von Tyrannenketten,*
> *Großmut auch dem Bösewicht,*
> *Hoffnung auf den Sterbebetten,*
> *Gnade auf dem Hochgericht!*
> *Auch die Toten sollen leben!*
> *Brüder trinkt und stimmet ein,*
> *Allen Sündern soll vergeben,*
> *Und die Hölle nicht mehr sein.*
>
> *Eine hei... [...]"*

Klack.
„Kollmann."
„Was?"
„Frau Schulz, von Prokrastination halten Sie wohl wirklich nichts!?"
„Was? Ich meine, ich verstehe Sie nicht."
Kollmann versteht. Er stellt Fragen. Präzise, zielgerichtet, wie immer. Barbara antwortet.
„Unter den gegebenen Umständen werden selbstverständlich Fakten eingeholt, die über den üblichen Tellerrand hinausgehen", beginnt Kollmann seine Stellungnahme. „Dabei wird Ihre Vita durchleuchtet werden. Daher wird der zuständige Staatsanwalt eine Obduktion anordnen. Deren Ergebnis sollten wir abwarten."
„Sie meinen, ohne den sichtbar ausgewaschenen Fleck auf meiner weißen Weste ..."
„Ohne Ihre Vorgeschichte würde sich die Rechtsmedizin aller Voraussicht nach auf das äußere Erscheinungsbild

und die Anamnese des Herrn ...?"

„Mutter", hilft Barbara weiter.

„Des Herrn Mutter beschränken."

Barbara fährt gedanklich wieder Karussell. Zu sagen hat sie nichts.

„Frau Schulz, Sie warten zunächst ab, wie die Behörden erneut an Sie herantreten werden. Danach sehen wir weiter."

„Vielen lieben Dank, Herr Kollmann, ich weiß gar nicht, wie ich Ihnen dan..."

„Guten Tag", fällt er ihr ins Wort. „Ich habe Termine."

Klack. Kollmann hat aufgelegt.

Bitterer Nachgeschmack bei Barbara.

Alles Arschlöcher.

09.01.

Den *Mazda* stellt Barbara auf einem Tagesparkplatz in Norddeich ab.

Bis der Hafen in Sicht ist begleitet sie ihre Kinder zu Fuß. Beide tragen ihre schwarzen *The North Face* Outdoor-Jacken, die Barbara im Winter-Sale vor ihrer Verhaftung mit ihnen zusammen etwas zu groß eingekauft hatte. Nun passen sie perfekt.

Paula hält die beiden roten Amaryllisblüten, die ihre Mutter tags zuvor nach der Arbeit in dem kleinen Blumenladen vorm *real,-* erstanden und mit etwas Schleierkraut hatte umwickeln lassen, fest umklammert in ihren strickbehandschuhten Händen.

Weiße Lilien waren angedacht gewesen.

Weiß symbolisiert Unschuld und Reinheit.
Barbara entschied sich um.

Schuldig, blutig, rot.

Winterkalter Küstenwind bei klarem Himmel lässt alle erschaudern.
Paul lehnt die blumige Seegrabbeigabe ab. Er will der Asche seines Vaters, sofern diese sich überhaupt in dem Behälter befindet, der sich meeresbiologisch ohne Rückstände auflösen soll, einige seiner persönlichsten Gegenstände widmen.

Jörg war Treky, in abgemilderter Form. Manchmal hatte er sich zusammen mit Paul alte DVDs angeschaut. Bevor er zu seiner neuen Lebensgefährtin nach Nordkirchen ausgezogen war, hatte er Paul seine silbrige *Star Trek*-Kollektion geschenkt. Vorgeblich sollte sein Sohn sich darüber an gemeinsam verbrachte Zeit erinnern.
Als Paul vorhin, kurz vor Abfahrt zur Küste, Barbara in seine Pläne einweihte, dachte sie, Jörg wollte lediglich keine Altlasten in die gewechselte Behausung mitschleppen. Paul gegenüber hatte sie ihre Bedenken geäußert, dass es nicht erlaubt sein würde, die DVDs ins Meer zu werfen.

Paul bleibt trotzdem stur.
Barbara bleibt stehen.
Ihre Kinder gehen noch ein paar Schritte, dann halten auch sie inne und blicken zurück.
„Seid mir nicht böse, ich gehe nicht mit aufs Schiff. Ich

würde es nicht ertragen, die Geliebte eures Vaters sehen zu müssen. Verzeiht mir."

Barbaras Hals krampft, er brennt innerlich, die Einatmung wird von pfeifenden Warnsignaltönen begleitet.

„Ich war... Ich warte au... auf euch i... im Auto."

Mit der linken Hand umfasst sie ihren Hals und dreht sich um.

Sie zwingt sich einen kurzen Moment auszuatmen, ihr Körper lässt es eigentlich nicht zu.

Asthmatiker in ihrer Situation ersticken nicht an zu wenig sondern an zu viel Luft in den Lungen. Sie wird nicht genügend ausgetauscht.

Einatmen, ausatmen.

Barbara kann gerade nur einatmen.

Für gewöhnlich wird die Atmung unbewusst über das Atemzentrum gesteuert. Anders als der Herzschlag beispielsweise kann sie aber auch willentlich beeinflusst werden.

Barbara will ausatmen. Sie bezwingt ihren Körper; ihre Finger massieren sanft den Hals, durchnässt von tropfenden Tränen gleiten sie über die Halshaut.

Mit jedem Schritt weiter Richtung *Mazda* werden die sirenenartigen Pfeiftöne leiser und kürzer.

Im Auto öffnet sie das Handschuhfach. Sie nimmt das blaue Notfallspray heraus, entfernt die Kappe, presst Luft aus ihren Lungen und inhaliert tiefstmöglich.

Ein zweites Mal.

Ein drittes.

Wie lange werden ihre Kinder unterwegs sein? Etwa ein bis zwei Stunden, schätzt Barbara.

Weil sie vor Abfahrt ein Glas Wein getrunken hatte, woll-

te sie bis zur Heimkehr ohne weiteren Alkoholnachschub auskommen. Sicherheitshalber hatte sie vorsorglich ungeachtet dessen ein *Tetra Pak* Weißwein nebst Plastikbecher im Kofferraum versteckt.
In ihrem Körper herrscht raue See. Die emotionalen Wogen müssen geglättet werden.
Nach zwei Bechern Weins, es sind nur kleine, je 200 ml, spürt sie die Wirkung des Wellenbrechers.
Seit sie festgestellt hat, dass sie unter leichtem Alkoholeinfluss wesentlich souveräner und angstfreier im Straßenverkehr unterwegs ist, macht sie sich diesbezüglich kein schlechtes Gewissen mehr.
Ein Ethosverstoß plagt sie in anderer Beziehung.

> Wie lang wird es dauern, bis die forensischen Untersuchungen an Arnes Körper abgeschlossen sind?
> Was wird ermittelt werden?
> Die größte Sorge: Hatte Arne tatsächlich, wie behauptet, Beweise, den *Derringer* betreffend, woanders an unabhängiger Stelle deponiert?
> Wann kann sie sich je sicher sein?

Im Sog ihrer Gedankenstrudel stiert sie durch die Windschutzscheibe. Die Kinder. Sie sieht ihre Kinder. Oh nein, sie sind gleich zurück am Auto. Panisch schnappt sie sich Becher und *Tetra Pak*, öffnet die Fahrertür, hält die Corpora Delicti in Höhe der Türverkleidung, damit die Kinder diese nicht sehen, öffnet den Kofferraum und lässt die Gegenstände verschwinden.

Bei ihrer Tochter blickt sie in tiefrote Augen. Die Lider

sind geschwollen. Flüchtig begegnen sich ihre Blicke. Barbara geht einen halben Schritt auf Paula zu, ihre Tochter weicht aus, geht an ihr vorüber, öffnet die Hintertür der Beifahrerseite, setzt sich auf die Rückbank, zieht die Tür zu, nimmt ihr Smartphone und verstopft sich die Ohren mit weißen Inears.
Paul bleibt im Abstand von eineinhalb Metern vor Barbara stehen. Sie schaut auf seine leeren Hände und deutet mit einer schwenkenden Kopfbewegung an: „Lass uns einsteigen!"

Als sie sich nach ungefähr 40 Minuten auf der A 31 befinden fragt Barbara: „Wie hast du das gemacht?"
Paul versteht sofort, was gemeint ist.
„Alle hatten voll die Urne im Visier, wie sie im Meer verschwand. Da bin ich auf die andere Schiffsseite gegangen und hab die DVDs einzeln reingeflitscht."
Barbara freut sich über die Kreativität ihres Sohnes.
„War denn die ..., ich meine, war die Freun..."
„War anwesend", beendet Paul die dürftige Konversation.
Auch er schottet sich wieder mit den großen schwarzen Kopfhörern seines Headsets ab, bei dem das Mikrofon abnehmbar ist.

Irgendwann wird Barbara ihn nach seinen Motiven fragen, nimmt sie sich vor. Sollten die DVDs ein letztes persönliches Geschenk von Paul an seinen Vater sein, weil er ihn über den Tod hinaus liebt oder eher ein Symbol der endgültigen Loslösung?

Monoton, die Autobahnfahrt.

Schlafmangel macht sich bei Barbara bemerkbar. Alkohol und warme Heizungsluft sorgen für zusätzliche Entspannung. Sie will den elektrischen Fensterheber auf ihrer Seite betätigen. Versehentlich erwischt sie den der Beifahrerseite. Beim Einströmen der kalten Luft schreckt Pauls leicht gebeugter Kopf hoch. Mit weit geöffneten Augen und gerunzelter Stirn schaut er zu seiner Mutter rüber. Barbara hebt beschwichtigend die Schultern und fährt die Scheibe wieder hoch.
Ihre öffnet sie einen Spalt breit.
Wegen des lärmenden Luftstroms verringert sie die Geschwindigkeit auf 120 km/h.
Sie beschließt, auf der rechten Spur nach Haus zu fahren.
Zum Überholen ist sie zu alle.
Scheiß auf die Lkw.
Dann nutzt sie eben den Windschatten.
Anhalten müsste sie; irgendwo runterfahren, die Beine vertreten, frische Luft schnappen …
Egal, sie will sich vor ihren Kindern nicht diese Blöße geben.
Also weiter.
Der Lkw, zu dem sie aufgeschlossen hat, zwingt sie, ihre Geschwindigkeit noch stärker zu drosseln.
So 'n Mist. Fuck.
Okay, dann eben mit 100 über die Bahn.
Paul und Paula sind in deren jeweilige Welt abgetaucht und regelrecht versunken.
Müde ist Barbara.
Die Lider schwer.
Der schwache Luftstrom gleichförmig.
Die Augen müssen offenbleiben!
Sie konzentriert sich auf den Laster.

Zweigeteilt ist das Heck, mit schwenkbaren Türen.
Nationalitätszeichen PL.
Die Werbeaufschrift verheißt: „Plastiku Kaczmarek - europejska - euforyczna – ewidentna".
Was mag das bedeuten?
Barbara überlegt. Plastiku ist selbsterklärend. Dann der werte Firmenname. Das nächste Wort für Europa, oder nein, besser, weil klein geschrieben eher adjektivisch europäisch.
Nein, des Polnischen ist sie nicht mächtig.
Ihre oberen und unteren Lider trachten nach langandauerndem gegenseitigem Kontakt.
Barbara wehrt sich.
Sie darf ihn nicht gewähren.
Sie erhöht die Blinzelfrequenz. Kurzzeitig klappt das.
Jetzt wieder konzentrieren.
[...] euforyc...
Ach was.
Die Buschstaben überlagern ein grün-bläuliches Bild.
Bestimmt hilft das weiter.
Sehr verblasst. Wie von UV-Strahlen ausgebleicht.
Barbara strengt sich an.
Sie glaubt eine weibliche Person zu erkennen. Wieso eigentlich immer Frauen?
Auf dem Kopf trägt diese Person eine Kunststoffhaube, die die Haare umschließt. Die Hände stecken in Gummihandschuhen, in der rechten Hand eine Spülbürste, mit der Plastikdosen gereinigt werd...
Barbaras Augen fallen zu. Sie wendet Gewalt gegen sich selbst an und reißt sie wieder auf.
Es handelt sich also um einen polnischen Betrieb, der ...
Nirwana irgendwo im Nirgendwo.

So schön. So sachlich. So sorgenfrei.
Brrrrrrrrrrrrrrrrrrrrrrrrrrrrrrrrrrrrrrrrrrrrrrrrrrr...
macht die akustische Fahrbahnmarkierung.
„Mamaaa!", dringt Pauls Schrei in Barbaras Ohr. Seinen heftigen Schlag spürt sie auf ihrer rechten Schulter.
Ihr Kinn liegt in der Kuhle zwischen den Schlüsselbeinen über dem Brustbein.
Explosionsartig schnellt der Kopf hoch.
Augen an Hirn: Steuer nach links.
Jetzt ist sie wieder hellwach. Situation unter Kontrolle.

Der nächste Rastplatz wird angesteuert.
Ihren Kindern erklärt Barbara, dass das Erlebte der jüngsten Zeit zu viel für sie war.
Sie spendiert allen viel zu überteuerte Raststättenmenüs.
Jeder hat den Hauptgewinn, freie Auswahl.
Barbara gönnt sich einen Pott *Earl Grey* nach dem Essen.

Unbedroht lenkt sie den Sinn ihres Lebens nach Hause.

Wieder ziehen Tage ins Land.
Alle kommen ihren Pflichten nach. Die Kinder absolvieren brav Schule, Training ... Barbara schmeißt Haushalt und Erwerbstätigkeit.
Diese sich einpendelnde Routine gefällt ihr.

> Wenn bloß nicht noch so viele beklemmende angsterregende Ungewissheiten offen stünden.

Dreieinhalb Wochen sind seit Arnes Abholung verstri-

chen. Das vergegenwärtigt Barbara beim Eintragen ihrer Dienstzeiten in ihre Kalenderspalte. Mulmigkeit bahnt sich an, vom Kopf in den Bauch hinein.
Barbara hält es nicht mehr aus, sie greift zum Telefon.
Nach sechsmaligem Klingeln meldet sich die Kanzlei Birger | Waltherscheidt. Die Anwaltsgehilfin weist freundlich aber bestimmt darauf hin, dass Kollmann zurückrufe, sobald er wieder im Hause sei. Wann das genau sein werde, könne sie nicht exakt eruieren, das hänge von verschiedenen Faktoren ab. Barbara will nachhaken, da hört sie Schließgeräusche an der Haustür. Daher bedankt sie sich höflich und gibt an, auf Kollmanns Rückmeldung warten zu wollen.

Paula kommt ins Wohnzimmer.
Rot im Gesicht und aufgeregt.
„Was ist passiert?", fragt ihre Mutter. „Bist du nicht sehr früh dran?"
„Musste den Bus nehmen. Mir haben sie das Fahrrad geklaut."
„Echt jetzt?"

Weil die Wirtschaftswissenschaftslehrerin aufgrund eines grippalen Infekts zurzeit dienstunfähig ist, waren heute Morgen die ersten beiden Stunden für Paula unterrichtsfrei. Wegen der für Anfang Februar außergewöhnlich milden Temperaturen war sie darum zur Schule geradelt.

„Hast du denn nachgese..."
„Hab ich. Ein paar haben noch mit mir den Schulhof und die Fahrradständer abgesucht. Ist einfach weg."

„So 'n Mist."
Barbara überlegt, was zu tun ist. Sie fühlt sich gut. Ihre Tochter wendet sich endlich wieder ihr zu.
„Ich suche mal eben den Hausratversicherungsschein raus – und die Fahrradrechnung."
Paula steht neben Barbara am Esstisch und schaut mit auf Ordner und Unterlagen.
„So, beides hätten wir."
Barbara blättert weiter ... und weiter.
„Was suchst du denn noch?", will Paula wissen.
„Wir brauchen noch den Fahrradpass. Da weiß ich jetzt nicht so aus dem Ärmel gezaubert, wo ..."
„Den hab ich bei mir im Zimmer. Ich hol ihn."
Paula schnappt ihre Schultasche.
Barbara schaut ihr hinterher.
Einer Eingebung folgend befindet sie sich Sekunden später selbst auf der Kellertreppe, auf dem Weg zum Allerheiligsten ihrer Tochter.
Die Zimmertür ist ganz geöffnet.
Im Türrahmen bleibt Barbara stehen. Sie möchte nicht zu weit gehen. Wärmende Freude durchzieht ihre Innereien. Solchen Einklang mit sich und ihrer Umgebung musste sie lange entbehren. Wurzeln schlagen möchte sie an Ort und Stelle und ewig ihrer Tochter dabei zusehen, wie sie ihren großen weißen Hochglanzordner mit ihren persönlichen Papieren durchsucht. Tränen widersprechen Barbaras Freude nicht.
„Mama?", holt Paula sie aus ihrer tiefgründigen Glückseligkeit.
„Ja, entschuldige, ich ..."
„Telefon."
Erst jetzt hört sie es auch.

Kollmann ist es.

Bei ihm fällt Barbara direkt mit der Tür ins Haus. Sie will wissen, wie lange es noch dauert, bis die Autopsieergebnisse vorliegen.

Kollmann bietet an, nachzufragen. Das müsse er dann aber ab jetzt in Rechnung stellen.

„Wie viel?"

„Wir werden es als Beratungsgespräch berechnen. Die aktuellen Zahlen habe ich unvermittelt nicht parat. 170 plus Mehrwert, in etwa. Sie verfügen ja jetzt über geregelte Einkünfte."

Wissen möchte sie auch noch, da sie den Experten schon mal explizit am Ohr hat, wie sie sich bezüglich des Fahrraddiebstahls verhalten soll. Sie bekommt geraten, morgen noch mal das Schulgelände abzusuchen und danach Anzeige zu erstatten.

„Okay, Herr Kollmann, vielen Dank für das, was Sie bisher für mich ..."

„Ist mein Job", unterbricht er. „Sie hören von mir."

Klack – aufgelegt.

„Boah ey, so ein Teufel", kann Barbara ihre Gedanken am Lautwerden nicht hindern.

Bevor sie zu Paula in deren Katakomben zurückkehrt, ist eine innerliche Salbung mit ihrem Seelenbalsam unabdingbar.

Bei der Einfahrt in die Hansaallee krampft Barbaras Bauchmuskulatur so stark, dass sie die rechte Hand vom Schaltknauf nehmen muss. Sie drückt sie als Faust in ihre

fettgedunsene Bauchdecke hinein, an unterschiedlichen Stellen entgegen dem Uhrzeigersinn.
Die Rheiner Polizei ist umgezogen. Von der Gartenstraße, in der Barbara damals naiverweise ihre Aussage bezüglich ihrer Beziehung zu Frank zu Protokoll gab, hierher.

„Wir möchten einen Fahrraddiebstahl bekanntgeben", lässt Barbara die freundlich aufschauende Frau in Uniform wissen. Mit einem unsicheren Seitenblick vergewissert Barbara sich der Zustimmung ihrer Tochter. Paula bestätigt mit Nicken.
„Einen kleinen Augenblick bitte, ich bin gleich für Sie da. Sie können hier warten." Eifrig tippt sie mit flinken Fingern in die Tastatur.
Alles ist so neuzeitlich. Welten liegen zwischen Barbaras letztem Kontakt zu dieser Polizei und heute. Sogar Flachbildschirme haben die alten Röhrendinger ersetzt.
Nach gefühlt nicht einmal zwei Minuten spricht die Beamtin Barbara erneut an. Diese überlegt kurz, gibt dann bewusst das Wort an ihre Tochter weiter. Schließlich ist es ihr Fahrrad. Und sie soll Selbstvertrauen im Umgang mit Behörden gewinnen. Das erreicht man am ehesten durch Übung, Übung, Übung. Learning by doing.
Und – wenn sie ehrlich ist –, ja, – in schwachen Momenten wird die Sehnsucht nach Wahrheit übermenschlich stark –, wenn sie ehrlich sich selbst gegenüber ist, versucht sie sich aus der für sie äußerst unangenehmen Situation zu stehlen. Bloß nicht auf ihren Fall angesprochen werden. Schon gar nicht vor ihrer Tochter, deren Vertrauen sie gerade wieder zurückzugewinnen scheint.
Freiwillig wäre Barbara niemals hierhergekommen.

Die Umstände haben sie gezwungen.
Sie versucht die Reaktionen der Polizistin zu interpretieren.
Vereinzelt wendet diese sich vom Bildschirm ab, unterbricht ihr Tippen, bittet Paula bei den Vorgangsschilderungen kurz zu verharren.
Dann beguckt sie Barbara. Prüfend.
Oder gedankenverloren nach passenden Formulierungen suchend?
Die in Barbara wachsende Unsicherheit schafft sich Raum. Feinste Schweißtröpfchen durchfeuchten die Poren. Sie reibt die Handflächen an der Hose trocken. Schon in der nächsten Sekunde sind sie wieder klamm.
Hat die Beamtete nebenbei Erkundigungen eingeholt, nachdem Paula Namen und Anschrift angegeben hatte?
Erscheint sowas womöglich automatisch als Hintergrundinformation auf dem Monitor?
Franks Zwangstod, Barbaras Inhaftierung, Freispruch, Jörgs Freitod, Arnes bisher ungeklärter Tod ...
„... benötige ich ein paar konkrete Angaben", reißt die Stimme der Staatsgewalt Barbara aus ihren Überlegungen.
„Was? – Ich meine, wie bitte?"
„Zum Fahrrad. Rahmennummer und so weiter."
„Ach so, ja, selbstverständlich."
Als Barbara ihren Kopf dreht, reicht Paula neben ihr schon den Pass des Zweirads über den Tisch.
„Sie müssten sich dann auch noch selbst legitimieren", bittet die Polizistin. Paula stutzt kurz, greift in ihren Rucksack, zieht den Perso raus und legt ihn vor.
Auf ihre Tochter ist Barbara stolz. Als Mutter hat sie nicht versagt.

Obwohl die Rückfahrt nach Hause in Schweigen gehüllt ist, ist Barbara überzeugt, eine weiter aufkeimende Verbundenheit zwischen ihr und Paula zu spüren.
Der *Mazda* wird wie üblich in der Garage abgestellt.
Beim Aussteigen kommt Barbara der Gedanke, gemeinsam mit ihrer Tochter über die garageninnere Kellertreppe ins Haus zu gehen. Sie zieht das Tor von innen zu, schließt ab und läuft zur Treppe.
Paula folgt.
Barbara würde gern stehenbleiben und sie umarmen, so glücklich ist sie über diese Entwicklung.
Vor Paulas Zimmertür verharrt sie.
Paula geht an ihr vorüber und drückt die Klinke.
Die Tür öffnet sich.
Sie war nicht abgeschlossen.
Paula tritt ein.
Die Tür bleibt offen.
Barbara schießen Tränen in die Augen.
Die offene Schwelle zum Reich ihrer Tochter überschreitet sie nicht. Paula soll wissen, dass ihre Mutter Grenzen kennt und stillschweigend billigt.
Beim Umgucken entdeckt Barbara aus der Ferne ihre alten ehemaligen Schulbücher, die sich nach wie vor in Paulas Regal befinden.
Unergründbar für sie denkt sie an *„Homo faber"* von *Max Frisch.*

In der Schule war sie gezwungen, diesen *„Bericht"* zu lesen. Dass sie ihn als Erwachsene freiwillig wiederholt lesen würde, hätte sie sich damals nicht vorstellen können.
Homo faber, der rationale Ingenieur *Walter*, der seine

langjährige Lebensgefährtin *Ivy*, die ihn über alles liebt, nur als Lückenfüller für einsame Stunden missbraucht.
Er hatte sie sich vertraut gemacht.
Und als er keinen Bock mehr auf ihre Gesellschaft hatte, machte er sich fadenscheinig einfach auf und davon, ohne ihr die Wahrheit zu sagen, dass er sie niemals heiraten wird.
So ein feiger Drecksack. Ganz Recht, was ihm anschließend geschieht, findet Barbara.
Gerade will sie ansetzen zu sagen, dass sie nach oben gehen muss, um Hausarbeit zu erledigen, da klingelt das Telefon im Wohnzimmer.
Die Blicke zwischen Mutter und Kind sagen, Paula erwartet, dass Barbara rangeht.

Einen Klingelton bevor sich der AB einschaltet drückt Barbara das grüne Hörersymbol, ohne aufs Display zu sehen.
„Ja?"
„Kollmann. Frau Schulz, der Leichnam des Herrn Mutter wird zur Bestattung freigegeben. Die gründliche Untersuchung erbrachte keine Hinweise auf Fremdverschulden, das den Tod herbeigeführt haben könnte. Herr Mutter war schwer alkoholkrank mit zirrhotischer Leber, dialysepflichtiger Diabetiker und seine nekrotischen Füße standen kurz vor einer medizinisch unumgänglichen Amputation."
Barbara muss die Infos erstmal schlucken.
„Ja, und was heißt das jetzt?"
„Er hat sich allem Anschein nach im betrunkenen Zustand zu viel Insulin gespritzt, was letztendlich todesursächlich war."

„Ja, und jetzt?"
„Sie können Herrn Mutter beerdigen."
Die Hirnwellen in Barbaras Kopf ballen sich zu einem Tsunami.
„Ich? – Nein, das kann ich nicht."
„Die Recherchen ergaben, dass Herr Mutter über keine lebenden Angehörigen mehr verfügt. Sein 10 Jahre älterer Bruder verstarb mit Mitte dreißig an den Folgen einer Influenza. Die Eltern ..."
„Ja, sind beide tot."
Funkstille von beiden Seiten.
„Ich will das nicht. Ich habe ihn hier zuhause schon ausgehalten. Jetzt soll ich auch noch die Kosten übernehmen, dass er vom Erdboden verschwindet?"
Kollmann schweigt. Hatte er mit mehr Erleichterung von Barbaras Seite gerechnet?
„Frau Schulz", nimmt er dann doch den Gesprächsfaden wieder auf. „Wenn Sie sich nicht kümmern, wird das Ordnungsamt die Bestattung regeln. Es wird auf eine Urnenbeisetzung in einem anonymen Rasengrab hinauslaufen."
„Ja, soll es doch."
Barbara will das Gespräch beenden.
„Vielen Dank, Herr ..."
Da fällt ihr ein: „Was ist mit dem *Scirocco*?"
Weil Kollmann nicht reagiert fügt sie an: „Kann ich Arnes altes Auto behalten?"
„Das geht ans Nachlassgericht, oder verkürzt, wenn Sie so wollen an den Staat."
Artig bedankt Barbara sich.

Eigentlich wollte sie heute wieder nur funktionieren. Für

die Kinder und sich selbst ein geregeltes Leben leben.
Zu aufgewühlt ist sie stattdessen. Wogen toben in ihr.
Wellen schnellen hoch und brechen auf dem Höhepunkt.

> Arne ist erledigt. Juhu.
> Aber, was ist mit seiner Drohung?
> Hatte er seine Beweise zu Barbaras Schuld noch woanders hinterlegt?
> Wie viel Zeit braucht Sicherheit?
> Wird Barbara sich jemals sicher sein können?

Sie braucht jetzt ihren Stoff.
Drei Gläser später kehrt innere Ruhe ein.
Im Küchenkalender zieht sie vertikale Striche durch Arnes Spalten.
Yepp, einen Strich hatte sie ihm auch durch seine Rechnung gemacht.
Den Kindern pimpt sie je eine Tomate-Mozarella-Tiefkühlpizza. Frische Tomaten werden gewaschen und in Scheiben geschnitten, schön gleichmäßig verteilt. Gehäutete Zwiebeln ebenfalls waagerecht scheibliert und in Ringen über die Tomaten gebrochen. Für Pauls belegte Teigplatte noch zwei Geflügelwiener in Scheibchen geteilt locker dazwischen gestreut. Zwei Scheiben Maasdamer in kleine Stücke geknickt und obenauf verstreut.
Schulverpflegung für den kommenden Tag wie gewohnt.
Ausruhen wollte Barbara sich nach der für sie anstrengenden Fahrt zur Polizei.

Umziehen signalisieren als Entgegnung die Ziffern der Wanduhr.

Eine Nachtschicht von siebeneinviertel Stunden will in der Spielstätte bewältigt werden.

„Bin bei der Arbeit.

Alles vorbereitet für euch.

~~Hab euch ganz doll l~~

Hegdl"

Den Notizzettel legt Barbara auf die kalkfleckenrückstandsfreie Ablauffläche der Spüle.

Everything's fine!?

Für Anfang April ist es sehr kalt draußen.
Nachts Bodenfrost, tagsüber maximal sechs bis acht Grad Celsius.
Ihre Lebensschätze, die Zwillinge Paul und Paula, reden unentwegt auf Barbara ein.
Sie hört zu.
Erhebt sich irgendwann von ihrem blauen Nubukledersofa, öffnet behandschuht die Ofentür, zieht die Ascheschublade raus, holt mithilfe des Feuerhakens die übriggebliebene Spirale des Schreibblocks heraus, versenkt sie im Aschekasten.
Dort soll sie verbleiben, bis alles abgekühlt ist. Bevor sie die erkaltete Asche im Bio-Müll entleeren wird, wird sie die metallene Windung herausnehmen und im Restmüll entsorgen.

Sie hatte den Schulblock mit ihren Knastaufzeichnungen gut versteckt. Durch die Metallspirale, mit der die Blockblätter zusammengehalten wurden, hatte sie mithilfe einer dicken Stopfnadel ein Paketband gezogen und auf einer Länge von vierzig Zentimetern verknotet. Eine Büroklammer hatte sie zu einem Haken umfunktioniert, das Band eingehängt, das oben aufliegende Gitter des Esszimmerheizkörpers abgeschraubt, den Block zwischen den inneren Lamellen versenkt und mit dem fast unsichtbaren Haken am oberen Ende einer Lamelle eingehängt. Nachdem der Gitterrost wieder angeschraubt war, war der Schreibblock zwischen all den verstaubten Lamellen mit bloßem Auge nicht mehr auszumachen.

Nach Arnes Tod hatte sie mit einer erneuten Hausdurchsuchung gerechnet, hatte damit rechnen müssen.
Ihre Aufzeichnungen über die wahren Begebenheiten durften nicht in falsche Hände gelangen.

Weil Arne zum Schluss unter ihrem Dach gelebt hatte, hatte sie vom Amt eine Mitteilung bezüglich seiner anonymen Bestattung erhalten.
Sie war hingegangen. Hatte teilgenommen. Kostenlos.
Wie Kollmann sagte, Urne, anonymes Rasengrab.
Barbara ging es in keinster Weise darum, dem Versenken von Arnes Aschepartikeln beizuwohnen, sofern es überhaupt seine waren – da konnte man ja aus dem Bereich des investigativen Journalismusses etliche negativkritische Beiträge entnehmen.
Mit eigenen Augen musste sie sich überzeugen, ob noch jemand außer ihr dem Menschen mit der Urne in den Händen folgen würde.
Da war niemand, außer ihr und dem Urnenträger.

Eigentlich ein still romantisches Plätzchen, Gräser zwischen sporadisch angepflanzten hohen Bäumen.
Eichen.
Diese hatte man in den vergangenen Sommern behördlicherseits von Eichenprozessionsspinnern befreien müssen. Friedhöfe wurden vorrangig behandelt, noch vor Spielplätzen und Kindertageseinrichtungen.
Obwohl die toten Überreste doch durch eine dicke Erdschicht geschützt sind. Und außerdem sind sie tot. Aller-

gische Reaktionen bis hin zum anaphylaktischen Schock eher unwahrscheinlich. Oder ging es vorrangig um die Friedhofsbesucher? Aber die meisten sind auch alt – kurz vorm Sterben oder schon gestorben und haben's bisher nicht bemerkt.
Warum sollte man sie gegenüber der Zukunft der Menschheit, den Kindern, bevorzugen?
Babara konnte sich keinen Reim darauf machen.

Einen weiteren Baustein setzte sie ein, in dem Gebilde aus Lügen und Intrigen, in eine tragende Wand, an der sie sich anlehnen konnte; in der Hoffnung, ja, Hoffnung, dass niemand aus Arnes vermeintlichem Umfeld auftaucht, um mit seinen gesammelten Beweisen Barbaras Unschuldsgebäude zum Einsturz zu bringen.

Bekanntlich stirbt die Hoffnung zuletzt.
Aber wenn sie stirbt, nimmt sie dich mit.
Als Barbara das auf dem Friedhof dachte, konnte sie nicht erinnern, in welchem Zusammenhang sie auf dieses Zitat aufmerksam geworden war.
Ihre Hoffnung ist voller Lebensenergie.
Mehr denn je.

Barbara hatte sich ihr Handy aus der Asservatenkammer abgeholt. Als Erstes hatte sie im Anschluss zuhause alles auf Werkseinstellung zurückgesetzt und die neu besorgte SIM-card eingelegt. Danach Saschas Adresse gegoogelt – warum auch immer.
Raus kam – oh Wunder – „Privatbrauerei & Fruchtsäfte von Hodenberg, Standort dauerhaft geschlossen".
„Okay", dachte Barbara.

So kann das vielleicht auch nicht länger als Wohnadressenanschrift herhalten.
Sie wandte sich an die Melderegisterauskunft Bramsche.
Sogar ohne Gebührenentrichtung wurde ihr der aktuelle Wohnsitz des Herrn Alexander Benjamin Baron von Hodenberg e-mail-schriftlich mitgeteilt.
Bei nächster Gelegenheit – diese würde sich ergeben – will sie vor ihm stehen.
Was sie dann machen wird, wie sie reagieren wird – dazu wird sie in der Situation eine Entscheidung treffen werden.
Auf jeden Fall triumphierend.
 Auch Sascha hatte sie lang genug veralbert.
Und eine Frau wie Barbara verarscht man nicht, dass weiß sie nun.
 Hesepe hatte sie sich als Wohnsitz von dem verlogenen Arschloch verkaufen lassen.
Und wo wohnt er tatsächlich?
Mitten im Herzen von Osnabrück.
Das schöne Osna. Schöner als Münster, findet sie, wo sie mal an einer Stadtführung rund um den Prinzipalmarkt teilgenommen hatte.
Osna ist bodenständig, nicht so der Schickimicki-Hype.
Hektik- und radfahrerärmer. Vortreffliche Kulturgüter.
 Sie hatte bei der Behörde für die Suche nach Saschas aktueller Anschrift einen Grund angeben müssen. So sichern sich die Administrationen ab.
„Einladung zum Klassentreffen" wurde wunderbar angenommen.

„Mamßi?", holt Pauls Stimme Barbara aus ihren Überlegungen.

Sie schließt Aschekasten, Ofentüren; rüttelt mithilfe der für diesen Zweck vorhandenen eingebauten Stange die runde, mit breiten Schlitzen tortenteilerförmig unterbrochene Scheibe am Ofenboden, sodass ein Teil der Asche in den Kasten rieselt, und setzt sich wieder.
Die Kinder sind zu aufgeregt zum Sitzen.
„Entschuldigt bitte, ich höre euch zu", versichert Barbara.
„Die Meetings in der Agentur für Arbeit haben was gebracht", redet Paul weiter.

Eine Fachkraft hatte das Gymnasium vor ein paar Wochen besucht und alle Schülerinnen und Schüler eingeladen, gemeinsam herauszufinden, welche Neigungen und Fähigkeiten im Einzelfall vorliegen. So könne man rechtzeitig individuelle Tipps geben für den weiteren Weg nach Schulabschluss.

„Ach ja, heute war die Abschlussbesprechung, was hat euch die Beraterin empfohlen?", fragt Barbara.
Paula berichtet mit sich immer wieder aufblähendem Brustkorb, dass ihr großes künstlerisches Talent bescheinigt wurde. Sie solle eine Mappe anfertigen, mit verschiedenen Motiven und unterschiedlichen Techniken. Bleistift und Kreidezeichnungen, Aquarelle, Öl auf Leinwand ..., abstrakt, futuristisch, konkret, gegenständlich ...
Sie sprudelt.
Barbara weiß, dass ihre Tochter ihre Bestimmung, ihren Weg gefunden hat. Dass sie ihn gehen muss.
„Ganz ruhig", entgegnet Barbara, um die Fontänen etwas einzudämmen. Dabei steht sie auf und geht auf Paula zu.

Sie umarmt sie. Paula lässt es geschehen.
„Mach eine Liste mit allem, was du benötigst. Das besorgen wir dann. Ich freue mich wahnsinnig für dich!"
Barbara setzt sich wieder.
„Wenn meine Mappe fertig ist kann ich mich bewerben für ein Kunststudium, freie Kunst ..."
„Okay", deckelt Barbara mit ihrer Unterbrechung weiter den Sprudelvorgang. „Ich würde vorschlagen, bevor du Hals über Kopf loslegst und eventuell Gefahr läufst am Ziel vorbeizuarbeiten, mach dich schlau, was erwartet wird, welche Anforderungen an so eine Bewerbungsmappe gestellt werden."
„Ich hab schon eine Liste mitbekommen. Und ich soll zusätzlich im Netz recherchieren und bei einzelnen Unis oder Akademien anfragen."
„Das ist genau, was ich meine. Das kriegen wir hin. Ehrlich gesagt hätte ich nicht eine solch gute Beratung durch die Agentur für Arbeit erwartet."
Barbara wendet sich ihrem Sohn zu, um den Springbrunnen ihrer Tochter auf Pause zu schalten.
„Wie war's bei dir?"
Paul räuspert sich.
„Also, äh, ich hab auch einen Vorschlag bekommen."
Wie um die Spannung zu erhöhen redet er nicht weiter.
„Nämlich welchen?"
„Ich soll erstmal eine Ausbildung machen."
„Aha, warum?"
„Ich interessiere mich für Wirtschaft und Informatik."
„Das ist mir bekannt. Entspricht ja auch deinen Leistungskursen."
„Ja."
„Ja und?"

Der Elektronenstrom fließt, die Voltzahl erhöht sich.
„Mir wurde eine Ausbildung zum Informatikkaufmann vorgeschlagen."
„Du meinst Industriekaufmann?", fragt Barbara unsicher.
„Nope, was ich sagte."
„Davon habe ich noch nie gehört. Diesen Beruf gibt es wirklich?"
„Ja klar, seit ..."
Paul überlegt.
„Die hat's mir noch gesagt. Jedenfalls schon lange. Ist auch anerkannt."
Barbara staunt nur noch.
„Danach soll ich dann studieren. Die meint, wenn ich sofort studiere nach dem Abi, nimmt mich anschließend keiner ernst, weil ich noch so jung bin."
„Wow – also – ich muss sagen, ich bin begeistert! Wie ein perfektes Bewerbungsanschreiben auszusehen hat, hattest du mir ja schon gezeigt. Nutze es jetzt für dich selbst."
„Die schickt mir dann auch Adressen von Betrieben, die aktuell Azubis in dem Bereich suchen."
Barbara steht wieder auf, umarmt ihren Sohn. Vielleicht ein paar Sekunden länger als zuvor Paula.
Aufmerksam machen möchte sie ihn, dass es angebrachter wäre, beim Reden über Personen die entsprechenden Pronomen zu verwenden. Doch das bei anderer Gelegenheit. Heute ist spaßbremsen nicht angezigt.
„Damit hatte ich wirklich nicht gerechnet. Auch den Vorschlag für dich finde ich super. Ist es denn auch das, was du dir vorgestellt hast?"
Auf ihrer Schulter spürt Barbara Pauls Kopfnicken.

Sie lässt los und nimmt erneut Platz.
„Ich kann nur sagen, ich bin begeistert. Beide Vorschläge sollten wir annehmen und umsetzen."
Spürbar entlädt sich die Spannung.
„Ich habe zwei Wochen Urlaub. Mein erster. Den brauche ich, um in unserem Haus und Garten Frühjahrsputz zu halten. Und morgen besorge ich Farbe und leihe einen Teppichreiniger. Wenn alle Spuren und Hygienemängel beseitigt sind, beziehe ich oben mein Zimmer. So hat jeder wieder sein eigenes Reich. Alle anderen Räume stehen uns dementsprechend gleichermaßen zur Verfügung. Mir schwebt eine Mutter-Kinder-WG vor. Jeder muss dann aber auch gewisse Aufgaben übernehmen."
Die Kinder schauen sich an.
Lächeln erreicht Barbaras Pupillen gedoppelt. In ihm spiegelt sich Zustimmung. Die Zwillinge wissen, ihre Mutter erkennt die Weiterentwicklung an. Und unterstützt sie.
Zufrieden ziehen sie ab.

Das ist jetzt erstmal einen Schluck wert.
In einem kleinen Notizblock hält Barbara fest, was in den kommenden Tagen erledigt werden muss.
Sie gießt sich immer wieder nach.
Heute muss gefeiert werden.
Normalerweise reglementiert sie sich inzwischen.
Höchstens eine Packung Wein pro Tag.
Wie gesagt höchstens.
So hat sie es geschafft, dass sie wieder in Konfektionsgröße 40 bis 42 passt.
Immerhin.
Noch nicht ihr Traumziel.

Aber immerhin.
Den unbändigen Hunger am Tagesende unterdrückt sie zusätzlich.
Mit Disziplin.
Gegen den inneren Schweinehund.
Höchstens einen Teller voll.
Keinen Pizzateller.
Einen flachen Teller aus einem Standardservice, zu dem es immer passend einen tiefen gibt.
Und die körperliche Arbeit im Garten bringt's. Dabei trinkt sie weniger, schwitzt mehr, vergisst die Welt, ist ganz bei sich und ihren geliebten Pflanzen.
Aber heute nicht.
Heute ist Feiertag.
Es darf über die Stränge geschlagen werden.
Die Prachtkinder sind in ihren Zimmern.
Barbara wird eine weitere Liste für alle drei anfertigen.
Wer, wann, was ...
Aber heute nicht mehr.
Es gibt so viel zu feiern.
Zum Beispiel fällt ihr ein, sie hatte echt jetzt seit der Menstruation vor dem Treffen mit Frank keine weitere mehr. Nächtliche gelegentliche Schweißausbrüche nimmt sie seither wahr. Störend für gefühlt zehn Minuten. Währenddessen stößt sie die Decke weg. Sobald sie zu frieren beginnt, deckt sie ihren Körper wieder zu und kann weiterschlafen. Alles ganz normal. Sie spürt ihren Körper, er funktioniert; so weiß sie, dass sie lebt. Hurra!!! Kein Grund, die Natur mit künstlichen Hormongaben zu killen. Oder anders gesagt:
Herzlich Willkommen in der Menopause!
Wieso Pause?

Egal.
Ende.
Sie will Kollmann anrufen.
Ihm ihre Schuld schildern.
Ihm kann sie sich anvertrauen.
Anwaltliche Schweigepflicht.

Ein konkreter Plan muss her.
In dem Notizblock vervollständigt sie ihre persönliche To-do-Liste:

- *Mein Zimmer renovieren und herrichten*
- *Garten dito*
- *Lebensmittel nach Liste einkaufen*
- *Haushaltsbuch mit Einnahmen und Ausgaben überprüfen und monatlich aktualisieren*
- *Zahnarzttermin*
- *Termin Gyn.*
- *Rezept Asthmamedis HA*
- *Friseur*
- *Sascha in Osna aufsuchen ☺ (der wird sich wundern ☺ letztes Residuum der FREUNDEFÜHRER ☹)*
-

Wirre Gedanken kreuzen weiter quer.
Sie selbst, Arne und Manu wissen, dass sie Frank erschossen hat.
Niemand soll dazukommen.
Auch kein Kollmann.
Arne ist tot.
Seine Beweise auch?

Abwarten und Wein trinken.
Schlafen.

Vier Tage später klingelt es an der Haustür.
Das Rohrgestellehedoppelbett, inklusive der Lattenroste, das Barbara mit einem schönen Foto im eBay annonciert hatte, wird abgeholt.
Nach kurzer Begutachtung greift der männliche Part der beiden Selbstabholer zum Schraubendreher.
Der dazugehörigen Frau schildert Barbara währenddessen, dass sie seit geraumer Zeit Witwe ist und dementsprechend zu viele Erinnerungen mit diesem Bett verknüpft sind, die sie nachts nicht schlafen ließen.
Sie erntet Verständnis und den vereinbarten Fuffi.

Ihr neues Bett aus einem Rheiner Möbelhaus, auch Massivholzbuche, schlicht, 1,45 m breit, Sprossenkopfende einer Parkbank ähnelnd, mit entsprechender einteiliger Kaltschaummatratze, nur für sie ganz allein, wird kommende Woche geliefert, mit dem passenden Lattenrost.
Alles andere ist hergerichtet wie neu.
Wände gestrichen, Teppich gereinigt, Vertäfelung und

Schränke abgewischt. Das Fenster ist geputzt, gekippt; die wie Seide schimmernden semidurchsichtigen Gardinen sind gewaschen und warten auf den nächsten frischen Windhauch, der sie anmutig schwingen lässt.

Im Wohnzimmer nimmt Barbara den riesengroßen rahmenlosen Bilderhalter von der Wand.
Sie entfernt die silbrigen Metallklemmen, dann die Familienfotos.
Als sie sich einen Schluck aus ihrem weingefüllten ehemaligen Senfglas einverleibt, betreten ihre Kinder die Räumlichkeit.
„Du bringst uns doch gleich zum Training?", fragt Paula leicht irritiert ob des Anblicks.
„Selbstverständlich. Ich nutze nur jede Minute für meine wichtigen Erledigungen."
Barbara nippt nochmal an ihrem Glas.
„Hier möchte ich aktuelle Fotos collageieren. Mit eurer Beteiligung. Die alten passen nicht mehr. Sie bilden aber trotzdem Lebenssequenzen ab."
Ab einem gewissen Pegelstand wächst Barbara sprachlich über ihren eigenen Intellekt hinaus. Sehr bedauerlicherweise lässt sich dieser Zustand leider nicht halten.
„Ich stelle euch die alten Fotos zur Verfügung. Teilt sie euch auf, wie ihr möchtet und macht damit, *was ihr wollt.*"
Dabei denkt Barbara an *Shakespeares* gleichnamiges Stück.

In der Theater-AG der Schule hatten ihre Kinder jeweils eine Rolle gespie...
Egal.
Keine Zeit für romantische Sentimentalitäten.

„Sagt mir, wenn ihr abfahrbereit seid. Ich bin jederzeit soweit."

Als Herrmann Barbara im Zuschauerraum entdeckt, delegiert er Aufgaben an andere Schwarzgurte, verneigt sich und verlässt den Dojang.
Er umarmt Barbara.
Das hat es zuvor noch nie gegeben.
Barbara beginnt kaum merklich zu weinen.
Es sind Freudentränen der Erleichterung.
Herrmann setzt sich hinter seinen Schreibtisch.
Sie dankt ihm, dass er die außergewöhnliche Situation, in die die Familie, ihre Kinder und sie selbst geraten waren, hier beim Training aufgefangen hat.
Paul und Paula hätten schon längst ihre Dan-Prüfung abgelegt haben müssen.

Herrmann hatte sie nicht gedrängt.
„Kommt einfach weiter hierher zum Üben, so, wie ihr könnt", hatte er gesagt.
Das hatte Paul seine Mutter wissen lassen.

„Sie sind jetzt fit für die erste Meisterprüfung. Termin steht auch schon."
Barbara geht auf Herrmann zu.
Jetzt umarmt sie ihn. Ohne Skrupel. Ohne Scheu. Ohne schlechtes Gewissen.
Im Grunde war er der Auslöser.
Ohne ihn wäre sie nicht mit FREUNDEFÜHRER in Kontakt gekommen.
Ohne sein Gelaber, dass er über dieses Portal eine neue Frau sucht, was dem Anschein nach wohl nicht funktio-

niert hat, wäre alles noch beim Alten in Barbaras Leben.
Herrmann küsst sie auf ihre linke Wange, knapp neben dem Mundwinkel.
Barbara weicht zurück.
Schaut Herrmann in die Augen.
„Ich", beginnt er.
„Nein, bitte", schließt sie an.
Lodert da tatsächlich nochmal so etwas wie ein Liebesfeuer auf?
Das will Barbara nicht.
Gelernt hat sie, dass Männer nur auf ihre eigenen Vorteile bedacht sind.
Sascha hat Recht, alle Typen wollen nur ihren Schwanz versenken.
Sonst nichts.
In Barbaras Leben wird es keinen weiteren Schwanzeintaucher mehr geben.
„Für mich zählen nur noch meine beiden Kinder. Und das Wohlergehen von uns dreien."
„Dafür bewundere ich dich", flüstert Herrmann. „Ich schaffe diese Abstinenz nicht."
Seine Ehrlichkeit löst Hitzewallungen bei Barbara aus.
Schweiß feuchtet ihre Körperoberfläche.
Aber Ehrlichkeit?
Jaja, wie oft war sie schon darauf reingefallen.
Nicht nochmal.
„Ich bin für dich da", sagt Herrmann. „Und auch für die Kinder. Ich bin immer hier."
„Ja, das ist genau der Unterschied, für dich sind es nur ‚die Kinder', für mich sind es meine Kinder."
Eine kurze Pause muss Barbara einlegen.
Es wühlt sie wahnsinnig auf.

Mit ihrer konsequenten Haltung möchte sie aber auch keine zusätzlichen Steine in den Weg ihrer Zwillinge gelegt wissen.
Kommt Diplomatie Lügen gleich?
Yepp. Mit Sicherheit.
Also weiter auf diese Weise um die vorhandenen Stolpersteine herumlaufen.
Sie bedankt sich nochmals, jetzt nur per Händedruck, bei Herrmann. Aber sie nimmt ihre zweite zusätzlich. Beide ihrer Hände umschließen mit Nachdruck die seinige.
„Sei mir bitte nicht böse, ich hab noch haufenweise zu regeln, muss noch massenhaft in den Griff kriegen."
„Barbara, mein Wort steht", beteuert Herrmann.

Zuhause räumen die Kinder ihre Trainingstaschen aus, werfen die durchgeschwitzten Doboks über die Wäscheleinen im Keller und gehen duschen.
Paula unten, Paul oben.
Er hat noch nie protestiert, dass er sich das Bad mit seiner Mutter teilen muss.
Mag sein, er berechnet den Vorteil, dass Barbara das obere Bad putzt, weil sie es auch selbst nutzt.
„In einer Stunde gibt's Essen", ruft sie noch den Kindern hinterher.
Sie zieht schnell abgenutzte Sachen an, die sie nur zuhause beim Arbeiten trägt, weil sie es hasst, wenn die Kochdünste sich in Bekleidung und Haupthaaren festsetzen und jeder riechen kann, was es zu Essen gab. Das gehört nicht nach außerhalb, das muss zu Hause bleiben.

Der Einfachheit und Schnelligkeit halber gibt es Nudeln.
Aber Vollkornfarfalle wegen der Ballaststoffe.

In einem zweiten Topf schmort Barbara frisch geschälte gewürfelte Zwiebeln in Sonnenblumenöl. Zum einen günstiger als das Extrakt aus Oliven, zum anderen verträgt es mehr Hitze.

Als die Zwiebeln goldbraun sind, gibt sie zum Binden von Flüssigkeit ein paar Esslöffel Maismehl dazu.

Kurz umrühren.

Abgelöscht wird mit passierten Tomaten aus einem *Tetra Pak*. Dazu frische Rispentomaten in Würfel geschnitten, nur kurzzeitig mitgedünstet, damit sie ihre Bissfestigkeit behalten.

Etwas Milch statt Sahne, für leckere Cremigkeit bei wenig Fettgehalt.

Aufgefüllt wird mit frischem Leitungswasser, bis die Soßenkonsistenz stimmig ist. Weder zu fest noch zu dünnflüssig.

Würzen mit Salz, frisch gemahlenem Pfeffer aus der Mühle und getrockneten italienischen Kräutern aus einer Mischung mit Oregano, Basilikum, Rosmarin, Thymian, Salbei ...

Als Tribut an die deutsche Küche schneidet Barbara noch ein paar Stängel Petersilie und Liebstöckel ab, von den beiden Kräutertöpfen, die sie aktuell auf der Arbeitsplatte vor dem Küchenfenster stehen hat, und hackt deren Blätter klein.

In einem dritten Topf brät sie Hähnchenbrustfilets, die sie nach dem Braten mit Salz und schwarzem Pfeffer würzt. Nur für Paul und sie. Paula möchte sich vegetarisch ernähren. Sie will sich nicht länger an den qualvollen Massentierhaltungspraktiken, den „unmenschlichen" Tiertransporten und den klimakillenden Auswirkungen beteiligt wissen.

Auf den Esstisch legt Barbara mittig verteilt drei hitzebeständige Untersetzer für die Töpfe.
So kann sich jeder nehmen, was und wie viel er mag.

„Paula", steigt Barbara ins Tischgespräch ein. „Vegetarische Ernährung ist für mich kein Problem. Aber vegan, das bekomme ich derzeit nicht hin. Dabei gibt es so viel zu beachten, dass der menschliche Organismus gesund bleibt. Um mich diesbezüglich schlau zu machen, fehlen mir momentan Zeit und Nerven."
„Mir reicht es erstmal, wenn für mich kein tierisches Lebewesen sterben muss."
„Okay, also Milch, Milchprodukte und Eier sind in Ordnung!?"
Diese Produkte dürften nur nicht Hauptbestandteil einer Mahlzeit sein, gibt Paula zu verstehen.
Barbara schaut zu ihrem Sohn hinüber. Er nimmt sich das nächste Filetstück aus dem Brattopf auf seinen Teller.
„Wie wäre es, wenn wir beide – also, das habe ich irgendwo gehört oder gelesen –, wenn wir nur Fleisch von Tieren äßen, von denen wir uns vorstellen könnten, sie selbst zu schlachten?"
Paul hört auf zu kauen.
„Ich dachte da an – könntest du dir vorstellen einem Huhn den Kopf abzuschlagen, danach die Federn zu rupfen, die Innereien zu entfernen, es zu zerteilen?"
Er denkt sichtbar nach.
„Ja, glaub schon."
„Wie sieht es aus bei Schweinen, Kühen ...?"
„Nein, denk nicht, dass ich die umbringen könnte."
„Okay, also Geflügel. Sonst noch was?"

Er überlegt weiter.
„Hab heut an der Ems zwei Angler gesehen. Das könnte ich mir auch vorstellen."
Barbara ist glücklich.
„Gut, für uns beide dann nur noch Fisch und Geflügel als Beilage, für Paula nichts, wofür ein Tier sein Leben lassen müsste."
Beide schauen sich an und nicken.
„Von meinem Biostudium weiß ich noch – ja, auch da war das schon Thema –, dass man nicht genügend Jod aus Pflanzen aufnehmen kann, was wichtig für ein einwandfreies Funktionieren der Schilddrüse ist. Die Schmelze nach der Eiszeit hat das Jod aus den Böden gewaschen. Im Meer gibt's deshalb reichlich davon."
„Was macht die Schilddrüse?", fragt Paul.
Kurz sammelt Barbara ihre Gedanken. Einen Vortrag kann und will sie nicht halten.
„Sie ist zuständig für Hormonproduktionen, die den Stoffwechsel und zahlreiche Körperfunktionen regeln. Diese Hormone sind lebenswichtig!"
Paul nickt. Seine Schwester blickt skeptisch drein.
Barbara wendet sich ihrer Tochter zu.
„Jodsalz verwende ich zum Kochen sowieso seit Jahren schon. Das wird, fürchte ich, in deinem Fall auf Dauer nicht mehr ganz ausreichen. In Apotheken und Reformhäusern gibt es Meeresalgentabletten. Wie der Name schon sagt, ..."
„Verstehe", schneidet Paula den Redefluss ihrer Mutter. „Ich erkundige mich selbst mal."
„Super."
Barbara schießen Tränen in die Augen.
Pures Glück.

„Ich freue mich so sehr, dass wir wieder zueinandergefunden haben. Daran soll sich nie mehr etwas ändern. Ihr seid mein Lebensinhalt. Von jeher."
Salzige Flüssigkeit überflutet alle Lidsperren.
Barbara muss aufstehen, um ein Papiertuch zu greifen.

Die Kinder räumen nach dem Essen gemeinsam den Tisch ab, die Speisereste löffeln sie in den größten der flachen Töpfe und deponieren ihn im Kühlschrank. So reicht das Übriggebliebene als eine Essensportion für den nächsten Tag, dass sich jemand, wahrscheinlich Barbara, auf dem Herd vorsichtig erwärmen kann.
Mikrowelle und Wäschetrockner nutzt Barbara nur in Ausnahmefällen. Sie sind die größten Energiefresser im privaten Haushalt.
Finanziell könnte die Familie es sich zwar leisten, aber Barbara versucht weiter Eindruck bei ihrer Tochter, die auf dem Ökotrip ist, zu schinden.
Weniger Energieverbrauch bedeutet Klimaschonung.

Paula räumt das benutzte Geschirr in die Spülmaschine und schrubbt mit einem spülmittelgetränkten Schwamm Ceranfeld, Spüle und Arbeitsflächen.
Paul wischt mit einem Mikrofaserspültuch erst nass mit klarem Wasser und dann trocknend mit einem Geschirrtuch hinterher.

Barbara bittet ihre Kinder noch einmal zu sich.
„Was hieltet ihr davon", bricht sie selbst ihre Frage ab.
„Also, ich hatte mir eben überlegt, als ihr so schön gemeinsam die Küche aufgeräumt habt, ihr habt ja in ein paar Tagen Osterferien. Wie wäre es, wenn ich jetzt in

meinem Urlaub alle Utensilien besorgte und wir bauten uns in euren Ferien ein Hochbeet im Garten?"
Schweigen.
„Ist nur ein Vorschlag. Ich meine, wir könnten ein bisschen frisches Gemüse anbauen, zum Beispiel Karotten zwischen Zwiebeln, Kohlrabi, vielleicht Pflücksalat und Kräuter?"
Schweigen.
In ihren Job hat Barbara sich gefügt.

Problemlos hatte Grabowski die Arbeitszeit runtergeschraubt. Eine geringfügig beschäftigte Kollegin hatte noch Platz für Barbaras Stunden und sich gefreut, dass sie die 450 € nun voll ausschöpfen kann.
Mit 110 Arbeitsstunden bleibt Barbara Zeit, ihr geliebtes Gartenhobby zu erweitern.

„Um Aussaat oder Anbau, Pflege und Ernte der Pflanzen würde ich mich hauptsächlich kümmern. Nur für den Aufbau des Hochbeets würde ich eure Hände zusätzlich benötigen."
Paul reagiert.
„Von Gemüse halte ich ja nicht viel, aber ich würde dir helfen."
Barbara hatte diesen Gedankengang hauptsächlich im Sinne ihrer Tochter entwickelt.
„Es ist rückenfreundlich, man kann alles im Stehen bearbei..."
„Wie lange dauert der Aufbau?", fragt Paula dazwischen.
„Das kann ich nicht genau sagen, sowas habe ich noch nicht zuvor gemacht, aber wenn ich Rahmen, Füllmaterial und so weiter im Vorfeld besorge, ein bis höchstens zwei Tage, denke ich."

Paula sinniert.
„Bin auch dabei", sagt sie.
Barbara möchte beide umarmen, traut sich aber nicht. Das zarte Band der wiedererstarkenden Verbundenheit zwischen Mutter und Kindern soll keine unüberlegte emotionale Handlung einschneiden und destabilisieren.

Überglücklich, wirklich über alle Maßen glücklich, nimmt Barbara Platz auf der blauen Ledercouch im Wohnzimmer.
Sie fährt ihr neues Notebook hoch.

Das hatte sie vor ein paar Tagen mit Pauls Hilfe online beim *MediaMarkt* ausgesucht und versandkostenfrei nach Hause geliefert bekommen. Ihr Sohn hatte es ihr innerhalb einer knappen dreiviertel Stunde eingerichtet, schon mit dem aktuellen *Windows 10*, überflüssige Apps runtergeschmissen und einen kurzen Überblick über die wichtigsten Funktionen gegeben.

Sie sucht nach dem Zitat, dass sie Jörg damals sagen wollte, als er sie und die Kinder nach Barbaras Fehltritt feige verließ.
„Du bist zeitlebens für das verantwortlich, was du dir vertraut gemacht hast."

> Ja, *der kleine Prinz* und sein Autor haben Recht.
> Aber, hatte sie sich Manuela im Knast vertraut gemacht oder umgekehrt?
> Egal wie rum.
> Vertraut ist vertraut.

Barbara steht auf und gießt sich in der Küche nochmal ihr ehemaliges nun zweckerweitertes Senfglas voll mit Billigwein.
Zwei weitere Gläser selbigen Typs füllt sie mit Leitungswasser.

Morgen ist ein großer Tag.
Ein entscheidender.
Klarer Kopf ist angesagt.
Der führt nach Osnabrück.
Und darüber hinaus.
Sascha ist definitiv ein minderwertiges Subjekt. Als letzter unmittelbarer Kontakt übriggeblieben von FREUNDEFÜHRER. Auf dem Rückweg wird sie bei ihm vor der Haustür stehen und klingeln.

Und Manu?

Barbara hatte sie während der gemeinsamen Knastzeit nie gefragt, wo sie herkommt, warum sie einsitzt und für wie lange.
Für morgen hat sie einen Besuchstermin. Rechtzeitig und ordnungsgemäß vorher per E-Mail besorgt.

Manuela freut sich sicherlich schon auf Barbara.

Barbaras Handy weist den Weg.
Während der Fahrt überdenkt sie noch einmal ihren bisherigen Plan.

Das Handy zu Hause zu lassen hätte in diesem Fall keinen Sinn gemacht. Der Besuchstermin ist höchstoffiziell vereinbart und namentlich und sonst wie protokolliert.
Heute muss ja auch noch nichts geschehen.
Erst mal nur kräftig bei Manu auf den Busch klopfen, um zu erkennen, welches schädliche Ungeziefer dann beim Fluchtversuch sichtbar werden wird.
Über dessen Bekämpfung will Barbara individuell und zielgerichtet entscheiden.
Zum Anlocken hat sie sich bei ihrer Bank einen Zwanzigeuroschein in Münzen zu einem Euro und 50-Cent-Stücken wechseln lassen. Damit will sie gleich im Besuchsraum den Automaten füttern. Ihre ehemalige Knastkameradin darf sich die Süßigkeiten, nach denen sie süchtig ist, selbst aussuchen.

> Fest steht, außer Barbara gibt es nur noch einen einzigen Menschen, der ihr einst niedergeschriebenes Geheimnis und damit die wahre Wahrheit kennt und wahrscheinlich mit all ihren Facetten zu schätzen und eines Tages gegen sie zu nutzen wissen wird.

Manuela wollte in der Käfigsituation Barbara zu ihrem Täubchen erkiesen.

Jedoch das Täubchen Barbara gurrt selbst in Freiheit noch immer nicht wohlgesinnt.

Im Gegenteil.

Sie tritt erneut an im vermutlich letzten Kampf um den

vermeintlich letzten Gegner, der ihr neuerschaffenes Familienidyll zerstören könnte.

Bevor sie mit flauem Magen aus ihrem am Straßenrand geparkten Auto mit Kurs auf die JVA aussteigt ist klar, braintechnisch hat sie es in ihrem Kopf unauslöschbar gespeichert, aber zuhause wird sie nachher additional als letzten Punkt mit einem fetten Filzmarker in ihre handschriftliche To-do-Liste eintragen:

- *Manu*

Not to be continued.
I suppose.

Mein Dank geht an mich; an „Maika", weil er freundlicherweise zugestimmt hat, sich realitätsnah erwähnen und abbilden zu lassen, und an „Kerstin150", die eine kurze Rezension bezüglich des ersten Teils von FREUNDEFÜHRER bei Amazon veröffentlicht hatte. Die positive Kritik hat mir in schweren Zeiten Mut gemacht, gegen alle Widerstände weiterzuschreiben und durchzuhalten.

Bewusst habe ich mich für die deutschen Anführungszeichen entschieden, wie sie in deutschen Schulen unterrichtet werden. Traurigerweise sind sie vom Aussterben bedroht, da im Buchdruck verpönt.
Hier liegt also vor: ein deutsches Buch, von einer Deutschen für Deutschsprechende in Deutsch geschrieben, mit, wer hätte es jetzt noch erwartet, deutschen Anführungsstrichen!
Ach so: »Ich hätte anders gekonnt, aber eben nicht gewollt.« – «Andere Länder, andere Sitten.»

Und, liebe Lesende, als No-Name-Newcomer-Möchtegern-Autorende hat man, wenn überhaupt, nur eine Chance gelesen zu werden, indem man sich von der schier unfassbaren Masse der Schreibenden irgendwie unterscheidet. Auch inhaltlich.

Selbstverständlich gibt es (weitere) Fehler zu entdecken, denn kaum etwas ist schwieriger als sich selbst Korrektur zu lesen.
Selbst beim Lesen der Werke etabliertester Schreibender tauchen Inkorrektheiten auf, obwohl selbige Elitäre einen furchtbar langen Rattenschwanz an Helfern und Helfershelfern, sorry, Helfenden nach sich ziehen, um entsprechend der Gender-Diskussion sexusgerecht zu formulieren.
Bei mir ist alles aus einer Hand, nämlich meiner, von der Covergestaltung bis hin zum letzten Buchstaben.

Ein Schelm, wer hier nun Böses denkt ☺

Und sind wir doch mal ehrlich, Handlungen der meisten „großen Werke" finden in Metropolen wie Berlin, Paris, London ... statt, weil – ja, weil ein touristischer Effekt damit verbunden ist. Lesende können sich identifizieren. Entweder waren sie schon beziehungsweise leben sogar dort und kennen die Gegenden aus eigener Erfahrung oder sie betten es eventuell in ihre zukünftigen Reisepläne ein.
Kommerz ist alles in unserer Konsumgesellschaft, aber auf Dauer auch langweilig und unbefriedigend. Einer Sucht vergleichbar.
Die von mir erzählte Geschichte hat Schauplätze, die stellvertretend für viele mögliche Orte stehen. Im Grunde könnte sie so oder ähnlich überall geschehen oder tatsächlich geschehen sein.

In Zeiten von Corona/Covid-19/SARS-CoV-2, welches ich aus dem Handlungsverlauf ausgeblendet habe, bleibt verantwortbar ohnedies nur übrig zuhause zu bleiben und vor der eigenen Tür zu kehren. Hauptsache man hat sich bis unters Dach mit genügend Toilettenpapier eingedeckt! Nur was wird damit getrieben, wenn die Nahrungsmittel aufgebraucht sein sollten und aus den Ärschen dieser Welt nichts mehr rauskommt?
Lieber Gott, warum hast du sie verlassen. Oder anders: Wenn es Gott faktisch gäbe, gäbe es die Menschen nicht.

Mausi Horn, eine Atheistin

Aber, ups, last but surely not least, am dankbarsten bin ich allen, die sich an meinen Zweiteiler getraut und in den Roman hineingewagt haben. Ein ehrliches, aufrichtiges Dankeschön!!!